기후변화
시대의

사랑

"인생의 모든 즐거움은
외부적 사물의 규칙적인 회귀에서
기인한다. 밤과 낮,
사계절, 개화와 결실의 순환"

『괴테 자서전』(민음사)

감각하는 앎

정용준(소설가)

문제다. 기후는 나쁜 쪽으로 변하고 날씨는 갈수록 이상해진다. 각종 수치는 한계를 넘어섰고 예측은 절망스럽다. 더 큰 문제는 이 문제가 알려질 만큼 알려졌다는 것이다. 많은 이들이 문제의식을 갖고 있다. 하지만 거기까지. 풀어낼 방법은 어렵고 '풀어 보자' 달려 드는 이는 드물다. 기이하게 무너져 가는 기후를 바라보며 나와 너와 우리는 중얼거린다.

"아, 정말 문제네."

안다. '지구 온난화'라는 말을 들을 때 당신이 무엇을 생각하는지.

안다. '기후 변화'의 경종이 울릴 때 당신의 기분이 어떻게 변하는지.

안다. '환경 보호'라는 말이 당신에게 얼마나 공허하게 들리는지.

그것은 맞지만 지겨운 말. 옳지만 무미건조한 말.

'나한테 그러지 마. 내 책임도 아니잖아. 과거가 잘못했지. 이전 세대의 잘못이지. 쓰레기 줄이고 있고 분리수거도 어느 정도 하고 있어. 그런데 그거 알아? 개인이 아무리 애써 봐도 의미 없어. 제국과 대기업이 하루에 쏟아 내는 쓰레기 양을 생각해 봐. 끝이 보이지 않는 넓은 사막을 내 작은 에코백 하나로 퍼내는 것이 무슨 의미가 있겠어.'

머리로 이해하는 건 쉽다. 고개를 끄덕여 주는 것도 어렵지 않다. 하지만 움직여야 한다면, 참여해야 한다면, 그래서 바꾸거나 변화해야 한다면, 그것은 다른 문제가 된다. 캠페인이 일상의 등을 떠밀 때, 구호와 선전이 동참과 참여의 언어로 바뀔 때, 듣는 자는 망설이게 된다. 올바른 그 말이 싫어진다. 부담스럽다. 번거롭기만 하다. 남에게 피해 주지 않고 그냥 이대로 조용히 살다 적당히 죽고 싶은 마음뿐.

어떻게 하면 문제의식을 넘어 문제를 풀 수 있을까? 어떻게 해야 문제를 풀어 보겠다는 마음을 갖게 되는 걸까?

배움이 필요하다. 앎이 필요하다. 더 정확한 정보와 통계들? 아니. 전문가의 소견과 활동가의 외침은 광고처럼 여기저기에서 흘러나오고 있다. 거대한 섬과 산으로 변한 쓰레기들. 플라스틱과 비닐에 죽어 가는 거북이와 고래. 빙하가 무너지고 북극이 우는 소리. 볼 만큼 봤고 들을 만큼 들었다. 지식의 앎이 아니라 감각의 앎 필요하다. 아무리 경고해도 손으로 만져 봐야만 뜨거운 것을 아는 생물. 겪기 전에는 그것이 무엇인지 모르고 알고 싶어 하지도 않는 생물. 우리에겐 예상과 예감을 현실과 실제로 느낄 생생함이 필요하다. 감지하는, 감지되는, 감각의 지식. 실제로 행동이 멈추고 새로운 행위를 만들어 내는 진짜 앎이 필요한 것이다.

돌이켜보면 내가 꼽은 1순위는 대체로 날씨와 연관이 되어 있어.

　　　　　　　　　　　　　　　　　——「1순위의 세계」에서

날씨란 무엇인가. 그것은 일상과 무관하게 그려진 세트
장의 배경이 아니다. 인간의 삶. 그러니까 행동, 마음, 감
정과 기분, 잠과 꿈까지 연관되어 있다. '비가 오면 우산
을 쓰고 햇빛이 강하면 선글라스를 쓰면 돼. 더우면 에어
컨 켜고 추울 땐 히터를 켜면 돼.' 하지만 비와 빛은 피부
에만 닿는 게 아니고 살 속에 흡수된다. 뼈에 스미고 피를
바꾼다. 롤랑바르트는 『마지막 강의』에서 말했다.

뉘앙스. 이 어원은 우리에게 중요합니다. 왜냐하면 뉘앙스
라는 말에 현재 날씨 라틴어로 하늘(coleum)과의 관계가 포
함되어 있기 때문입니다.

우리는 안다. 말보다 말을 둘러싼 뉘앙스가 진짜 말이
라는 것을. 사물과 풍경에 빛이 관여하는 것처럼, 기분과
감정에 물과 불이 연관되어 있는 것처럼, 뉘앙스는 텍스
트보다 우위에 있다. 좋다고 해도, 싫다고 해도, 우리는
그 말을 다 믿지 않고 얼굴을 살핀다. 표정에 깃든 빛과
그림자를 보려 한다. 그것이 진짜 언어라는 것을 알기 때
문이다.

때문에 기후는 인간에게 중요하다. 행위와 의지와 결심

과 마음과 마음가짐보다 중요하다. 집을 꾸미고, 물건을 고르고, 옷을 고르고, 몸을 만들고, 음식에 대해 고민하는 것처럼 아니 그보다 훨씬 더 기후에 관심을 가져야 한다.

『기후변화 시대의 사랑』에서 보여 주는 세계와 인물들의 모습은 다음과 같다.

역대 최악의 폭염이 해마다 갱신된다. 서남극의 빙상은 녹고 해수면은 점점 높아진다. 수온 상승으로 산호초를 비롯한 수많은 생물들이 죽어 간다. 해빙 곳곳에 균열이 생기고 북극곰의 하얀 털은 갈색으로 변해 간다.

바람이 불어오는 곳을 향해 웃으며 뛰어가던 시절, 계절에 순응하며 곁에 다가온 것들을 있는 그대로 받아들이던 시절, 폭서와 혹한이 찾아와도 견딜 수 있고, 이 또한 지나가리라는 믿음이 있던 시절은 바다 저편의 등대 불빛처럼 희미했다.
　　　　　　　　　　　　　　　　—「하이 피버 프로젝트」에서

지속가능한 생존이라는 전제 아래 높고 단단한 벽이 사방을 둘러싸는 돔시티가 만들어졌다. 그것은 사람들을 보호하는 울타리였지만 모두의 울타리는 아니었다. 누군가는 강제 추방되었다. 급격한 기후변화는 화성이주계획을 지구에서 실천하게 했다. 사람들은 분노의 안전장치를 제거한 듯 이성을 잃고 분노한다. 가난한 자들은 '타인의 축제를 위해 노역하는 일꾼들처럼' 탑을 쌓고 굴을 팠다. 점점 더 많은 땅을 파내려 가는 일. 점점 더 높은 탑을 쌓는 일. 삶은 점점 더 힘겨워졌다. "사람들을 솎아 내면서 이미 내전은 시작됐다."

건드리면 큰일이 나는 '지구의 버튼'이라도 누른 것은 아닐까?

—「소년만 알고 있다」에서

그러나. 그럼에도 불구하고. 지옥처럼 변한 뜨겁고 차가운 그 세계에서도 사람은 살고 그곳에도 삶이 있다. 끝났어도 끝내지 않고 불가능해도 멈출 수 없다. 방법이 없지만 방법을 찾고 희망이 없지만 절망하지 않으려 한다. 그들은 여전히 몸부림치고 애를 쓴다. 사랑할 수 없는 곳에서 사랑을 하고 무너진 성의 잔해들을 골라 다시 쌓기 시작한다.

혹한이 닥쳤을 때, 땅을 파기 시작한 이들은 한 쌍의 어린 연인이었다. 그들은 가난했고, 어딘가를 향해 맹렬히 달아나고 싶어 했다.

—「굴과 탑」에서

종말이 진짜로 왔다고 가정해 본다. 아무것도 할 수 없고 내일을 믿을 수 없는 그때 사람은 무엇을 할 수 있을까? 무의미한 내일이 오늘의 의미를 앗아 가게 될까? 사랑에 빠진 이들의 몸과 마음에서 열기가 사라질까? 욕망도 감정도 돌덩이처럼 차고 무겁게 변하게 될까?

……아닐걸? 나무 심는 자는 계속 나무를 심을 거다. 빨래를 하고 음식을 하고 출근을 하고 쓰던 글을 마저 쓸 거다. 사랑하는 이들은 더 사랑하려고 파고들거다. 어차피 죽을 거 미리 죽는 자가 어딨나. 먹어도 곧 배고플 테니 안 먹는 자가 어디 있단 말인가. 인간은 내일 때문에 오늘을 포기하지 않는다. 머리로는 수도 없이 포기해도 몸과 마음으로는 결코 그렇게 하지 않는다. 영화 「퍼펙트 센스」에서는 인간에게 감각이 사라짐으로 종말을 맞는다. 보고 만지고 맡고 듣고 맛보는 것이 뭐 그렇게 중요하냐 싶지만 그것이 사라질 때 인간은 인간성을 잃고 삶의 의미를 잃어버린다. 맛을 잃은 소금처럼 스스로 바닥에 떨

어진다. 그럼에도 불구하고 한 연인은 사랑을 잃지 않았다. 오감을 잃었지만 감정의 감각은 남아 있었고 기억의 느낌은 살아 있었던 것이다.

기후변화의 시대에서 소설이 무엇을 할 수 있을까? 지구의 운명과 인류에 미래가 불안한 이 시대에 소설이라니. 고도의 과학과 정교한 수학을 총동원하여 진지하게 고민해도 모자랄 판에 소설이라니. 그런데 생각해 보자. 듣고 아는 것이, 듣고 아는 것에만 그치면 무슨 소용이 있단 말인가. 앎이 마음이 되고 마음은 결심과 행위로 이어져야 한다. 감동(感動)이 필요하다. 단어가 뜻하는 그대로다. 감정이 움직여야 행위가 달라지고 시간도 미래도 달라질 수 있다. 소설은 관념으로 아는 것을 감정으로 알게 해 준다. 생각으로 이해하는 것을 감각으로 느끼게 해 준다. 뜨겁다,는 전망을 통증의 언어로 바꾸고 수치와 숫자로 가득한 예견에 일상의 디테일을 부여한다. 현실을 담아 내고 미래의 현실을 보여 주는 건 소설만의 역할은 아니다. 하지만 어떤 소설은 독자로 하여금 이 모든 것을 느끼게 함으로써 이전에 없던 감각기관을 갖게 한다.

사람들은 죽기 전, 자식들에게 말했다. 그곳에 있는 존재들은 죽은 게 아냐. 잠들어 있는 거야. 우리가 이 세상에 존재하지 않고, 네가 낳은 아이들, 그 아이들이 낳은 아이들도 세상에 존재하지 않게 되었을 때, 얼음이 녹을 거야. 그때 여기 있는 모든 존재가 잠에서 깨어날 거야. 우리는 사라지는 게 아냐. 얼음 속에서 영원과도 같은 잠을 자는 거야. 그러다 때가 오면 깨어나는 거야. 우리는 그때 다시 만날 거야. 그때가 오면 반드시 다시 만날 거야.

—「약속의 땅」에서

얼음은 돌이 아니다. 얼음은 무의미가 아니다. 얼음은 죽어 있는 상태가 아니다. 얼음은 잠이고 꿈이고 영원이다. 언제나 미래면서 지금 당장 물이 될 수 있는 현실이다. 얼음은 다시 물이 되고 땅에 스며들고 공기가 되고 바람을 일으키는 자연의 씨앗이다. 얼음은 생물들의 몸속에 흡수되어 피가 되고 살이 되는 생명의 시작점이다. 얼음이 녹아 사라진다는 것은 정말로 사라지는 것이다. 의미의 무한한 가능성이 무의미함으로 증발하는 것이다. 보석보다 귀하고 빛나는 물질이 어둠과 허무 속으로 스러지는 것이다.

그러니 사람들아. 우리는 얼음을 헛되이 녹게 해서는

안 된다.

나는 몇 해 전부터 몇 가지 삶의 양식을 바꾸면서 플라스틱을 줄이는 데 애를 쓰고 있다. 종이컵 대신 텀블러를 사용하려 하고 비닐을 사용하지 않으려고 에코백을 가방에 넣고 다닌다. 플라스틱 칫솔 대신 대나무 칫솔을 사용하고 있고 샴푸나 바디워시 대신 샴푸의 기능을 대신할 비누를 사용하고 있다. 처음에는 내가 이렇게 하는 것이 무슨 의미가 있나 싶었지만 몇 계절의 시간을 헤아려 보니 나 하나가 줄인 플라스틱과 비닐의 양은 상당했다. 나는 안다. 한 번의 행위는 아무것도 아니다. 미비하고 무력하다. 하지만 그것이 삶의 양식이 되고 습관이 되면 결코 작지 않을 것이다. 생각해 보면 이걸 언제 다 할 수 있을까, 싶었던 일도 계속하면서 해냈었다. 높은 산도 그렇게 올랐고 불가능하다고 믿었던 일도 더러 해낼 수 있었다.

그러나 너무 부족했다. 나 혼자 아무도 모르게 하는 소소한 실천 말고 더 많은 일을 하고 싶었다. 그때 이 책을 만났다. 소설을 귀하다고 해도 될까? 소설에게 고맙다고 해도 될까? 아무튼 나는 이 책의 마지막 장을 덮고 속으로 중얼거렸다.

'귀한 소설이다. 고마운 소설이다.'

도서관에서 책을 빌리면 깨끗하게 읽고 고마운 마음으로 약속한 시간에 반납해야 한다. 이건 상식이고 기본인데 혹시 왜 그래야 하는지 모르는 사람이 있을 것 같아서 짧게 이유를 설명해 보려 한다.

첫째. 값을 지불하지 않았는데 책의 모든 것을 볼 수 있었기에 당연히 고마워해야 한다.

둘째. 책과 함께한 시간 탓에 내 책처럼 느껴질지 모르지만 그것은 내 책이 아니다.

셋째. 다음 사람이 읽을 예정이기 때문이다.

지구도 도서관에서 빌린 책과 같다. 소중하게 열심히 사용하자. 그리고 다음 사람에게 깨끗하게 돌려주자.

하이 피버 프로젝트

소피는 어스름이 흩어지기 시작하면 굴 안으로 들어가 자리 잡고 누웠다. 그리고 바지를 무릎까지 내린 후 손가락에 콘돔을 끼웠고, 날마다 하는 기도처럼 자위를 시작했다.

절차가 중요했다. 소피는 항상 애절한 신음으로 포문을 열었고, 숨넘어갈 듯한 비명으로 끝을 냈다. 절정에 이르렀을 때, 한 남자의 이름을 외치는 것도 잊지 않았다.

"피버! 오, 피버!"

소피의 밀도 높은 신음 소리는 굴 안에서 공명하다 다음 신음 소리에 밀려 바깥으로 빠져나갔다. 소리는 수풀 사이로 넓게 퍼져 나가며 고요한 숲을 긴장시켰다. 소피의 신음은 해가 뜰 시간이 되었음을 알리는 자명종 소리이자 영역 표시였고 동시에 가까이 오지 말라는 경고 신호였다. 스스로를 채우고 위무하는 의미도 있었다. 돔시티(DomeCity) 안에 살 때는 이렇게 마음껏 소리를 지르며 즐길 수 없었다. 어디를 가나 좁은 닭장 같았고, 옆 사람 숨소리조차 거슬렸다.

소피는 간단하게 생각하려 했다. 안전을 잃었지만 자유는 얻었다고, 낮을 버렸지만 밤은 취했다고, 시원함을 내팽개쳤지만 온기는 품었다고.

소피는 젖은 수건으로 몸과 손을 닦은 후 다시 바지를 끌어 올렸다. 그리고 숨을 깊게 내쉰 후 눈을 감았다. 바람이 불어오는 곳을 향해 웃으며 뛰어가던 시절, 계절에 순응하며 곁에 다가온 것들을 있는 그대로 받아들이던 시절, 폭서와 혹한이 찾아와도 견딜 수 있고, 이 또한 지나가리라는 믿음이 있던 시절은 바다 저편의 등대 불빛처럼 희미했다.

잠들기 전, 소피는 말했다.

"정말 멍청해. 이렇게 될 줄 정말 몰랐다고? 정말?"

누구나 이렇게 될 줄 알았다. 열파✽ 지역의 도시들은 이제 수명이 다했음을, 기존의 형태로는 더 이상 유지될 수 없음을 다들 알고 있었다. 알고 있었지만 머뭇거렸다. 거대한 변환이 필요한 일이어서 어디부터 손을 대야 할지 몰랐다. 세계는 동일한 정책에 합의를 해야 했고, 각 국가는 그에 맞춰 법을 바꿔야 했으며, 사회는 법의 실행을 감시하고, 개인은 각성과 협력을 해야 했다. 개인의 각성과 협력이 미비하면 실현 가능한 정책 마련을 위해 처음부터 다시 시작해야 했다. 어느 단위에서든 이기심을 부리는 순간, 최종 합의는 기약 없이 미뤄졌고, 기존에 합의된 정책 역시 좌초를 거듭했다. 그러는 사이 평균기온이 최고 54도까지 올랐다. 체감온도는 73도를 넘었다. 짙은 미세먼지를 품은 공기가 열기를 품은 채 오랫동안 한곳에 머무르며 사람들의 숨통을 조여 왔다.

✽ 극심한 이상고온이 오랜 기간 계속되는 현상. 핀란드 기상학자 포블 프리히는 20세기 후반부터 이상고온이 자주 나타나는 점에 주목, 1961~1990년의 평균기온에 비해 5도 이상 고온인 날씨가 5일 이상 연속해서 나타날 경우를 열파로 규정했다. 폭염 피해가 많은 인도의 재난관리국은 평지의 경우 40도 이상, 고지대는 30도 이상의 날씨가 계속되면 열파로 규정한다.(《경향신문》2015년 5월 27일)

이런 상황을 타개하기 위해 뒤늦게, 허겁지겁 세운 대책이 '돔시티'였다. 뉴욕 맨해튼을 거대한 '우주돔'으로 덮는 계획을 세웠던 건축가 리처드 버크민스터 풀러의* 영감을 이어받은 것이었다.

돔시티 건설 계획은 시작부터 삐걱거렸다. 먼저, 예산 문제로 촉발된 돔시티 면적을 둘러싼 갈등이 있었다. 거주 자격에 대한 공론도 격화되었다. 관련 법안은 거주 조건에 또 다른 조건이 붙으며 못 만든 도자기처럼 흉측해졌다. 인종, 민족, 종교, 재산, 교육 수준, 전과 유무 등 상황에 따라 모든 것이 결격 사유가 될 수 있었다. 각각의 돔시티마다 조건이 상이했는데, 추방자들을 수없이 양산한다는 점에서는 다를 바가 없었다.

지난한 과정 속에서 '지속 가능한 생존'이라는 전제 아래 돔시티 면적이 정해졌고, 그 면적만큼의 하늘을 투명 태양광 패널이 차지했으며, 높고 단단한 벽이 사방을 둘러쌌다. 반발과 폭동은 어렵지 않게 진압되었다. 거주 자

---

* 리처드 버크민스터 풀러(1895~1983)는 미국의 건축가이자 발명가, 시인이었고, 멘사의 두 번째 회장이었다. 그는 크로마뇽인의 돔 형태 움막에서 받은 영감을 바탕으로 가볍고 단단하면서도 저렴한 구조물인 "측지학 돔(geodesic dome)"을 개발했는데, 이는 넓은 면적을 덮을 수 있는 최적의 방법으로 평가받았다.

격을 인정받은 사람들이 앞장서서 그러지 못한 사람들을 돔시티 밖으로 몰아내고 빗장을 걸었다. 빼기의 정치학과 빼기의 경제학이 맞물린 생존 전략이었다.

돔시티를 둘러싼 높고 단단한 벽은 도시의 에어컨이자 공기정화기였고, 습도 조절 장치였다. 그리고 절대적인 보호의 대상이었다. 벽을 파괴하면 안 된다는 것에는 모두가 동의했다. 추방자들도 마찬가지였다. 추방자들의 목표는 돔시티 안으로 들어가는 것이었지 벽을 허무는 것이 아니었다. 따라서 기후 위기를 막기 위한 대책에 미온적인 반응을 보인 것을 스스로 인정한다면, 소피의 불만은 이런 것이 되어야 했다.

'어쩌다가 이런 방식으로? 도대체 왜 이런 방식으로?'

*

굴 입구와 위쪽에 덮어 놓은 나뭇잎 위로 무언가 후드득 떨어지는 소리가 났다. 소피는 힘겹게 눈을 뜬 후 손목시계로 날짜와 시간을 확인했다. 셋째 주 금요일 오후 5시였다.

소피는 짜증을 내며 다시 눈을 감았다. 비라면 나가서 몸을 씻었겠지만 셋째 주 금요일, 지금 이 시간이라면 나설 이유가 없었다. 드론이 돔시티 밖 창공에서 한 달에 한 번씩 흩뿌리는 것은 콘돔계의 샤넬이라 불리는 '사가미 002'였다.

해가 지며 어스름이 짙어졌다. 태양이 지평선에 손톱 모양으로 걸쳐져 있을 때, 소피는 굴 밖으로 빠져나왔다. 소피는 가볍게 스트레칭을 한 후, 주변에 떨어져 있는 콘돔을 빠짐없이 긁어모아 굴 안으로 던져 넣었다. 그리고 손전등과 생수병을 챙겨 숲을 헤쳐 나갔다.

드문드문이나마 나무가 살아 있었고, 간신히나마 숲이 숲의 형태를 유지하고 있었다. 소피는 조만간 이곳이 화성 같아질 것이라 생각했다. 모든 것이 붉은 모래로 뒤덮인 채 바짝 메말라 가고, 거친 모래 폭풍에 직립해 있는 모든 존재들이 앙상하게 깎여 나가는. 그래서 소피는 '화성 이주 프로젝트'에 예산을 쏟아붓고 있는 일부 돔시티의 정책이 의아했다. 이곳이 곧 화성처럼 변해 살 수가 없을 테니, 진짜 화성으로 가겠다? 지구를 복원하는 데 그 예산을 쓰는 것이 아니라?

숲을 빠져나오자 적막한 어둠이 내려앉은 평지가 나타났다. 이미 몇몇 사람들이 띄엄띄엄 거리를 두고 자리를 잡은 채 하늘을 바라보고 있었다.

돔시티 주변에 흩어져 있는 추방자들의 규모는 어느 누구도 정확히 알지 못했다. 몇만 명이라는 사람도 있었고, 전염병 탓에 몇천 명에 불과하다는 사람도 있었다. 추방자들은 가족이나 연인, 아주 친한 친구 사이가 아니라면 가까이 붙어 지내지 않았다. 찌는 듯한 더위 속에서 타인이 뿜어내는 열기까지 군말 없이 참아 내던 사람들은 이미 말라 죽거나 병들어 죽었다.

과거, 추방자 집단 사이에서도 여러 차례 갈등이 있었다. 붙어 있음으로써 집단 간, 개인 간 폭력이 늘어났고, 붙어 있음으로써 전염병의 피해가 더욱 커졌다. 미세먼지와 열기를 품은 채 정체된 공기는 만성 폐쇄성 폐질환과 폐암 발생 빈도를 세차게 끌어 올렸고, 피 섞인 가래를 뱉지 않는 사람들은 심혈관 질환을 앓았다.

거리가 폭력을 줄였고, 거리감이 서로의 피로를 줄였다. 간격은 생존 필수 조건이었다. 간격을 강제한 관계, 이것이 지난 몇 년간의 경험이 만든 질서였고 교훈이었다. 어쩌면 지금 이 지경까지 온 것도 거리와 거리감이 가져다주는 안정과 평화를 온갖 세련된 기술로 짓밟았기 때문인지도 모르겠다고, 소피는 생각했다.

＊

　소피는 평지로 더 나아가지 않고 숲이 끝나는 가장자리에 털썩 주저앉았다. 그리고 하늘을 올려다보았다. 돔시티 쪽에서 수송기 몇 대가 불빛을 반짝이며 날아오고 있었다. 잠시 후, 작은 낙하산을 장착한 상자가 하나둘씩 지상으로 떨어졌다. 사람들은 상자로 다가갔고 물건을 챙긴 후 서둘러 자리를 떴다.

　셋째 주 금요일은 수송이 몰려 있는 날이었다. 추방자들은 자신들의 처지를 비꼬며 이날을 '성녀 노트부르가 축일'＊이라 명명했다.

　주변이 한산해지자 소피는 멀리 떨어진 곳에 남아 있던 온전한 상자로 다가갔다. 상자 안에는 4주 치의 생필품과 식료품이 담겨 있었다. 소피는 그것을 배낭에 차곡차곡 담았다.

　그때, 쨍한 손전등 불빛이 소피의 배낭 쪽으로 날카롭게 날아왔다. 소피는 긴장한 표정으로 고개를 돌렸다. 건장한 남자가 자신을 향해 다가오고 있었다.

＊ 독일 남부 티롤 지방에서 가난한 직공의 딸로 태어난 성녀 노트부르가는 하녀들의 수호성인으로 평생 하녀로 살면서 음식을 나누어주는 등 가난한 사람들에게 선행을 베풀었다.

"뭐야? 저쪽에도 건드리지 않은 상자 있잖아?" 소피가 말했다.

"그게 아니라."

남자는 거리를 두고 멈춰 섰다.

"외로워서. 한 달 동안 대화를 못 했거든. 다들 경계하더라고."

"추방된 지 한 달 된 거야?"

"두 달. 함께 나온 사람이 있었는데 얼마 버티지 못했어."

남자는 머리 숙여 짧게 묵념한 후 다시 고개를 들었다.

"루라고 해. 그쪽은?"

소피는 긴장을 풀지 않은 채 남은 물건을 배낭에 마저 채워 넣었다. 남자는 소피를 잠깐 지켜보다 허탈하게 한숨을 내쉬며 다른 상자로 다가갔다.

소피는 바닥에서 일어나 배낭을 짊어지며 남자를 쳐다보았다.

"진짜 이름은? 진짜 이름은 뭐야?"

남자는 머뭇거렸다.

"그건 좀. 내가 왜 추방되었는지 알게 될지도 모르니까."

소피는 손바닥을 탁탁 치며 모래를 털어 냈다. 남자는 다소곳이 서서 소심하고 걱정 많은 눈빛으로 소피의 다음 행동을 기다렸다.

소피는 남자의 전신을 손전등 불빛으로 쓱 훑었다. 남자는 농사를 지어도 되겠다 싶은 넓은 이마를 가졌지만 30대 초반 이상으로는 보이지 않았다. 적응을 잘한 것인지 혈색이 좋았고, 폐병 환자들처럼 허리가 굽지도 않았다.

"어느 쪽이 외로운 거야? 몸? 아님 영혼?" 소피가 물었다.

"음…… 둘 다?"

"쫓겨난 이유를 알겠네. 넌 그냥 멍청해서 쫓겨난 거야."

소피는 왔던 길을 되돌아갔다. 남자는 상자 속 남은 물품을 배낭에 대충 담은 후 소피를 뒤쫓았다. 소피는 모른 체했다.

콘돔은 추방자들의 증가를 제한하기 위한 목적이었고, 생필품과 식료품은 추방자들의 저항과 폭력을 최소화하기 위한 수단이었다. 일부는 이를 받아들였고, 일부는 받아들이지 않았다. 받아들이지 못한 쪽은 땅굴을 팠다. 돔 시티 벽 아래를 파고드는 땅굴이었다.

*

"피버! 오, 하이 피버!"

소피의 갑작스러운 외침에 남자는 동작을 멈추었다. 소피가 남자를 올려다보며 물었다.

"안 해?"

"그 남자 알아?"

"누구? 피버?"

"그래. 피버! 그 남자를 찾아갈 생각이거든. '하이 피버(hi fever)'가 그 남자 별명 맞지?"

"하던 거나 마저 끝내."

남자는 다시 시작하려 했지만 집중하지 못했다.

"쳇!"

소피는 남자를 옆으로 밀쳐 냈다. 그리고 입으로 콘돔을 뜯어 손가락에 끼운 후 다시 속도를 높였다.

남자는 멍하니 소피를 바라보다 굴 구석으로 자리를 옮겼다. 그리고 숙제 검사를 통과 못 한 아이 같은 표정을 지은 채 소피가 끝마치기를 기다렸다. 동이 터 오고 있었다.

진통 같은 자위를 끝낸 후, 소피는 옆으로 비켜 누우며 남자의 자리를 만들었다. 남자는 고개를 살짝 끄덕이더니 소피 옆에 조심스럽게 누웠다.

두 사람은 LED 전기 촛불의 그림자가 일렁이는 진흙 천장을 말없이 바라보기만 했다. 의사소통 수단이 불완전했던 구석기시대에, 사소한 문제로 다투다 생각이 깊어진 연인 같은 모습이었다.

잠시 후, 소피가 천천히 입을 열었다.

"피버, 본 적은 없어. 과격하다는 소문만 이용하는 거야. 그 사람은 왜 찾아?"

"여러 개의 땅굴을 파고 있다는 이야기를 들었어. 나도 좀 거들어 볼까 싶은 생각이 들어서."

"돔시티에서 보낸 스파이지?"

"아냐."

"그럼 스스로 똑똑하다고 생각한 적 있어?"

"가끔?"

"오래 살고 싶으면 가끔이라도 그런 생각 마. 석 달 동안 땅굴 150개가량이 폭파당했어. 여럿이 죽었어. 아이들도 있었고. 끝도 없는 곡소리 때문에 며칠간 잠을 못 잘 정도였어."

"그거 외에 다른 방법이 있어?"

"찾아야지."

땅굴은 돔시티 안으로 들어가기 위한 최선의 방법이자 거의 유일한 방법이었다. 땅굴에 대한 최초의 아이디어는 팔레스타인 사람들이 이스라엘의 가자 지구 봉쇄에 맞서 이집트 쪽으로 땅굴을 판 것에서 비롯되었다. 수직으로 갱도를 파고 들어가 이집트 쪽으로 구멍을 넓혀 나가는 방식이었는데, 팔레스타인 사람들은 이 땅굴을 이용해 생필품과 의료품, 양과 같은 가축들, 그리고 각종 무기들을 들여왔다.

돔시티 쪽의 대응 역시 이스라엘이 땅굴을 막기 위해 시행했던 방법과 유사했다. 주기적인 철거와 폭파. 차이라면 돔시티 쪽은 스스로를 고립시켰다는 것이었다. 피버는 그 점을 노렸다. 고립이 이어지면 땅굴을 파서 길을 만드는 쪽이 이길 수밖에 없다는 것. 피버는 추방자들뿐만 아니라 돔시티 안쪽의 동조자들을 규합해 땅굴을 계속해서 파 나갔다. 그만큼 장례식도 늘어났다.

남자가 자신의 향후 계획에 대해 주절주절 떠드는 동안, 소피는 잠이 들었다. 남자는 소피를 가만히 지켜보며 낮을 지새웠다. 낮의 환한 정적과 굴 안의 축축한 온기 속에서 소피는 근심 없는 표정으로 편안히 코를 골았다.

*

사위가 어둑해질 무렵, 소피는 잠에서 깼다. 남자는 이미 떠날 채비를 마친 상태였다. 남자가 소피에게 손을 내밀며 말했다.

"마루. 내 이름이야. 성은 송이고. 거주권을 사느라 빌린 돈과 이자가 계속 연체돼서 일하고 있던 은행 돈을 빼돌리기 시작했는데, 금액이 좀 커졌어. 1년 동안 그랬거든. 완전 멍청이는 아니지?"

소피는 남자가 내민 손을 바라보기만 했다.

"추방 요건으론 조금 부족한데?"

남자는 자신의 얼굴을 가리켰다.

"색깔이 덧붙은 거겠지."

소피는 남자의 손을 붙잡았다. 짧은 악수. 짧은 웃음.

"왜 추방되었는지 물어봐도 될까?" 남자가 물었다.

"내 발로 걸어 나왔어. 사람 찾으려고. 사랑하는 사람이 추방되었거든."

남자는 털썩 주저앉았다.

"진짜 멍청이는 따로 있었네. 돌아가기 어렵다는 거 몰랐어?"

"알았어. 그래도 애인이 그렇게 되었는데, 뭐라도 해야 하지 않겠어?"

"그 남자가 추방된 사유는?"

"너무너무 못생기고, 못나서."

"……."

"명예훼손, 기물 파손. 그리고, 내란 선동, 내란 음모."

소피는 굴 밖으로 빠져나갔다. 남자가 뒤를 따랐다.

소피는 기지개를 켠 후 몸에 묻은 흙을 털어 냈다. 남자가 배낭을 짊어지며 물었다.

"지금은 포기한 거야? 그 남자를 찾는 일은?"

"아니. 찾았어."

소피는 손가락으로 돔시티가 있는 쪽을 가리켰다.

"저기로 다시 들어갔어. 나를 버려두고. 실낱같은 기회를 붙잡은 거지. 지금은 돔시티 경계 확대 법안과 거주 자격 완화 법안을 반대하는 집단을 이끌고 있다고 들었어. 다시 만나면 죽기 직전까지 패 준 다음 이렇게 말해 줄 생각이야."

소피는 싸늘하게 웃었다.

"반성과 후회는 지옥에서 해."

그리고 엄지로 목을 긋는 흉내를 냈다.

"이렇게 마무리를 하는 거지. 어때? 누아르 영화 같지 않아?"

남자는 침을 꿀꺽 삼켰다.

"같이 안 갈래?"

소피는 웃었다.

"저기로 다시 들어가고 싶으면 영혼의 외로움 따위는 생각지도 마. 옆에 혹을 붙이지도 말고. 가슴 아픈 일밖에 안 생길 테니까. 그리고 살아남아도, 어지간하면 사랑은 하지 마. 마지막까지 훌륭한 인간이 못 될 거라면 말이야."

남자는 어깨를 으쓱했다.

"이름을 알려 줘. 당신을 찾고 싶은 마음이 생길 것 같아."

소피는 남자를 가만히 바라보다 천천히 입을 열었다.

"소냐."

남자는 짧게 고개를 끄덕인 후 숲 저편의 어둠 속으로 걸어갔다. 남자의 그림자가 희미해졌을 무렵, 남자는 몸을 돌려 소피를 향해 손을 흔들었다. 소피는 슬픈 표정으로 고개를 돌렸다. 그때처럼, 연인이던 남자가 자신에게서 멀어지며 돔시티를 향해 걸어가는 모습을 차마 보지 못하고 고개를 돌렸을 때처럼.

두 사람이 마지막으로 나눈 대화를 소피는 잊었다. 잊으려 했다. 그러나 남자의 이 말만은 잊을 수 없었다.

"이 모든 게 꿈이었으면 좋겠어. 고통스러운 날씨도, 돔시티도."

자신은 뭐라고 대꾸했을까?

"너를 사랑한 게 꿈이었으면 좋겠어. 하룻밤 악몽에 불과했으면 좋겠어."

소피는 그렇게 말하지 못했다. 소리 죽여 울기만 했다. 소피는 그날을 그렇게 기억했다.

＊

　폭발음이 연이어 들려왔다. 몸이 흔들릴 정도의 진동이 뒤따랐고, 천장에 균열이 가며 바닥으로 진흙이 우르르 떨어져 내렸다. 땅굴 폭파 작업이 다시 시작된 듯했다. 소피는 잽싸게 굴 밖으로 뛰쳐나갔다.

　작열하는 햇살이 소피의 이마 위로 쏟아졌다. 소피는 어지러움 때문에 무릎을 꿇어야 했다. 속도 메스꺼웠다.

　뒤쪽에서 굴들이 무너지는 소리가 들려왔다. 소피는 다급하게 고개를 돌렸다. 식량과 생필품을 쟁여 두던 굴 입구가 파묻혔다. 침실로 쓰던 나머지 하나는 버티고 있었다. 그러나 시간문제였다. 굴이라고 했지만 땅을 그리 깊지 않게 판 후 버팀목과 지지대를 세워 천장을 만들고, 그 위로 열 흡수와 위장을 위해 나뭇잎을 두른 허름한 구덩이에 불과했다.

　소피는 정신을 차리고 침실로 쓰던 굴로 달려 들어갔다. 천장 버팀목과 지지대가 쩍쩍 갈라지고 있었다. 소피는 바닥에 쌓여 있는 콘돔을 배낭에 허겁지겁 쑤셔 넣었다. 그리고 굴 밖으로 몸을 던졌다. 입구 쪽 지지대가 완전히 부서지며 천장이 무너져 내렸다. 소피는 상체를 빼냈지만, 허리 아래는 그럴 수 없었다.

포클레인이 흙을 퍼내고 옮기는 작업을 하는 소리가 멈추면 다시 폭발음이 들려왔고, 뒤이어 악다구니를 쓰며 권양기를 옮기는 추방자들의 목소리가 메아리처럼 숲을 휘저었다.

*

태양은 무겁고 느리게 움직였다. 고장 난 무릎을 이끌고 화장실로 걸어가는 노인의 발걸음 같았다. 소피는 태양을 저주하고 낮에 욕을 퍼부었다. 찔리거나 찢어진 곳은 없었다. 발목을 움직일 수 있는 여유 공간도 있었다. 그러나 진흙의 무게 때문에 다리를 빼내기가 쉽지 않았다.

소피는 해가 질 때까지 기다렸다. 낮에 움직이면 체력이 배로 소모되었다. 소피는 나뭇잎으로 머리를 가린 채 몸의 감각을 잃지 않으려 노력했고, 피부가 익어 가는 소리를 듣지 않으려 귀를 막았다.

어둠이 깔리기 시작하자 소피는 몸을 조금씩 비틀었다. 아주 천천히 해야 했다. 허리에 이상이 생긴 채로 다시 낮을 맞으면 자신의 살이 타는 냄새를 꼼짝없이 맡고 있어야 할지도 몰랐다. 소피는 손으로 진흙을 긁어 내며 조금씩 빈틈을 만들었다.

멀리서 수송기 프로펠러 소리가 들려왔다. 성녀 노트부르가 축일. 돔시티 쪽은 모두가 안심하고 있던 날을 골라 땅굴을 폭파했다.

"개새끼들."

간신히 몸을 빼낸 소피는 바닥에 대자로 누운 채 마루라는 이름을 지닌 남자의 얼굴을 떠올렸다. 그가 떠난 지 한 달이 지났다. 한 달이면 피버를 만나고, 땅굴 작업에 투입되기에 충분한 시간이었다.

"멍청이."

소피의 눈가에 눈물이 고였다. 무엇을 위한 애도인지, 누구를 애도하고 있는 것인지, 소피는 알 수 없었다. 소피는 바닥에서 일어나 배낭을 들고 비틀거리며 숲을 헤쳐 나갔다.

*

여기저기서 복구 작업을 하고 있었다. 소피는 일부러 추방자들이 있는 곳 쪽으로 움직였다. 주인 잃은 삽과 톱을 찾기 위해서였다. 가족 단위로 움직이는 사람들은 그나마 수월하게 작업을 진행했지만 혼자이거나 늙은 사람들은 간단치가 않았다. 굴을 파려면 힘이 필요했고, 지지대를 세우려면 얼마간의 빛이 필요했다. 그러나 낮에는 작업을 할 수 없었다. 해가 뜨기 전에 재빨리 끝내야 했다. 소피도 찾던 것을 구하면 얼른 돌아가 굴 입구를 막은 흙을 퍼낼 생각이었다.

소피가 기웃거리며 바닥을 훑어보고 있을 때, 어둠 속에서 누군가 말을 걸어왔다.

"이거 갖고 가. 나는 다 썼어."

소리가 나는 곳으로 다가가자 짧은 흰색 반바지에 검은색 양말을 발목 위까지 끌어 올린 노인이 등을 보이고 있었고, 노인의 다리맡에서는 시바견이 삽에 묻은 진흙의 냄새를 맡고 있었다.

"삽 주인은 돌아오지 않을 생각인 것 같군." 노인이 말했다.

"그럴 수 없는 거겠죠."

소피는 노인 곁에 나란히 섰다. 노인은 나무에 못을 박아 걸어 놓은 액자를 들여다보는 중이었다. 환한 달빛이 액자 테두리 위에서 물결처럼 반짝였다.

액자 속에는 색종이를 오려 붙여 호수 위로 불꽃이 터지는 장면을 묘사한 작품*이 담겨 있었다. 밤하늘을 수놓

---

* 야마시타 기요시, 「스와호의 하나비」.

은 노랗고, 빨갛고, 벚꽃처럼 흩날리고, 황금색 분수처럼 반짝이는 불꽃들. 그러나 소피는 불꽃들이 검은 밤을 갈기갈기 찢어 놓고 있는 것 같다고 생각했다.

"내가 만든 거야." 노인이 말했다.

"그런 게 아니고요?"

"저 불꽃 말이야. 호수 축제가 처음 열렸을 때였지. 기억하나? 25년 전쯤이었는데? 이 그림을 여기서 다시 보게 될 줄은 정말 몰랐어."

소피는 배낭을 털썩 내려놓았다.

"기다렸어요."

"다들 그랬지. 근데 호수가 말라비틀어지는 데 4년밖에 안 걸릴 줄 누가 알았겠어?"

"축제 말고요. 들은 적이 있어요. 추방자 중에 폭탄을 만들 수 있는 사람이 있다는 걸."

노인은 애매한 웃음을 흘렸다.

"저건 불꽃이야. 폭탄이 아니라."

소피는 대꾸 없이 노인의 얼굴을 바라보기만 했다. 노인은 할 말을 찾는 듯 입을 우물거렸다. 소피는 확신에 찬 목소리로 다시 물었다.

"폭탄, 만들 수 있죠?"

노인은 액자 쪽으로 천천히 고개를 돌렸다.

"벽을 폭파할 생각이라면 그만둬. 흠집 내기도 쉽지 않으니까. 전부를 날려 버릴 작정이라면 돌아갈 곳을 아예 없애 버리는 결과가 될 테고."

소피는 노인의 어깨에 손을 올리고 부드럽게 힘을 주었다.

"벽을 부수려는 게 아니에요. 들어갈 생각도 없고."

노인은 끼고 있던 안경을 추어올렸다.

"이곳 생활이 심각하게 심심하고 지겨웠나 보군."

소피는 웃었다.

"불러낼 거예요. 저들을, 밖으로. 우리가 있는 바로 이곳으로."

소피는 노인에게 보여 줄 것이 있다는 듯 배낭을 획 뒤집었다. 바닥으로 무언가가 우르르 쏟아져 내렸다. 소피가 때를 기다리며 모아 온 콘돔들이었다.

*

달빛이 비치는 곳에는 사람이 없었고, 어둠 속에는 침묵이 펼쳐져 있었다. 노인은 주변을 한 번 더 둘러본 후 조심스럽게 바지 지퍼를 내렸다. 소피는 피식 웃었다. 노인이 무언가를 꺼내려던 찰나, 소피가 노인의 바지 지퍼를 재빠르게 끌어 올렸다.

"콘돔 쓸 곳은 따로 있어요. 거기가 아니라."

소피는 노인에게 다음과 같이 말했다. 콘돔 풍선을 만든다. 소형 폭탄을 띄워 올릴 수 있을 만큼 풍선들을 여러 개씩 묶는다. 서풍이 불 때 풍선을 돔시티 천장 위로 띄운다. 풍선이 터져서 폭탄이 떨어져도 벽엔 흠집 하나 못 낼 수 있다. 그러나 태양광 패널은 타격을 받는다. 한동안은 버티겠지만 비축해 둔 에너지가 떨어지면 돔시티 안의 사람들은 마른 멸치 신세가 되지 않기 위해 돔시티 밖으로 뛰쳐나올 수밖에 없을 것이다. 그들을 보호하던 벽이 이제는 그들을 가둬 놓은 채 바짝 말려 갈 테니까.

소피의 말이 끝나자 노인이 물었다. 그 이후에는? 소피는 씩 웃었다.

"내일은 내일의 달이 뜨겠죠."

노인은 소피를 자신의 굴로 데리고 갔다. 노인이 만든 굴은 그의 왜소한 몸처럼 소박했다. 입구를 가리면 혼자 죽어 있기 딱 좋은 관이나 다를 바 없었다.

노인이 말했다.

"콘돔을 이렇게 쓰리라고는 전혀 생각 못 했어. 돔시티 애들도 뒤통수를 맞은 기분이겠지? 나처럼?"

*

노인이 머무는 굴 한쪽 벽면에는 작은 통이 가득 쌓여 있었다. 노인이 하나씩 통을 열었다. 통에는 칼슘, 나트륨, 구리, 질산칼륨, 염소산칼륨, 질산암모늄 등이 담겨 있었다. 노인은 재료들의 특성을 소피에게 자랑하듯 설명했다.

"이거면 태양광 패널 절반은 날려 버릴 폭탄을 만들 수 있어."

"할 거예요?"

노인은 한숨을 내쉬었다.

"예전에도 폭탄을 만들겠다며 나를 찾아온 사람들이 있었지. 그런데 폭탄 사용을 피버가 끝까지 반대했어."

"이유는요?"

"그는 귀향이 목표니까. 돌아갈 고향을 날려 버리는 데 찬성할 수는 없었겠지."

"목표에 이르는 방향이 다를 뿐이에요."

"피버는 돔시티 진입이 목적이야. 땅굴도 협상을 하기 위해 파는 거고. 일단 자기를 따르는 사람들을 데리고 들어가면 밝혀지지 않은 땅굴을 모조리 폭파해 버리겠지. 그게 핵심 협상 조건이 될 거야. 안으로 진입하면 얼마간 돔시티 경계를 넓히려는 노력을 하겠지만 더 나아가지 못

할 게 뻔해. 안쪽 사람들이 일시적인 고통조차도 감수하려 들지 않을 테니. 벽에 조그마한 문제라도 생기면 금세 죽는지 안다니까. 뭐, 크게 틀린 말도 아니지만."

소피는 마그네슘 가루가 든 통의 뚜껑을 열고 냄새를 맡았다.

"자기들만 살겠다는 게 다 같이 죽자는 말만큼이나 잔인한 결정이라는 걸 깨닫게 해 줄 거예요. 피버에게도. 그런 다음 다시 시작하는 거예요. 처음부터."

노인은 느릿느릿 고개를 끄덕였다.

"그렇게 되면 뭔가 다른 방법을 찾아보려 하겠지."

"있을까요?"

"글쎄? 진화? 인간이 진화하는 거야. 혹독한 더위와 추위를 견딜 수 있도록. 10만 년쯤 걸리려나?"

"다른 방법은 없어요?"

"도덕적 능력 향상이겠지. 그건 더 오래 걸릴 거야. 30만 년쯤?"

노인은 씩 웃었다. 소피도 따라 웃었다.

"빨리 제조법을 알려 주세요. 내가 만들게요."

"내가 내일이라도 픽 죽어 버리면 곤란하니까?"

"그럴 거예요?"

노인은 무덤처럼 어둡고 고요한 동굴 천장을 바라보

왔다.

"죽기 전, 소원이 생겼어. 밤하늘을 가득 메운 불꽃을 다시 보는 거."

"그럼 좀 자 둬요."

소피는 바닥에 앉아 진흙 벽에 등을 기댔다.

"너무 피곤해요. 힘을 너무 많이 썼어."

노인은 잠깐 지켜보다 소피 곁에 자리를 잡고 앉았다. 노인이 어깨를 내어 주자 소피는 머리를 기대고 눈을 감았다. 어슴푸레한 아침 햇살이 굴 안으로 고개를 들이밀었다. 노인은 소피에게 지난날의 노래를 자장가처럼 불러 주었다.

"덧없이 흘러가는 하늘은 / 가슴을 찢어 놓고선 / 잊어버린 기억을 불러와 / 눈물을 훔치네 / 하얀 벚꽃의 계절은 / 머나먼 꿈속에 있을 뿐 / 흩날리며 지는 꽃잎이 속삭인 / 잊을 수 없는 말."*

소피는 노인의 과거를 묻지 않았다. 노인도 마찬가지였다. 쫓겨난 사람들의 사연은 뻔했다. 뻔한 슬픔이었다. 소피는 슬픔을 또 다른 슬픔으로 묻는 일을 종식시키고 싶었다.

---

* 하쓰네 미쿠,「꿈과 벚나무」(개작).

*

　타인의 축제를 위해 노역하는 일꾼들처럼, 소피와 노인은 무표정한 얼굴로 꾸역꾸역 폭탄을 만들었다. 두 사람 모두 진지했고, 누구도 웃지 않았다. 노인은 농담을 했지만 고단함에 한 말일 뿐 그 이상은 아니었다. 노인은 소피에게 막대불꽃을 만드는 법도 알려 주었다. 노인이 잠들었을 때, 소피는 남은 재료로 막대불꽃을 더 많이 만들어 두었다.

　폭탄 제조를 끝낸 다음 날 밤, 소피는 노인의 만류를 뿌리치고 피버를 찾아갔다. 피버를 찾는 일은 어렵지 않았다. 땅굴을 팔 지원자들이 늘 필요했기 때문이다. 피버 쪽 사람들이 숲의 가장 깊은 곳에 자리 잡은 피버의 굴로 소피를 데리고 갔다.

　굴 안으로 들어가자 파란색 두건을 쓰고, 짙은 눈썹 아래 쌍꺼풀진 눈을 가진 남자가 테이블 너머에서 소피를 기다리고 있었다. 남자가 쓴 두건 이마 부위에는 폭파되는 벽이 붉은색으로 묘사되어 있었다.

　"당신이군요. 일출 때마다 내 이름을 소리쳐 부른다는 사람이. 궁금했어요." 피버가 말했다.

　"지저분하게 구는 것들을 쫓으려는 의도였어요. 미안

해요."

"기분 나쁘지 않았어요. 누군가의 좋은 상상 속에 머무는 일이니까."

소피는 피버 맞은편 의자에 앉았다. 입 주변으로 뚫려 있는 두건의 구멍 사이로 피버의 입꼬리가 슬쩍 올라가는 모습이 보였다.

"계획은 전해 들었어요. 그냥 우리 쪽에 합류하는 게 어때요? 폭탄은 너무 위험해요. 사상자도 생길 수 있고."

"주기적으로 묘비를 만들고 있는 건 당신이지 않아요?"

"그건……. 폭탄은 양쪽 모두가 다칠 수 있어요."

"불판 위에 올려져 있는 건, 우리예요."

피버는 또 슬쩍 웃었다. 그리고 잠시 후, 쓰고 있던 두건을 천천히 벗었다. 갓 스무 살을 넘긴 듯한 앳된 청년의 얼굴이 나타났다.

피버는 소피를 뚫어지게 바라보았다. 소피도 물러서지 않았다. 피버의 얼굴에서 웃음기가 점차 사라졌다.

"폭탄을 쓰면 내전으로 치달을 거예요. 전쟁과 내전 중에 내전이 더 절망적인 결과를 가져와요. 전쟁은 한쪽이 항복하면 끝나지만 내전은 한쪽이 절멸할 때까지 계속돼요. 그렇게 가도록 내버려 둘 순 없어요."

"사람들을 속아 내면서 이미 내전은 시작된 거예요. 저

쪽은 전쟁이라 생각할지도 모르겠지만. 알잖아요?"

"나는 다음이 늘 중요하다고 생각해요. 그게 내가 역사를 배우며 얻은 교훈이에요. 벽을 부술 수 있어요. 천장을 폭파할 수도 있고. 문제는 그다음이에요. 다 같이 공평하게 절멸할 수도 있어요. 바라는 모습이 그건 아니잖아요?"

소피는 답을 짐작할 수 있는, 궁금했지만 묻고 싶지 않은 것을 물어야 했다.

"어디 있어요? 마루. 송마루."

피버는 쉬이 대답하지 못했다.

"안타깝지만,"

"시신은?"

"아직 못 찾았어요."

소피는 자리에서 일어났다.

"나는 당신에게 동의를 구하려 온 게 아냐. 내 계획이 추방자들에게 또 다른 절망을 안기는 일은 아니라는 걸 알려 주려고 온 거야."

소피는 돌아섰다.

"잠깐만요. 문제가 더 복잡해질 거예요."

"인간은 단순한 존재야. 단순한 존재니까 돔을 짓고 사람들을 내쫓은 거라고. 우리도 단순하게 생각해야 해. 그들이 우리를 밖으로 내쫓았듯, 나는 저들을 밖으로 불러

낼 거야."

소피는 입구로 향했다.

"패기는 젊은 사람들의 특권 아닌가?"

피버는 웃었다.

"젊은 사람들은 콘돔을 그런 데다 안 써요. 패기는 보통 아래에 집중되어 있고요."

"'아랍의 봄' 시절을 잊었나 보네."*

"돔시티 쪽도 우리가 필요해요. 내부의 균열을 막는 가장 효율적인 수단이 외부의 적이니까. 우린 그걸 역이용하면 돼요. 느리더라도 조금씩 안으로 진입해서 돔시티 경계를 넓힐 수 있는 방법을 모색하는 거죠. 그러다 보면 결국 함께 살 수 있는 물길을 열 수 있을 거예요."

소피는 대꾸 없이 굴 밖으로 걸어 나갔다.

---

* 과거 '아랍의 봄'이 지나간 후 이집트에서는 군부 실세가 대통령이 되었다. 그는 언론의 자유를 억압하고, 자신에게 반대하는 사람들을 고문하고 차별했으며, 시위를 무력으로 진압했다. 그때, 두 명의 청년이 콘돔 풍선을 만들어 경찰들에게 나눠 줬다. 독재자의 하수인이라는 조롱과 시민들을 차별하는 행동에 대한 항의의 의미였다. 두 사람은 징역형에 처해졌다.

피버는 시간을 좀 달라고 했다. 혼자 결정할 수 없다고. 사람들과 상의를 해 보겠다고. 소피는 일주일을 기다리겠다고 했다. 피버는 마지막으로 말했다. 송마루의 시신을 반드시 찾겠다고. 소피는 노인이 있는 굴로 돌아갔다.

4일이 지난 후, 피버의 전갈이 도착했다. 피버는 소피의 행동을 저지하진 않겠지만 일이 벌어지면 자신들은 이와 무관하다는 점을 돔시티 쪽에 알리겠다고 했다.

소피는 놀라지 않았다. 예상했던 내용과 다르지 않았다. 피버는 이번 계획이 실패할 것임을 확신하는 듯했고, 어쩌면 이번 일이 자기들 입장에서는 유리한 결과를 낳을지도 모른다고 생각하는 것 같았다. 과격파를 배제한다는 상호 합의를 통해 진입 장벽을 낮출 기회를 얻을 수도 있다고 본 것이다. 어쩌면 돔시티의 빠른 회복력을 신뢰하는 것인지도 몰랐다. 어느 쪽이든 상관없었다. 소피는 서풍이 불어오기만을 기다렸다.

＊

작전명은 '하이 피버 프로젝트(High Fever Project)'였다.

일명, 고열 작전. 만약, 피버가 이 사실을 안다면 예의 순진한 미소를 짓고 있을 수만은 없을 거라고 소피는 생각했다. 그러나 이보다 더 적확한 작전명은 없었다. 세상은 지금보다 뜨거워질 것이었다.

소피는 자신의 연인이었던 남자를 잠깐 떠올렸다. 사랑 없는 세계에 홀로 남아 가장 뜨겁게 덥혀질 남자. 복수는 돔시티 안에 살고 있는 평범하고, 자신이 가진 것만큼 이기적인 사람들 중 하나로 그를 기억하는 걸로 충분했다. 특별함이 사라진 관계. 그게 사랑이 아닌 것들의 다른 이름이니까.

소피는 이 프로젝트를 함께 진행할 사람들을 은밀히 모았다. 다리가 불편하고, 한쪽 눈이 멀고, 말문이 닫혀 버린 이들이었다. 이들은 소피가 나눠 준 콘돔을 풍선처럼 불면서 어릴 적 믿었던 동화 속 세계에 도착한 사람들처럼 웃었다.

약속의 날, 소피와 노인을 포함해 소피의 계획에 동조한 열세 명의 사람들은 소형 폭탄이 매달린 콘돔 풍선을 손에 쥔 채 서풍이 몰고 온 하늘 위의 구름을 잠깐 동안 바라보았다. 흘러가는 구름처럼, 사람들은 각자 가슴에 품고 있던 희망이 저곳에 닿기를 바라는 눈빛이었다.

소피는 막대 불꽃을 바닥에 꽂았다.

"축제엔 서막이 있어야 하겠죠? 하루토 씨가 불을 붙여 주세요."

막대 불꽃에 불을 붙이기 전, 노인은 사람들에게 말했다.

"불꽃을 바라보며 소원을 빌어요. 내 건 약발 잘 받기로 유명했으니까."

한 남자가 어둠 속에서 쾌활한 목소리로 외쳤다.

"우리에겐 내일이 없어요!"

남자의 말에 다들 킥킥거렸다. 노인이 막대 불꽃에 불을 붙였다. 심지에 옮겨붙은 불은 연등처럼 타올랐다. 이윽고 불꽃은 긴 밤을 종식하는 여명이 되어 돔시티 천장을 향해 빠르게 솟구쳐 올랐다. 불꽃은 노랗고, 빨갛고, 벚꽃처럼 흩날리고, 황금색 분수처럼 반짝이며 밤하늘을 갈기갈기 찢어 놓기 시작했다.

소피가 손을 들어 신호를 보내자 사람들이 콘돔 풍선을 하늘 위로 일제히 띄웠다. 하얀 치아를 드러낸 채 웃고 있는 달을 배경으로, 수많은 콘돔 풍선이 돔시티 천장을 향해 둥실둥실 날아올랐다.

갈매기 그리고

유령과 함께한 하루

요셉은 눈물을 참지 못했다. 20년 만에 본 풍경이었다. 청명한 하늘과 윤기로 빛나는 구름, 맑게 반짝이는 햇빛과 포근한 바람, 그리고 이 모든 것들을 투명하게 비추는 바다. 요셉은 바다가 지난 시절의 모습을 간직하고 있다는 사실 하나만으로도 지금까지의 좌절감을 모두 보상받은 기분이었다. 생각해 보면 예외 없이 좋은 것들은 다 자연에 속한 것들이었다. 부드러운 구름, 선선한 바람, 고요한 바다. 요셉은 지난 세월 홀로 버려져 있던 바다와 해안가를, 쌓인 눈을 처음 밟는 기분으로 걸었다.

선착장에는 모래와 먼지가 뒤덮인 크고 작은 요트들이 묶여 있었다. 낡고 부식되었지만 근해를 오가는 데는 문제가 없어 보였다. 요셉은 조그마한 딩기 요트*에 올라 탄 후 닻을 끌어 올렸다. 마치 기다리고 있었다는 듯, 썰물 같은 바람이 불어왔다. 요셉이 힘껏 돛을 펼치자 요트는 작은 신음을 토하며 수평선 너머를 향해 유유히 나아갔다.

햇빛과 바람, 바다와 하늘, 구름과 파도는 마치 방금 태어난 듯 순하게 꿈틀거리고 뒤척거렸다. 요셉은 주변을 아이처럼 둘러보며 모든 것들을 눈에 주워 담았다. 그러다 뒤늦게 요트 선미에 앉아 있는 한 여자를 발견했다. 여자는 등을 보인 채 멀어지는 해변을 바라보고 있었다.

언제? 어떻게? 해변에는 아무도 없었는데? 요셉은 얼떨한 표정으로 여자를 향해 조심스럽게 소리쳤다.

"안녕, 하세요."

그러나 어느새 거칠어진 파도 소리가 요셉의 목소리를 집어삼켰다. 요셉은 돛대를 붙잡으며 소리 높여 다시 여자를 부르려 했다.

그때, 등 뒤에서 위협적인 갈매기 울음소리가 들려왔다. 요셉은 목과 어깨를 움츠리며 빠르게 고개를 돌렸다.

---

* 강가나 바다 연안에서 즐기는 소형 세일링 요트. 엔진과 선실을 갖추지 않은 채 주로 풍력으로 항해한다.

언젠가 한 번쯤 상상해 보았던, 초고층 빌딩만큼 거대한 파도가 돛대 위로 날개를 펼치고 있었다. 그리고 그 앞에는 맹금류처럼 짙은 갈색 깃털에, 마치 세 겹인 듯한 두툼하고 단단한 부리를 가진 갈매기가 저공비행을 하며 매서운 눈빛으로 요셉을 노려보고 있었다. 요셉은 이 갈매기의 이름이 퍼뜩 기억났다. 몇 년 전, 우연히 보게 된 다큐멘터리의 내레이터는 저 갈매기를 두고 이렇게 말했다.

"남극권에 사는 큰풀마갈매기는 근육과 지방이 적은 펭귄의 두개골 아랫부분을 집중적으로 공격하고 그곳부터 먹기 시작합니다."

요셉은 입을 벌린 채 이후의 상황을 재빨리 그려 보았다. 답은 뻔해 보였다. 예감한 바와 같이, 큰풀마갈매기는 지체 없이 자신의 목덜미를 향해 달려들었고, 파도는 요트를 빠르게 덮쳤다. 요셉은 질끈 눈을 감았다.

벼락같은 비명을 지르며, 요셉은 꿈에서 깨어났다. 침대 시트는 축축했고, 눈가는 촉촉했다. 요셉은 이 물기가 조금 전 해안의 따뜻한 날씨 때문인지, 아니면 악몽으로 인한 식은땀 때문인지 한동안 분간하지 못하다가 침실 창문 너머로 펼쳐져 있는 수많은 마천루들의 존재를 확인한 후에야 물기의 정체와 자신이 지금 있는 곳을 확신할 수 있었다.

*

　서남극 빙상이 예상보다 더 빨리 녹아내린 것이 변화의 결정적 계기였다.* 전 세계 136개의 해안 도시가 범람했고, 4000만 명 이상의 난민이 발생했다. 온난화로 인한 해수면 상승은 육지를 서둘러 바다로 편입시켰고, 사이즈가 커진 폭풍과 폭풍해일은 안전지대의 개념을 뿌리째 흔들었다. 학자들과 기후 전문가들은 앞으로 해수면이 지금보다 2미터 이상 더 상승할 것이라 경고했다. 정치인들은 앞뒤 가릴 것 없는 특단의 조치가 필요함을 뒤늦게 인정하며, 지구의 누적된 사연을 박제하고 있던 빙하를, 되돌릴 수 없는 시한폭탄으로 전락시켰다.

　최악의 시나리오를 토대로 많은 도시들이 내륙 깊이 물러났다. 사람들은 빠르게 차오르는 수위를 대비해야 했고, 미세 먼지로 뒤덮인 공기를 정화해야 했으며, 열파로부터 벗어나야 했다. 격론 끝에, 돔시티(DomeCity)가 대안

---

* 서남극의 빙상은 대부분이 해수면 아래 암반 위에 자리 잡고 있어 온난화에 더 취약하다. 1992년부터 이곳에서 실질적으로 사라지는 빙상은 연평균 650억 톤에 달한다. 전문가들은 서남극의 빙상이 모두 사라질 경우 해수면이 4.3미터 가까이 상승할 것이라 예측하고 있다.(《내셔널지오그래픽》2013년 9월)

으로 채택되었다.

먼저, '지속 가능한 생존'이라는 전제 아래 돔시티 면적이 정해졌다. 이어서 높고 단단한 벽이 사방을 둘러쌌다. 마지막으로 유리처럼 투명한 태양광 패널이 돔시티 면적만큼의 하늘을 뒤덮었다. 투명 태양광 패널은 미세 먼지를 차단함과 동시에 에너지를 생산했다. 초고층 빌딩처럼 솟아오른 돔시티 벽은 최후의 방파제로서 도시의 에어컨이자 공기정화기, 습도 조절 장치로 기능했다.

돔시티 밖은 한낮 기온이 평균 54도까지 치솟았다. 체감온도는 73도를 넘었다. 두꺼운 미세 먼지 구름과 안개는 그 열기를 한곳에 계속 묶어 두었다. 폭풍이 몰아칠 때는 해수면 상승 정도가 실시간으로 중계되었다. 사람들은 수면이 상승하면 물에 닿기도 전부터 허우적거렸다. 돔시티는 사람들을 보호하는 울타리였다. 그러나 모두의 울타리는 아니었다. 누군가는 강제 추방되었다. 가족과 연인을 뒤로한 채 홀로 떠나야 했던 사람도 있었다. 또 다른 누군가는 자발적으로 돔시티 밖으로 뛰쳐나갔다. 삶에서 정말 중요한 것이 무엇인지 자신이 제일 잘 알고 있다고 믿는 사람들이었다. 돔시티 안에 남은 사람들은 그들이 착시를 일으켰거나, 착각에 빠졌거나, 교만을 부린다고 생각했다. 다만, 지금 눈물을 훔치며 잠에서 깨어난 요섭은, 그 어떤 부류에도 속하지 않았다.

*

요셉은 머리를 감으면서, 세수를 하면서, 혓바닥의 백태를 요란스럽게 긁어내면서 재차 다짐했다. 다시는 꿈에 속지 말자고, 남극이 과거 자신이 살았던 LA 베니스 비치(Venice Beach)*처럼 변할지도 모른다는 학자들의 경고는 경고가 아니라 저주였고, 그 저주는 현실이 되었음을 꿈에서도 잊지 말자고, 지난 시절의 풍경은 동화 속 환상으로 남겨 두자고.

요셉이 몸에 남은 꿈의 잔상을 씻어 내고 있을 때, 오피스텔 빌딩이 진동으로 해 놓은 휴대폰처럼 좌우로 흔들렸다. 요셉은 셰이빙 폼을 얼굴에 묻힌 채 욕실을 뛰쳐나와 거실 식탁 아래로 기어 들어갔다.

3년 전, 여자 친구와 동거하던 집을 나와 이곳으로 이사 올 때, 요셉은 비어 있는 3501호와 5303호 중 3501호를 선택했다. 고층 선호는 옛말이었다. 돔시티 조성 이후,

---

* 캘리포니아 샌타모니카 남쪽의 해변. 애벗 키니라는 부동산 개발업자가 자신이 가장 좋아하는 이탈리아 도시인 베네치아를 LA에 재현하고자 만든 해변이자 마을이다.

조망권이라는 단어는 사장되었다. 어디를 봐도 보이는 것은 초고층 빌딩들뿐이었고, 정작 보고 싶은 것들은 돔시티 밖에 있었기 때문이다. 또한, 4년 전, 이곳에서 160킬로미터 떨어진 곳에서 규모 6.2의 지진이 발생한 이후, 사람들은 빨리 대피할 수 있는 곳을 더 선호했다.

요셉의 예상대로, 진동은 길지도 강하지도 않았다. 요셉은 욕을 내뱉으며 다시 화장실로 들어갔다. 인중에 묻어 있는 하얀 셰이빙 폼 위로 빨간 핏물이 흐릿하게 배어났다. 요셉은 다시 수염을 깎으며 속으로 농담했다. '유령이 잘 때 인중에 물을 주는 건가? 수염 빨리 자라라고?' 진동 후유증을 떨치기 위한 나름의 방법이었다.

오늘 아침의 진동은 지진이 원인이 아니었다. 군대가 땅굴을 폭파하며 생긴 여파 때문이었다. 요셉도 그 사실을 알았다. 돔시티 밖으로 추방된 사람들은 돔시티 안으로 향하는 땅굴을 수없이 파고 있었고, 군은 땅굴이 발견되는 즉시 폭파하곤 했다.

모순된 상황이지만 돔시티의 안정과 진동은 맞물려 있었다. 피해를 줄이려면 돔시티 행정부는 고층 빌딩 고수 정책을 포기해야 했다. 그러나 그것은 선택의 문제가 아니었다. 돔시티는 항상 인구 포화 상태였다. 어느 돔시티도 예외가 아니었다. 그래서 돔시티 행정부는 산아제한

같은 인구 조절 정책을 강력하게 펼쳤고, 그만큼 추방 대상을 골라내는 데 몰두했다. 인종, 민족, 종교, 재산, 교육 수준, 전과 유무 등 상황에 따라 모든 것이 결격 사유가 될 수 있었다. 사형 제도는 오래전에 사라졌지만, 추방과 엄격한 돔시티 내부 진입 절차가 그 빈자리를 메웠다.

TV를 켜자 땅굴 폭파 속보가 전해지고 있었다. 군의 성과는 땅굴 3개 폭파였고, 피해는 군인 한 명 사망과 두 명 부상이었다. 반대쪽이 더 큰 피해를 입었으리라는 것은 군이 밝힐 필요가 없었다. 땅굴이 폭파된 다음 날이면 돔시티 벽 너머에서는 장례 행렬이 줄을 이었다.

속보가 끝나자 새롭게 추방된 사람들의 얼굴과 이름, 그리고 추방 사유를 알리는 뉴스가 이어졌다. 요셉은 TV를 끄고 시리얼과 우유를 빈 그릇에 담았다. 그리고 홀로 테이블에 앉았다.

오늘 아침은 어제의 아침처럼 다시 조용하고 잠잠해졌다. 주방 겸 식당에는 숟가락이 시리얼과 우유를 반복적으로 퍼 올리는 소리만 남았다. 그러나 요셉의 머릿속은 달랐다. 추방자들과 관련된 뉴스를 볼 때마다 땅굴 폭발 소리가 다시 들려오며 지축이 흔들리는 듯했고, 가슴을 메게 만드는 누군가의 뒷모습이 눈앞에서 파도처럼 너울거렸다.

*

　중년 여자가 엘리베이터를 기다리고 있었다. 처음 보는 여자였다. 요셉은 여자와 눈이 마주치자 가볍게 고개를 숙였다. 여자는 짧게 턱을 끄덕였다. 엘리베이터는 3층으로 내려가고 있었다.

　"새로 이사 오신 분이군요?"

　"네. 어제."

　"생각보다 집이 넓죠?"

　"아, 네, 뭐."

　여자는 진동 후유증으로 인해 피곤하고 초췌해 보였다. 요셉은 엘리베이터 왼편에 자리잡은 3504호로 고개를 돌렸다. 원래 3504호에는 젊은 남자가 혼자 살고 있었다. 남자는 요셉을 볼 때마다 쾌활한 표정으로 붙임성 있게 말을 걸었고, 언젠가 퇴근길에 마주쳤을 때는 오피스텔 지하 바에서 같이 한잔하자며 요셉을 끌고 가기도 했다. 그런데 석 달 전부터 남자의 모습이 보이지 않았다. 관리실로부터 이사 소식도 듣지 못했다. 조금 궁금해하고 있던 터에, 요셉은 시위대의 소식을 전하는 뉴스를 통해 남자의 행방을 파악할 수 있었다.

　남자는 돔시티 행정부에서 관할하는 은행에서 일하며

돈을 조금씩 빼돌렸고, 그 돈으로 돔시티 거주권을 사느라 대출한 자금과 이자를 갚았다. 이후 결과는 다음과 같았다. 돈은 은행에서 나와 다시 은행으로 들어갔다. 범죄사실이 발각된 남자는 추방되었다. 너무 과한 판결이라는 문제가 제기되며 시위가 일어났다. 시위대는 남자가 유색인이라는 이유 때문에 차별받은 것이라 주장했다. 돔시티 행정부는 규모를 키워 가는 시위대를 폭력적으로 진압했다.

다시 올라온 엘리베이터는 72층에서 오래 시간을 끌었다. 여자는 작게 발을 굴렀다. 요셉은 휴대폰으로, 있지도 않은 약속 일정을 확인하며 남자와 술을 마셨던 그날의 기억을 되짚어 보았다. 남자는 붙임성 좋아 보이는 첫인상과 달리, 제법 섬세하고 여린 구석이 있었다. 남자는 막 사내 연애를 시작했다며 그간의 과정을 들뜬 표정으로 이야기했고, 오랫동안 혼자 속앓이를 하며 느낀 감정의 종류를 세심하게 구분해 보였다. 술자리를 파할 무렵에는 요셉에게 조언을 구하기도 했다.

"제가 그 사람을 얼마나 사랑하고 있는지 보여 줄 수 있는 좋은 방법이 없을까요?"

뭐라고 대답했지? 그녀가 하는 말에 언제나 진심과 정성을 다해 귀 기울이세요. 그녀가 누군가를 흉보면 항상 같은 편이 되어 그녀만큼 그 사람을 욕해 주세요. 그런데 너무 과하게 욕하면 자신을 놀린다고 생각할 거예요.

엘리베이터가 도착하자 중년 여자가 먼저 올라탔다. 요셉은 머뭇거렸다. 여자가 요셉을 빤히 바라보았다. 위층에서 내려온 늙은 남자는 금방이라도 호통을 칠 것 같은 표정이었다.

요셉은 엘리베이터 안으로 조심스럽게 한 발을 들이밀었다. 그리고 이어서 나머지 발도. 문은 스르륵 닫혔고, 엘리베이터는 미끄러지듯 아래로 내려가며 수용 가능 인원에 다다를 때까지 사람들을 꾸역꾸역 실었다.

그는 나의 친구였을까? 그를 나의 친구라 부를 수 있을까? 요셉은 그래도 그를 친구라 할 수는 없는 것 아니냐는 생각을 이어서 했고, 이내 그렇게 생각한 자신을 경멸했다.

그때, 엘리베이터가 쿵 하는 소리를 내며 5층과 6층 사이에서 멈춰 섰다. 초과 인원이 탔을 때 나는 경고음이 울리기 시작했다. 요셉은 고개 들어 엘리베이터 천장을 바라보았다. 유령이라도 올라탄 건가?

무거운 적막이 엘리베이터 안을 감싸고 돌았다. 중년 여자는 관리실로 연결된 인터폰을 누르며 초조한 목소리로 사고를 알렸고, 늙은 남자는 참고 있던 욕을 나지막하게 내뱉었다. 진동이 지나간 다음에는 엘리베이터가 오작동을 하는 경우가 많았다. 몇 달 전, 옆 빌딩에서는 엘리베이터가 도착하지 않은 상태에서 문이 열린 탓에 여자 한 명과 남자 한 명이 추락 사망한 사건이 있었다.

엘리베이터 위에 있는 누군가가 바닥을 내리치기라도 하는 듯, 엘리베이터가 요란한 소리를 내며 다시 움직이기 시작했다. 사람들이 안도의 한숨을 낮게 내쉬었을 때, 요셉은 남자의 물음에 대한 자신의 실제 대답이 무엇이었는지를 기억해 냈다.

"나는 사랑에 대해 말할 자격이 없어요. 여자 친구가 추방되었을 때, 가만히 있었어요. 아무것도 안 했어요. 아무것도. 하염없이 돔시티 안을 걷기만 했어요."

*

요셉은 회사 앞 사거리 횡단보도에 멈춰 섰다. 시원하게 뚫려 있는 자동차 도로 위로 응급차가 거침없이 지나갔다. 돔시티 안에서는 차량 사용이 극히 제한되었다. 대중교통은 지하철만 운행되었고, 응급 차량과 경찰 차량, 그 밖의 공무 차량만 도로를 오갔다. 사람들은 허가증이 붙은 일반 차량이 도로를 지나가면 눈길을 툭 던졌다. 특별한 사람이 탔을 가능성이 컸기 때문이다.

요셉은 응급차에서 눈을 돌려 반대편 도로를 다시 바라보았다. 허가증이 붙은 일반 자동차가 응급차와 비슷한 속도로 달려오고 있었다. 요셉은 횡단보도에서 훌쩍 물러선 채 차의 움직임을 주시했다. 3일 전, 회사 앞 횡단보도에서 교통사고가 있었다. 사람들이 허가증이 붙은 일반 차량이 다가오는 것을 무방비 상태로 바라보고 있을 때, 차가 급작스럽게 횡단보도를 덮쳤다. 2명이 죽고, 6명이 부상을 당했다. 사망자 중에는 요셉의 회사 사람도 있었다.

조사 결과, 추방자의 가족이 절도한 공무 차량으로 벌인 증오 범죄로 밝혀졌다. 감춰진 사실이 드러난 것이 아니었다. 범인은 자신의 행위를 인종차별주의자들에 대한 엄중한 경고라 말했고, 돔시티의 장기적인 안정과 발전을 위해 누군가는 반드시 해야 했던 일이라고 주장했다. 차별과 증오는 경쟁적으로 벌어졌다. 명분은 모두 돔시티의 안정과 발전, 그리고 평화였다. 그러나 차별과 증오는 내전의 다른 이름이었고, 어리석음과 추악함에 인간 본성을 말뚝 박는 효과밖에 없었다.

일반 자동차는 일탈 없이 횡단보도를 지나갔다. 신호등이 파란불로 바뀌자 요셉은 주변을 주의 깊게 살피며 횡단보도를 건넜다. 그러다 요셉은 횡단보도 중간쯤에서 문득 멈춰 섰다. 누군가 자신의 어깨를 붙잡기라도 한 것 같왔다.

요셉은 천천히 고개를 돌렸다. 횡단보도가 시작되는 바로 뒤편 보도블록 위에는 3504호에 살던 남자가 서 있었다. 남자는 위로와 경멸 사이에 놓여 있는 눈빛으로 요셉을 바라보며 정체가 불분명한 신음 소리를 반복해서 냈다.

"아아, 아아, 아아."

추방당한 여자 친구를 외면했다는 자신의 말을 들은 후에도 남자는 꼭 저런 표정이었고, 저와 같은 신음 소리를 냈다. 요셉은 지금이라도 남자에게 묻고 싶었다. 내가 어떻게 해야 했어요? 당신은 어떻게 했을 것 같아요? 지금 당신의 여자 친구가 추방된다면, 당신은 어떻게 할 거예요? 아아, 아아, 아아?

신호등이 깜빡거렸다. 요셉은 성큼성큼 횡단보도를 건넌 후 다시 뒤돌아보았다. 3504호 남자는 사라졌고, 그 자리에는 지난 교통사고 때 죽은 사람들의 위치를 표시한 스프레이 페인트 자국이 하얗게 반짝이고 있었다. 요셉은 입술을 깨물며 회사 건물 안으로 들어갔다.

회사 천장에 매달려 있던 철제 구조물이 로비로 떨어지며 산산조각 났고, 날카로운 파편이 사방으로 튀어 나갔다.

*

머리에 붕대를 감은 마일스가 커피잔을 들고 요셉의 자리로 오더니 책상에 걸터앉았다. 요셉은 마일스를 놀란 눈으로 쳐다보았다.

"집 액자. 건물이 가끔 흔들린다고 한 달도 안 된 결혼식 사진을 창고에 처박아 둘 순 없잖아?"

"다치는 것보다는 그 편이 나아."

"아, 그 이야기 못 들었어?"

"뭐?"

마일스는 심각한 표정으로 몸을 숙이며 요셉의 귀에 대고 속삭였다.

"점심시간까지 5분 남았다는데?"

요셉은 몸을 뒤로 젖히며 눈을 찌푸렸다. 마일스는 씩 웃었다.

"먹는 게 사소한 일은 아니잖아? 오늘 메뉴는 네가 정해."

요셉과 마일스는 회사를 나와 수제 햄버거 가게로 향했다. 한 종교 단체의 신자들이 거리 군데군데서 전단지를 배포하고 있었다. 요셉은 전단지를 받지 않고 햄버거 가게 안으로 들어갔다. 요셉과 마주 앉은 마일스는 밀크셰이크를 마시며 받아 온 전단지를 읽었다.

"전단이 아니라 도덕책인데? 수사도 무거워. 이거 봐."

요셉은 햄버거를 베어 물며 고개를 저었다.

"당신의 침실은 정녕 안락합니까? 죄의식과 죄책감은 침대 밑에 쌓여 있는 먼지 같은 것입니다. 우리의 안락은 예수님의 고난과 추방자들의 희생 위에."

"나는 다 먹었어."

"다이어트 중이야?"

"맛이 없어."

"네가 여길 오자고 했잖아?"

"맛이 변한 것 같아."

"그럴 리가?"

요셉이 먼저 일어서자 마일스는 햄버거를 입에 문 채 따라나섰다. 마일스는 요셉에게 추방된 애인이 있다는 사실을 몰랐다. 요셉 역시 마일스의 사정을 몰랐다. 가깝건 멀건 누구나 추방자들과 얽혀 있었다. 겉으로 드러나지 않을 뿐이었다. 침대 밑의 먼지처럼.

회사 앞 거리에는 서로 다른 시위대가 횡단보도를 마주한 채 대치하고 있었다. 오른쪽 시위대는 멸종 위기종인 하와이 토종 꿀벌이 그려진 깃발을 들고 박자에 맞춰 구호를 외쳤다.

"우리가 파리야? 모기야?"

반대편에서는 "해충 박멸! 추방 환영!"이라고 맞받아쳤다. 이쪽에서는 다시 "우리가 꿀벌이다!"라는 구호로 되받았다. 신호등이 파란불로 바뀌자 두 집단 모두 입을 다물었다. 물리적 충돌을 피하기 위함인 듯했다. 경찰들은 조금 떨어진 곳에서 만일의 사태를 대비하고 있었다.

횡단보도를 건너며 마일스가 물었다.

"파리나 모기 죽일 때 죄책감 느낀 적 있어?"

"없어."

"없었구나."

"그랬어?"

"모르겠어. 오래전이라 기억이 안 나."

파리와 모기는 돔시티 밖으로 제일 먼저 쫓겨난 존재들이었다. 각양각색의 시위대는 서로 다른 것을 추모하고 또 비난했지만, 돔시티 벽과 태양광 패널을 위협하는 사람들에 대해서는 생각이 같았다. 그들을 파리나 모기 같은 존재로 치부했다. 그러나 요셉의 여자 친구는 그들 편에 섰다. 그녀는 돔시티가 아닌 다른 방법으로, 누군가를 속아 내지 않아도 되는 방식으로 살아남은 사람들의 삶을 재구축하고 싶어 했고, 그것이 충분히 가능한 일이라 믿었다.

그녀의 추방 사유는 태양광 패널 생산 공장 폭파 혐의

였다. 요셉은 그 회사 연구소의 직원이었다. 긴 조사 끝에 요셉은 무혐의로 풀려났다. 이후 요셉은 회사에 사표를 냈고, 기존의 인간관계를 모두 끊었다. 요셉은 자신의 죄를 스스로 물어야 했다. 나는 동조자였나? 방관자였나? 그저 나밖에 모르는 겁쟁이에 불과했나? 마지막 대화 때, 그녀는 무슨 말을 했었지?

*

회사 사장은 오늘 아침 천장에서 철제 구조물이 떨어진 것을 진동 여파의 일부로 받아들이지 않았다. 내진설계 구조상 떨어질 수 없는 것이 떨어졌다는 입장이었고, 사고가 아니라 진동 여파를 빌미로 누군가 의도를 가지고 벌인 사건이라 여겼다. 사장은 자신의 자서전을 쓰다가 삶의 커다란 오점을 뒤늦게 발견한 사람처럼 수습할 수 없는 것을 수습하려는 안쓰러움을 여과 없이 드러냈다.

오전 내내 조사를 벌인 경찰의 발표 결과는 사장의 주장을 뒷받침했다. 구조물을 묶고 있던 쇠를 절단하려 한 흔적이 발견된 것이다. 그러나 사내 CCTV에는 누군가 철제 구조물에 접근한 정황이 담겨 있지 않았다. 그것이 더 큰 의혹을 불러일으켰다. CCTV 조작 가능성까지 제기된 것이다.

사원들은 사내에 임시로 차려진 경찰 조사실로 차례차례 불려 갔다. 사원들은 소지품 검사를 당했고, 지난 한 달간의 행적을 낱낱이 밝혀야 했으며, 회사 내외의 인간관계와 혹시 모를 원한 관계를 추궁당했다. 대체로, 어리둥절한 표정들은 아니었다. 범인이 사내에 있다면 제대로 밝혀내는 것이 좋다는 태도였고, 자신들은 타인에게 절대 상처를 준 적이 없다는 순진한 얼굴들이었다.

요셉의 차례가 되었을 때, 턱이 네모난 젊은 형사는 요셉과 관련된 파일을 뒤적이다 한곳에 눈을 멈추었다. 그리고 다시 요셉을 쳐다보았다. 요셉은 형사가 무엇을 물을지 짐작할 수 있었다.

"아니죠?"

"뭐가 말입니까?"

"3년 전에도, 무혐의로 풀려난 적이 있네요."

"벌써, 자수를 해야 하는 상황입니까?"

형사는 웃었다.

"나쁜 짓 한 적 있어요?"

"없는 사람도 있습니까?"

형사는 코웃음을 쳤다. 요셉은 형사가 앉아 있는 곳 뒤편을 지그시 바라보았다. 형사는 등 뒤로 고개를 돌렸다가

휑한 벽밖에 없음을 확인한 후 다시 요셉을 바라보았다.

"그리 좋은 시절은 아니죠?"

요셉은 자리에서 일어났다. 요셉은 문을 닫고 나가기 전, 다시 형사의 등 뒤편을 바라보았다.

"내일도 회사에 출근할 생각인가요?"

"갈 곳이 딱히 떠오르지 않으면요."

*

경찰 조사는 저녁 8시쯤 끝이 났다. 아직 조사를 받지 않은 사람들은 찜찜함 마음으로 회사를 나섰고, 경찰은 내일 조사를 이어 나가겠다고 했다.

요셉이 회사 밖으로 나오자 마일스가 기다리고 있었다는 듯 손을 흔들었다. 마일스는 자신의 집에서 같이 식사를 하자고 했다. 마일스는 요셉에게 무언가 묻고 싶은 것이 있는 눈치였다.

"선약 있어."

"누군데?"

"있어."

"없잖아. 유령이랑 먹어?"

"가끔은?"

마일스는 씩 웃었다.

"그럼, 다음 주에 정식으로 초대할게. 와이프가 껍질 벗긴 닭 가슴살을 버터로 기가 막히게 튀겨. 나는 닭 가슴살 버섯 리소토를 끝내주게 잘하고. 와인잔은 네 개 준비해 놓을게. 그 유령도 데리고 와."

요셉은 뒤돌아서서 손을 흔들었다.

요셉은 저녁을 대형 마트에 딸린 식당에서 해결했다. 과거, 요셉은 먹는 일을 곤욕과 모욕으로 받아들인 적도 있었다. 그러나 지금은 아니었다. 단지, 귀찮은 일이 매일매일 계속될 뿐이라고 생각했다. 요셉은 밥을 먹은 후 보드카를 사기 위해 주류 코너로 갔다. 그러다 육류 코너에서 닭 가슴살을 고르고 있는 마일스와 그의 아내를 발견했다. 요셉은 알은척을 할까 하다 그냥 돌아섰다.

요셉은 마일스가 좋은 사람이라고 생각했다. 긍정적이었고, 너그러웠고, 가식이 없었다. 좋은 사람? 요셉은 '나름 괜찮은 사람'으로 정정했다. 좋은 사람이라는 표현은 자신들에게 허용된 말이 아닌 것 같았다. 위선을 떠는 거야? 좋은 사람이 되고 싶은 욕망이 아직도 남아 있어? 요셉은 그때처럼 자신이 말할 수 없이 수치스러웠다.

3년 전, 마지막 면회 때, 그녀는 말했다.

"같이 갈래?"

"……."

"농담이야."

"아니라는 거 알아."

"아냐. 농담이야."

"내가 어떻게 했으면 좋겠어?"

"자기가 더 잘 알겠지."

"모르겠어."

"아니, 자긴 알고 있어."

"……."

"마지막으로 한 번만 더 말해 줄게. 혹시라도 나에 대한 죄책감이 들면 이 말을 꼭 떠올려. 우리 둘 사이의 문제에서는 내가 잘못한 거야. 완벽히 내 잘못이야. 자긴 아무 잘못 없어."

"당신을 다시 데리고 올 수 있는 방법을 어떻게든 찾을 거야."

"알잖아. 어렵다는 거."

"당신과 사례가 유사한 사람이 돌아온 적이 있다고 들었어."

"변절자가 되라고? 그럴 거면 시작도 안 했어."

"……."

"차가운 보드카 토닉 한잔 마셨으면 좋겠어. 레몬 말고 라임 띄워서."

요셉은 끝내 무너져 내렸고, 그녀도 버티지 못했다.

"요셉, 자기야, 괜찮아. 정말, 괜찮아. 나한테 제발 미안 해하지 마. 내가 자기를 보러 갈게. 정말이야. 내가 자길 보러 올 거야. 나는 자길 처음 봤을 때부터 사랑했어. 그 마음은 지금도 변하지 않았고, 앞으로도 그럴 거야."

요셉은 보드카와 라임을 사서 집으로 향했다. 요셉은 길을 걸으며 하늘을 올려다보았다. 그리고 다시 바닥을 내려다보았다. 짙은 갈색의 뭉치 두 개가 짧은 시간 차를 두고 땅에 곤두박질치더니 피투성이 시체로 돌변했고, 보 이지 않는 유령들이 배회하는 밤거리 아래로 오늘 하루가 숨죽인 채 잦아들고 있었다.

*

악몽을 꿀 때, 요셉은 그것이 실제 현실임을 의심하지 않았다. 좋은 시절은 이미 다 지나가 버렸다고 여겼기 때 문이다. 반대로 수치심과 죄책감, 근심과 불쾌감이 무겁 게 가슴을 내리누르지 않는 순간이 찾아오면 돌이켜 보았 다. 이건 꿈이겠지? 맞아, 꿈일 거야, 하고. 극심한 무더위 속에서 기다리는 추위처럼, 행복한 일상은 까마득한 일이 되어 버렸기 때문이었다. 그러나 요셉은 바닥에 찌부러져 있는 큰풀마갈매기의 시체와 투명 태양광 패널 너머의 밤하늘을 수놓고 있는 불꽃들을 발견했을 땐, 갈피를 잡을 수 없었다.

하얀 치아를 드러내며 웃고 있는 달 아래서, 불꽃은 노랗고, 빨갛고, 벚꽃처럼 흩날리고, 황금색 분수처럼 반짝였다. 돔시티 조성 이후, 처음 본 불꽃놀이였다. 요셉은 문득 소원을 빌고 싶다는 생각이 들었다. 그러나 이내 마음을 접었다. 과거, 자신의 아버지가 했던 말이 떠올랐기 때문이다.

거대한 폭풍해일이 처음 도시를 휩쓸고 지나간 다음 해, 지역 정치인들은 도시 재건을 위해 노력한 시민들을 위로하고 경하하기 위해 불꽃놀이 축제를 개최했다. 그때, 요셉은 불꽃놀이를 보다 눈을 감고 손을 맞잡은 채 속으로 소원을 빌었다. 생일 선물로 꼭 서프보드를 받게 해주세요. 그 모습을 본 요셉의 아버지가 웃으며 말했다.

"내가 불꽃놀이를 보며 몇 번이나 소원을 빌었을 것 같니?"

"2345번?"

"그보단 적은데, 문제는 하나도 안 이뤄졌다는 거야. 하나도. 그냥 이 순간을 보고 즐기렴."

불꽃놀이가 끝나자 바람에 실려 온 수많은 풍선들이 밤하늘을 메우기 시작했다. 풍선들은 모두 조그마한 물체를 매달고 있었다. 선물 꾸러미 같기도 했고, 또 다른 불꽃놀이를 위한 폭죽 뭉치 같기도 했다. 풍선들은 하늘 높이 솟구치며 부피를 점점 키워 나갔다. 그러다 풍선이 더 이상 보이지 않게 되었을 무렵, 무언가가 태양광 패널 위로 떨어지기 시작했다.

요셉을 포함한 주변의 많은 사람들이 예고에 없던 불꽃놀이의 여운을 만끽하고 있을 때, 펑 하는 폭발음과 함께 태양광 패널 조각들이 우박처럼 우수수 떨어졌다. 그제서야 사람들은 비명을 지르며 흩어졌다.

풍선이 실어 나른 것은 선물도 폭죽도 아닌 폭탄이었다. 추방자들은 돔시티 내부 진입을 위한 땅굴을 파는 대신 이곳의 사람들을 자신들과 같은 위치로 끌어내릴 셈인 듯했다.

요셉은 그 자리에 꼼짝 않고 서 있었다. 열기와 냉기를 함께 품은 밤공기가 요셉의 얼굴을 감싸 왔다. 요셉은 지난밤, 해변 모래의 부드러운 질감과 뻥 뚫린 하늘이 주던 청량감, 습기를 머금은 바닷바람의 온기가 되살아난 것처럼 느껴졌고, 요트 선미에 앉아 있는 그녀의 얼굴을 마주 보고 있는 듯한 착각에 빠져들었다. 요셉은 어느새 자란

수염을 매만진 후 고단한 표정으로 누군가를 감싸 안기라
도 하듯 두 팔을 내밀었다.

개와 고양이에 관한 진실

고든은 자신만의 철학이 있었고 그것에 대해 말하기를 즐겼다. 대체로 흰소리들이었는데 사연이 있겠거니 생각하면 안쓰러울 때도 있었다. 예를 들면, 자신의 어머니에 대해 말할 때.

"세상의 어머니는 두 부류로 나눌 수 있어. 살아 계신 어머니와 돌아가신 어머니. 죽은 사람과 그렇지 않은 사람의 차이를 어머니만큼 극명하게 보여 주는 존재들은 없어. 어머니는 내가 열세 살 때 돌아가셨는데, 가끔은 내 상황이 꼭 나쁜 것만은 아닐 때가 있더라고. 무슨 말인지 알지? 그래, 바로 그거, 잔소리!"

고든에 따르면 철학은 두 가지 역할을 했다. 구별을 짓거나, 뭉개거나. 고든은 이를 기준으로 철학자들도 둘로 나누었다. 차이가 중요하다고 한 치들과 차이가 별로 중요하지 않다고 한 치들. 차이가 중요하다고 한 치들의 말과 생각은 책으로 남아 후세로 전해졌다. 왜냐하면 그 치들은 남들과는 다른 자신의 말과 생각이 너무 소중해서 그걸 그냥 사라지게 둘 수 없었기 때문이다. 반면에 그 반대쪽 치들의 것은 별로 전해지지 않았다. 이들은 자신의 것들도 남들과 별 차이 없다 여겨 두고두고 전할 필요성을 못 느꼈다.

고든은 전자에 가까웠다.

"개는 성가시고 시끄러운 존재야. 달려와서 반갑다고 짖고, 달려들며 싫다고 짖고, 멈칫거리며 무섭다고 짖어. 그리고…… 사람을 죽이기도 하지. 그런데 고양이는 안 그래."

고든의 말에 금보의 눈이 커졌다. 두 사람은 돔시티 벽을 순찰 중이었다.

"개가 사람을 죽이고 먹었다는 말이야? 본 적 있어?" 금보가 물었다.

"뉴스에서는 봤지. 근데 그 이야기가 아니라,"

"나는 그 반대를 많이 봤거든. 어릴 때."

"뭐라고?"

"먹는 걸 봤어. 바로 옆에서."

"그땐 총이 없었나 보군."

"총은 왜?"

"개 먹는 걸 보고만 있었다는 말이야?"

"응……. 너, 개 싫어하는 거 아니었어?"

고든은 고개를 절레절레 젓더니 돔시티 벽 쪽으로 몸을 돌리며 바지 지퍼를 내렸다. 금보는 전방을 주시하며 '더블 배럴 샷건'*을 겨눴다. 긴장한 표정이었는데, 돔시티 벽을 따라 도는 외곽 고속도로는 텅 비어 있었고, 저 멀리 인공 호수 부근에서 개 짖는 소리만 들렸다.

금보는 순찰 민병대원이 된 지 한 달밖에 안 된 신참이었다. 올해 초에 결혼했고, 새끼 래브라도레트리버를 키웠다. 금보의 아내는 돔시티 중심가에서 이탈리안 비건 레스토랑을 운영했는데, 금보가 밖에 나가 거친 사람들과 어울리길 원했다. 세상 문제의 태반이 거기서 시작되니 그들을 잘 관찰한 후에 그 반대로 말하고 행동하라고, 그러면 삶이 기대만큼 평탄할 것이라고.

금보가 쓴 레이밴 선글라스 테 주위로 흐릿한 저녁노

---

* 총열이 두 개 붙어 있는 산탄총. 더블 배럴, 트윈 배럴, 쌍발 산탄총 등으로 부른다.

을 빛이 반짝였다. 돔시티 천장을 이룬 투명 태양광 패널을 통과한 것들이었다. 돔시티에 밤이 찾아오고 있었다.

＊

고든에 따르면, '기후 안전 도시'라는 명분으로 지어진 돔시티는 '반항하는 인간'과 '반항하지 않는 인간'을 구분하는 역할을 했다. 돔시티 행정부 정책에 반항하는 인간은 돔시티 밖으로 쫓겨났고, 그러지 않는 인간은 돔시티 안에 남았다. 예를 들면, 고든이 사는 '1517 돔시티'＊는 육식 금지 정책을 펼쳤다. 육식을 하고 싶으면 그것을 허락하는 '128 돔시티'＊＊ 같은 곳으로, 아주 까다롭고 복잡한 절차를 걸쳐 이주해야 했다.(돈이 없으면 시도조차 불가능했다.) 돔시티에는 감옥이 없었다. 돔시티 밖으로의 추방이 그것을 대신했다.

어느 돔시티에서도 거주 자격을 인정받지 못한 사람들은(인종, 민족, 종교, 재산, 학력 등이 결부된 분양권이라 할 만했다.)

＊「잠언」 15장 17절에서 비롯한 수이다. "채소를 먹으며 서로 사랑하는 것이 살진 소를 먹으며 서로 미워하는 것보다 나으니라".
＊＊「출애굽기」 12장 8절에서 비롯한 수이다. "그 밤에 그 고기를 불에 구워 무교병과 쓴 나물과 아울러 먹되".

각 돔시티들 사이의 공간을 기후에 따라 파도처럼 흘러다녔다. 반면, '반항하지 않는 인간'은 공기 정화와 냉난방 시스템이 장착된 돔시티 천장과 벽의 보호를 받았다. 돔시티 시스템은 계절의 순환까지 연출해 위도를 무화시킬 정도였다.

고든은 돔시티 벽 주변을 연옥이라 불렀다. 제법 정확한 표현이었다. 급격한 기후변화로 돔시티 밖은 지옥처럼 뜨겁거나 차가웠으니까.

고든은 연옥이 꼭 필요한 곳이라 생각했다. 인간은 변할 수 있는 존재라 믿었기 때문이다. 과거 반항을 했더라도 지금은 그러지 않을 수 있었다. 고든은 '반항하는 인간'으로 분류되어 돔시티 밖으로 쫓겨난 사람들 중 일부를 돔시티 안으로 몰래 들여보내곤 했다. 가진 것의 절반을 통행료로 받았다. 그 이상은 요구하지 않았다. 고든에 따르면, 인간은 변하는 사람과 변하지 않는 사람으로 나눌 수 있는데, 자신을 찾아오는 추방자들은 전자였다. 철은 뒤늦게 들기도 한다는 게, 고든의 지론이었다.

*

고든은 오줌을 누려 했는데 잘 안되었다. 옆을 보니 자신의 그림자가 돔시티 벽 위에 우두커니 서 있었다. 고든은 그림자를 힐끗거리며 시간을 조금 더 줘 보다가 다시 지퍼를 올리고 몸을 돌렸다.

"쳇."

고든이 말했다. 누군가 지켜보고 있다는 사실은 부담스러운 일이라고. 그것이 자기 자신일 때는 더욱 그렇다고. 그래도 가끔 그래야 한다고.

"자기 자신을 지켜보는 자신을 본 적 있어?" 고든이 물었다.

"아…… 거울 볼 때?"

고든은 피식 웃으며 바닥에 침을 뱉었다.

"개가 사람을 죽였다는 건 무슨 이야기야?"

"계속 짖어 대는 게 문제였어. 하필, 이 벽 근처에서. 망할 놈. 반면, 고양이는 고요한 존재지."

금보는 놀란 표정이었다.

"밤마다 골목에서, 지붕에서, 숲속에서 목청 찢어지는 소리를 내는 놈들이 고양이가 아니었단 말이야?"

"그건 우는 거지. 외로워서. 다른 거야, 짖는 거랑은."

금보는 감탄한 표정으로 턱을 끄덕였다. 고든이 말을 이었다.

"너, 외로워서 울어 본 적 없어?"

"없어."

"잘 생각해 봐. 있을 거야. 없을 수가 없어. 인간은 외로움을 느끼는 치들과 그렇지 않을 치들로 나눌 수 있는데, 후자는 대체로 인간 말종들이지. 네가 그런 놈 같아 보이진 않는데?"

"외로울 때도 있어. 울지는 않았지만. 근데 개가 여기서 왜 짖은 거야?"

고든은 씩 웃었다.

"따라와 봐."

고든은 벽을 툭툭 치며 걸음을 옮겼다. 금보가 뒤를 따랐다. 해가 지평선 아래로 떨어지며 어둠이 내려앉았고, 돔시티 벽 꼭대기에 매달린 '항공장애표시등'이 일제히 불을 밝혔다.

목적지로 가는 도중, 고든이 금보에게 해 준 이야기는 이런 내용이었다.

민병대원들은 자신만의 신념을 바탕으로 돔시티를 지키는 훌륭한 일에 자원했지만 가족에게 엉겨 붙은 채로 무위도식하는 자들이 많다. 그건 한참 잘못된 행태이다. 신념은 신념이고 돈은 돈이다. 자신의 신념 때문에 가족들이 괴로움을 겪게 해서는 안 된다. 자기 입으로 넣을 것은 자신이 마련해야 한다. 짐승들도 똥만 싸지르지는 않는다. 애교를 부리고 충성을 보이는 등의 밥값을 하거나 사냥을 한다. 신념이 전부인 양 구는 것들 중에 사람 구실 제대로 하는 놈이 없다.

그 말을 들은 금보가 우울한 표정을 짓자 고든은 달래 듯 덧붙였다. 돈 벌 수 있는 기회를 이제 가질 수 있을 것 이라고, 자신의 일을 조금 도와주기만 하면 된다고.

"사실, 와이프가 돈이 많아……." 금보가 말했다.

"그 샷건, 와이프가 준 용돈으로 샀지? 총알도? 앞으로 도 그럴 거고?"

"그건……."

"네가 싫증 나면, 네 와이프가 너를 돔시티 밖으로 당 장 내쫓아 버릴걸?"

"아냐, 아냐. 그런 사람 아냐."

"상황이 선택을 좌우하는 거야. 사람이 아니라. 돔시티 밖으로 사람들을 왜 추방하겠어? 미워서? 증오해서? 수 용 인원에 한계가 있으니까 어쩔 수 없이 솎아 내는 거야. 어떻게든 이유를 만들어서."

금보는 느릿느릿 고개를 끄덕였다.

"내가 도와줄 일이 뭐야?"

고든은 금보의 어깨를 두드렸다.

"별거 아냐."

고든은 돔시티 벽 아래를 통과하는 자신만의 굴이 있었다. 성인 한 명이 낮은 포복 자세로 지나갈 만한 크기였다. 추방자들이 만든 돔시티 내부를 파고드는 땅굴도 있었는데, 그건 돔시티 행정부에 주기적으로 발각되었고, 또 주기적으로 철거, 폭파당했다. 고든은 빈틈을 노렸다. 돔시티 행정부도, 추방자들도 눈여겨보지 않는 위치에 굴을 판 것이다. 매일 밤 조금씩. 돔시티 출입구에서 200미터쯤 떨어진 곳이었다.

고든은 여러 돔시티를 오가는 믿을 만한 브로커를 통해 추방자들을 소개받았다. 유연도 그중 한 사람이었다. 유연은 자신의 개를 돔시티 밖으로 데려올 생각이었다. 10대 시절을 함께 보낸 개였는데 추방될 때 데리고 나오지 못했다.(고든은 브로커로부터 유연이 돔시티 추방법 반대 시위 주모자 중 한 명이라는 이야기를 전해 들었다.)

고든은 유연을 이해할 수 없었다. 개를 돔시티 밖으로 데리고 나올 것이 아니라 자신이 안으로 들어가면 되는 일 아닌가?

"돔시티에 들어와서 얌전하게 살면 되잖아요?"

"싫어요."

유연은 덧붙였다. 돔시티 안으로 들어가면 신분을 위장한 채 일하고 먹고 자는 존재로밖에 남지 않을 것이라고, 그게 아니면 알코올중독자가 될 거라고, 그리고 그나마도 곧 발각되어 갖은 수모를 다 겪을 것이라고, 돔시티 밖에서 훗날을 도모하는 편이 낫다고.

그 말을 들은 후, 고든은 또 하나의 철학이 생겼다. 신념을 가진 사람들은 두 부류로 나눌 수 있다고. 살짝 비이성적인 사람과 많이 비이성적인 사람.

새벽 1시쯤, 고든은 유연의 친척 집에 있던 개를 데리고(흰색 푸들이었고, 이름이 로미였다.) 자신이 파 놓은 굴로 향했다.

로미는 집에서 나올 때부터 짖었고, 가는 도중에도 짖었으며, 굴 앞에서도, 유연을 만나서도, 굴을 통과할 때도 짖었다. 주둥이를 묶고 싶었는데 고든도, 유연도 차마 그러지 못했다. 그러다 표적이 되었다. 민병대원들이 개 짖는 소리가 나는 바닥을 향해 무차별적으로 총을 쏘았다.

로미가 짖는 소리는 돔시티 벽 바로 아래 부근에서 멈췄다. 고든은 돔시티 출입구 근처에서 입을 벌린 채로 한참을 멍하니 서 있다가 서둘러 자리를 떴다. 2년 전의 일이었다.

고든은 유연과 로미가 어떻게 되었는지 확인해 보지

않았다. 그 굴을 버리고 다른 굴을 팠다. 그리고 이렇게 다짐했다. 개는 안 된다고. 개는 절대 안 된다고.

＊

고든이 금보를 데리고 간 곳은 외곽 고속도로 방음벽들이 맞물리는 자리였다. 방음벽 너머로는 폐가들이 열을 이루고 있었다. 돔시티 행정부의 땅굴 철거와 폭파 작업 때문에 마을 전체가 다른 곳으로 옮겨졌다. 그나마 집의 형태를 간신히 유지하고 있는 유일한 폐가 안으로 들어가면 추방자들이 돔시티 밖으로 쫓겨나기 전 함께 살았던 개와 고양이 들이 어딘가로 후다닥 도망치는 소리가 났다. 나머지 집들은 지붕과 벽, 바닥이 무너져 내린 탓에 내부와 외부의 구분이 무의미했다.

고든은 방음벽들 틈새 아래 바닥에 쌓여 있는 고속도로 쓰레기들(짝 잃은 신발, 잘려 나간 로프, 부서진 암체어 등)을 옆으로 밀쳐 냈다. 금보도 거들었다. 곧 작은 맨홀 뚜껑이 나타났다. 맨홀 뚜껑에는 푸들처럼 보이는 강아지가 음각으로 새겨져 있었다. 사납게 짖는 모습으로.

"얘가 그 푸들이야?" 금보가 물었다.

"개는 절대 안 된다는 다짐 차원에서……."

고든은 말끝을 흐렸다.

"내 계산에 따르면 8분 뒤 도착이야."

고든과 금보는 숨죽인 채 자신들의 손목시계를 쳐다보았다. 낮 동안 달아오른 외곽 고속도로의 열을 식히는 인공 비가 돔시티 천장에서 한두 방울씩 떨어지기 시작했고, 가을 국화 향기가 묻은 바람이 그 위를 훑듯이 지나갔다. 금보의 머리에서 진득한 물방울이 턱선을 따라 바닥으로 툭툭 흘러내렸다.

잠시 후, 고든이 파 놓은 굴이 지나가는 지면의 가느다란 틈새 위로 어리고 여린 짐승의 울음소리가 새어 나왔다. 한 마리가 아니었다. 적어도 두 마리 이상이었다. 고든은 입술을 깨물었고, 금보는 눈을 껌뻑였다.

"저건 우는 소리 아냐? 짖는 게 아니라?"

"브로커 새끼를 족쳐야겠어. 절대 안 된다고 말했는데!"

"개가 아냐, 고든. 저건 우는 소리라고."

"하……."

고든은 주변을 둘러보았다. 다른 민병대원의 모습은 보이지 않았고 돔시티 벽 아래에는 밤의 정적이 깔려 있었다.

고든은 맨홀 뚜껑을 조심스럽게 열었다. 그리고 휴대용 랜턴 불빛을 굴 바닥으로 향하게 한 후 손바닥을 사용해 불빛을 막고 열기를 반복했다.

합창을 하는 듯한 여린 울음소리가 점점 크게 들려 왔다. 고든은 굴 아래로 팔을 내밀었다. 곧 자그마한 사람이 굴 밖으로 끌려 나왔다. 30대 초반으로 보이는 여자였다. 브로커에 따르면 이름이 다니엘라였다.

다니엘라의 품에는 새끼 고양이 두 마리가 안겨 있었다. 다니엘라가 흙이 묻은 손으로 뺨을 훔치며 말했다.

"시리가 품에서 빠져나갔어요."

"뭐라고요?"

"고양이 이름이 시리인데, 아직 굴 안에 있어요."

"포기해요."

"그럴 수 없어요."

"잊어버려. 발각돼서 다시 쫓겨나기 싫으면."

고든은 맨홀 뚜껑을 닫았다.

"안 돼!"

"돼!"

다니엘라는 새끼 고양이 두 마리를 금보에게 떠맡기더니 맨홀 뚜껑을 다시 열고 굴 안으로 들어가려 했다. 고든은 망연자실한 표정으로 다니엘라를 지켜보기만 했고, 금보의 품에 안긴 고양이들은 더 빠른 간격으로 울기 시작했다.

"돌아 버리겠네."

고든은 다니엘라를 굴 밖으로 끌어내 바닥으로 내던지다시피 했다.

"시리가 아이들 엄마라고! 데리고 와야 해!"

다니엘라는 다시 일어나 굴 안으로 기어 들어가려 했다. 고든은 욕을 내뱉으며 다니엘라의 다리를 붙잡아 저편으로 질질 끌고 갔다.

굴 안에서 목청을 찢는 듯한 고양이 울음소리가 세차게 들려왔다. 시리는 오도 가도 못한 채 두려움에 떨고 있는 듯했다. 고든은 맨홀 뚜껑을 닫았다. 다니엘라는 고든의 등에 매달리며 악을 썼다.

"아…… 이 여자 진짜……."

"돔시티 벽 안쪽에 있어." 금보가 말했다.

"뭐?"

금보는 다니엘라를 고든의 등에서 떼어 놓으며 새끼 고양이들을 다시 맡겼다. 다니엘라는 어리둥절한 표정이었다. 금보는 방탄조끼를 벗었다. 그리고 차고 있던 권총을 샷건 옆에 내려놓은 후 굴 안으로 들어가려 했다.

"뭐 하는 거야?"

"내가 데려올게."

"이런 식이면 같이 일 못 해."

"고양이잖아. 개가 아니라."

"고양이고 개고 다 필요 없어!"

"내가 가야 해요! 안 그럼 시리가 겁을 먹고 더 뒤쪽으로 물러날 거예요." 다니엘라가 말했다.

"네?"

"고양이는 개랑 달라서 낯을 심하게 가린다고요! 나와요. 내가 데리러 갈 테니까."

금보는 민망한 표정을 지으며 굴 안에 반쯤 잠긴 자신의 몸을 끌어냈다. 그때, 땅이 뒤집힐 듯한 폭발음이 들려왔다. 세 사람은 황급히 머리를 숙이며 몸을 낮추었다. 고든은 나직하게 욕을 내뱉었다.

"미친 새끼들."

폭발은 한 번으로 그치지 않았다. 지진이라도 난 것처럼 진동과 폭발음이 계속 이어졌다. 돔시티 벽 서쪽 라인이 타깃인 듯했다. 민병대원들에게도 알리지 않고 진행된, 돔시티 행정부의 예고 없는 땅굴 폭파 작업이었다. 군병력을 실은 트럭이 하나둘 돔시티 벽 아래로 도착했다.

"틀렸어."

고든은 맨홀 뚜껑을 닫은 후 금보와 다니엘라를 일으켜 세웠다. 다니엘라는 저항했지만 시리의 울음소리를 흔적도 없이 지워 버린 사람들의 비명 소리를 들은 이후에는 입을 다물었다. 땅굴을 파고 있던 추방자들의 비명이었다. 세 사람은 폐가로 몸을 숨겼다.

*

　다음 날 아침까지 철거 작업이 진행되었다. 추방자들의 저항에 이쪽도 피해를 좀 본 듯했다. 앰뷸런스 몇 대가 빠르게 오갔고, 외곽 고속도로에 검문소가 설치되었다. 고든은 검문소가 철수될 때까지 몸을 사릴 예정이었다.
　고든이 말했다.
　"이게 다 당신 때문이야. 그 고양이하고."
　다니엘라는 대꾸하지 않았다. 바닥에 귀를 댄 채 누워만 있었다. 새끼 고양이들은 다니엘라의 엉덩이와 다리를 오르내리며 칭얼거렸다.
　고든은 금보를 바라보며 다시 말했다.
　"세상의 멍청이들은 두 종류로 나눌 수 있어. 자기 자신의 일을 망치는 멍청이와 남의 일을 망치는 멍청이. 근데 너는 양쪽 다에 해당해. 자기 일과 남의 일까지 망치는 똥멍청이야!"
　"고양이였잖아…… 개가 아니라……."
　"그놈의 개 타령은……. 다 똑같아! 짐승은! 무서우면 울기도 하고 짖기도 하는 거야! 우리도 그렇고."

"미안해⋯⋯."

"와이프한테는 뭐라고 했어?"

"땅굴 폭파 작업 뒷수습을 하고 있다고 했어."

"오늘 일은 절대 입 밖에 내지 마."

"알았어."

고든은 한숨을 쉬며 고개를 저었다.

"먹을 거 좀 가져올 테니까 꼼짝 말고 여기서 기다려. 밤에 움직일 거야."

고든은 다니엘라를 바라보았다.

"알았죠? 엄마 고양이는 잊어요."

다니엘라가 천천히 몸을 일으켰다.

"나는 두고 가요. 시리를 어떻게든 데리고 갈 거예요."

고든은 바닥에 침을 뱉었다.

"사체를? 이미 굴은 무너졌어. 땅이 그렇게 흔들렸는데 안 그렇겠어?"

"시리는 살아 있어요."

"헛소리."

"시리 울음소리가 들려요. 미세하지만."

다니엘라가 바닥에 귀를 대고 누운 이유는 시리의 울음소리를 찾기 위해서인 듯했다. 그러나 고든은 금보를 쳐다보며 자신의 생각에 동의해 주기를 바랐다.

"헛것을 들은 거야."

"저기…… 저도 울음소리를 듣지는……."

"입 좀 닫아 봐요. 점점 커지고 있으니까."

다니엘라는 창가로 다가가 귀를 기울였다. 금보는 손으로 입을 가렸다. 그리고 창밖을 향해 귀를 기울였다. 고든은 욕을 내뱉으며 침을 뱉었다. 그러나 귀는 창밖을 향했다.

외곽 고속도로 위로 육중한 군용 트럭이 지나가는 소리가 났고, 포클레인이 땅을 긁는 소리가 불규칙적으로 들려왔다. 그러다 잠깐의 정적이 찾아왔을 때, 바다 위로 눈이 내려앉을 때처럼 희미한 울음소리가 방음벽 저편에서 반복적으로 들려왔다.

"시리 울음소리예요." 다니엘라가 말했다.

"길고양이 울음소리야." 고든이 반박했다.

"내가 그걸 구분 못 할 것 같아요?"

"좋아. 마음대로 해. 우린 돌아갈 테니까. 지금부터 우리는 모르는 사이야."

고든은 주머니를 뒤지며 자동차 키를 찾으려 했다. 키가 보이지 않았다. 고든은 폐가 바닥을 이리저리 살폈다. 없었다. 고든은 창가로 다가가 맨홀 뚜껑이 있는 방음벽 아래를 바라보았다. 온갖 쓰레기들 밖에 보이지 않았다. 고든은 금보를 쳐다보았다. 금보는 어깨를 으쓱했다. 고든은 입술을 깨물었다.

"가만히 있지 말고 저기 부엌 바닥 좀 뒤져 봐. 와이프한테 쫓겨나기 싫으면!"

*

다니엘라는 갖고 있던 나머지 돈을 고든에게 건넸다. 고든은 받은 돈의 절반을 다시 돌려주었다. 다니엘라는 그 돈을 금보에게 건넸다. 금보는 받지 않았다.

"와이프가 돈이 많아요."

돔시티 벽과 시내는 15킬로미터쯤 떨어져 있었다. 그 사이에는 인공 호수가 넓게 형성되어 있었는데(수원지 역할도 겸했다.), 인공 호수 위로 뻗어 있는 다리를 건너지 않으려면 보트를 타야 했다. 고든도 금보도 보트는 없었다.

"당신이 직접 데리러 가는 건 너무 위험해. 당분간 순찰을 더 빡빡하게 할 거야." 고든이 말했다.

"내가 해야 해요."

고든은 하고 싶은 말을 한 번 참았다.

"세상에는 두 종류의 여자가 있어."

"됐어요. 세상에는 수만 종류의 여자가 있으니까."

다니엘라는 머플러를 풀어 새끼 고양이들을 감쌌다. 새

끼 고양이들은 이내 서로의 품에 머리를 묻고 깊게 잠들었다.

"순찰하는 사람들 주의만 다른 곳으로 돌려 줘요. 당신들이 가면 시리 그림자도 못 볼 거예요."

"망할 놈의 고양이."

금보는 창가에 서서 돔시티 벽 쪽을 바라보았다. 파손된 곳들에 대한 수리가 거의 다 끝나 가고 있었다. 신속하고 정확한 정비와 수리. 돔시티 시스템은 그것이 없으면 지속 불가능했다. 하루만 늦었어도 돔시티 내부 사람들은 뜨겁게 달아오른 프라이팬 위 달걀처럼 익었을 것이다.

"점점 더 격렬해지는 것 같아. 이쪽도 저쪽도." 금보가 말했다.

다니엘라가 자리에서 일어나 창가로 다가갔다.

"내가 왜 쫓겨났는 줄 알아요?"

"알고 있지."

고든도 창가 곁에 섰다.

"우린 섞여 살 수 없는 사람들이니까. 너무 다른 사람들이지."

다니엘라는 차분한 표정으로 대답했다.

"나도 그런 줄 알았어. 예전엔."

"전기를 쓰지 말자고 주장하는 애들과 같이 살 수는 없어. 장작으로 불을 지피고 밥을 하던 시절로 돌아가는 건 불가능해. 풍력발전소도 부수려 했다고?"

"하늘을 나는 새들이 발전기 날개에 무수히 부딪혀 죽으니까."

"왜 다시 들어가려고 하는 거야? 개과천선했다는 거 거짓말이지?"

다니엘라는 빙긋 웃었다.

"예전처럼 과격한 방식을 쓸 생각은 없어. 설득할 거야. 시간이 걸리더라도. 설득하고 또 설득할 거야. 이대로는 절대 오래 못 가. 추방자들도, 돔시티도."

고든은 담배를 꺼내 물었다.

"달라. 너무 많이 달라."

다니엘라가 손을 내밀자 고든은 담배 하나를 건네며 불을 붙여 주었다.

"돔시티 밖에서 만난 윤선이라는 여자가 그랬어요. 아버지가 멕시코, 어머니가 한국 사람이었는데, 밖에서 혼혈이라고 놀림을 당하고 들어오면 아버지가 늘 이런 말을 해 주었다고 했어. 현미경 들여다보듯 차이를 말하는 사람들은 무시하라고. 대신 다른 이들의 감정을 보는 사람들과 어울리라고. 기쁘고, 슬프고, 웃기고, 아픈 것을 말하는 사람들과 함께하라고. 감정은 그게 전부이고 차이가 없다고."

다니엘라는 머플러를 살짝 들어 머리를 맞댄 채 잠자고 있는 새끼 고양이들을 바라보았다.

"시간이 걸리더라도 돔시티 내부 사람들과 접점을 찾으려고 노력할 거야. 아이들을 위해서라도."

창밖을 살펴보던 금보가 갑자기 머리를 낮추며 손가락을 입술에 갖다 대었다. 세 명의 민병대원이 이쪽으로 다가오고 있었다. 금보는 벽에 몸을 바짝 붙였고, 고든과 다니엘라도 금보 뒤쪽 벽에 몸을 붙였다. 머플러에 싸인 고양이들을 데려올 틈은 없었다.

검은 두건을 두른 민병대원 중 한 명이 깨진 창문 너머로 집 안을 들여다보았다. 변화된 분위기를 감지한 듯, 새끼 고양이들이 머플러 밖으로 머리를 내밀며 울기 시작했다. 그러다 새끼 고양이 중 한 마리가 벽에 붙은 다니엘라를 발견하곤 슬금슬금 다가왔다. 이어서 다른 새끼 고양이도.

민병대원은 히죽 웃더니 창문을 툭툭 두드리며 저만치 앞서가는 다른 민병대원들에게 소리쳤다.

"얘들 데려갈까?"

"뭔데?"

"새끼 고양이들."

"아유, 저 애묘가 새끼. 세 마리 이상은 못 키워. 알잖아?"

"알고 있지. 근데 새끼 고양이의 유혹을 떨쳐 내기가 얼마나 어려운지 알아?"

낄낄거리며 멀어지는 민병대원들의 그림자가 어둑해지는 땅 위로 길게 뻗어 나갔다. 저들은 아마 다시 이쪽으로 돌아올 것이었다. 남은 시간은 대략 네 시간.

금보는 안도의 한숨을 깊게 내쉬며 스르륵 주저앉았다. 새끼 고양이 중 한 마리가 고든의 발에 매달렸다. 고양이는 고든의 어깨 위로 가고 싶은 듯했다. 고양이의 작은 발톱이 고든의 살을 지그시 찍고 또 찍더니 마침내 고양이는 고든의 어깨 위에 앉았다.

갑자기 고든이 재채기를 했다.

"깜빡했어. 동물 애호가는 고양이 알레르기가 있는 치들과 없는 치들로 나눌 수 있는데, 나는 전자야. 치워 줘."

다니엘라가 고양이를 품에 안았다.

"이렇게 좋은 걸 안을 수 없다니……. 한쪽은 세상에서 제일 불행한 사람들이네."

*

맨홀 뚜껑을 열자 입구부터 흙으로 덮여 있었다. 다니

엘라는 땅을 고르는 농사꾼처럼 묵묵히 굴을 팠다. 굴은 막힌 곳도 있고, 뚫린 곳도 있었다. 다니엘라는 슬퍼하지 않으려 애썼다. 시리의 울음소리가 점점 더 가까이서 들려왔기 때문이다.

고든은 돔시티 출입구 왼쪽에서 위장 근무를 섰고, 금보는 반대편을 살폈다. 두 사람은 다른 민병대원들이 오면 과장된 몸짓으로 인사했고, 알지도 못하는 아내와 자식 들의 안부를 물었다. 폐가에 남은 새끼 고양이들은 어리둥절한 표정으로 집 안 곳곳을 돌아다니며 짧은 울음을 내뱉었다.

다니엘라는 돔시티 벽에서 70미터쯤 떨어진 곳에서 시리를 찾았다. 시리는 머리에 흙을 잔뜩 묻힌 채 몸을 웅크리고 있었다.

시리는 다니엘라를 알아보았음에도 뒤로 물러서려 했다. 그러나 무너져 내린 흙이 뒤를 가로막고 있어 그럴 수 없었다. 불행 중 다행이었다.

시리는 다니엘라 등 위에 올라탄 채 그르렁거리며 숨을 골랐다. 다니엘라는 천천히 앞으로 나아갔다. 호흡을 가다듬고, 입안을 파고드는 흙을 뱉어 내면서. 그리고 마침내 은은한 달빛이 스며드는 굴 입구에 도착했다.

밖으로 나오자 고든과 금보가 다니엘라를 반겼다. 무릎

을 꿇고 손을 머리 뒤로 한 채. 고든과 금보 뒤에는 검은 두건을 쓴 민병대원 다섯 명이 총을 겨누고 있었다. 그중에는 조금 전의 고양이 애호가도 있었다. 그가 다니엘라로부터 시리를 넘겨받았다.

덩치가 크고 양 볼이 새까만 털로 뒤덮인 민병대원이 싱긋 웃으며 다니엘라에게 말했다.

"무릎 꿇고 손은 머리 뒤로."

다니엘라는 금보 곁에 무릎 꿇고 앉았다.

"총 있어요?"

"없어요."

"고양이를 데리고 들어오려다 모든 걸 망쳐 버렸네요."

"그럴 만한 일이지."

시리를 안고 있는 민병대원의 말에 다른 민병대원이 낄낄거렸다.

"어차피 또 추방될 여자야. 고양이랑 같이 돔시티 밖으로 그냥 돌려보내는 게 어때?" 고든이 말했다.

"닥쳐. 배신자 자식. 너도 이 여자처럼 쫓겨날 거니까 네 걱정이나 해."

"미안해요." 다니엘라가 말했다.

"세상에는 두 종류의 배신자가 있어. 돈이 많은 배신자와 돈이 없는 배신자."

고든은 금보를 눈짓으로 가리키며 말을 이었다.

"나도 이 친구도, 아니 이 친구 와이프도 돈이 많아."

"그래서?"

"돈으로 해결할 수 있는 일을 두고, 어렵게 돌아갈 필요는 없다는 뜻이야."

덩치 큰 민병대원이 무릎을 굽히며 고든의 눈을 정면으로 바라보았다.

"세상에 존재하는 배신자는 하나지 둘이 아냐. 그리고 세상엔 돈으로 해결할 수 없는 일도 있어."

덩치 큰 민병대원은 고든의 얼굴에 침을 뱉었다.

고든은 생각했다. 저 새끼는 신념을 가진 두 부류의 인간, 즉, 살짝 비이성적인 인간과 많이 비이성적인 인간 중 후자에 속한다고.

민병대원들은 자신들의 지프 트럭이 있는 곳으로 세 사람을 데리고 갔다. 다니엘라가 고양이 애호가 민병대원에게 말했다. 폐가에 새끼 고양이 두 마리가 있다고. 어미랑 같이 있게 해 달라고. 쫓겨나더라도 같이 나가고 싶다고. 민병대원은 잠깐 고민하더니 다니엘라에게 시리를 맡기고 폐가로 향했다.

그때, 밤하늘에서 불꽃이 터졌다. 모두들 하던 동작을 멈추고 입을 벌린 채 하늘을 바라보았다. 시리의 눈동자에도 불꽃이 아스라이 맺혔다. 불꽃에 사로잡힌 마음에는 차이가 없었다. 그리고, 잠시 후, 연쇄적인 폭발음이 들려왔다. 이번에는 지상이 아니라 돔시티 천장에서 나는 소리였다. 천장에서 불꽃이 반짝이며 박살 난 투명 태양광 패널 조각이 우수수 떨어졌다. 날카롭게 갈아 놓은 우박이 떨어지는 듯했다. 민병대원들의 지프 트럭은 몰매를 맞았다.

고든은 금보와 다니엘라를 데리고 폐가를 향해 달렸다. 민병대원들은 지프 트럭 아래로 몸을 숨기거나 자신들이 파 놓은 땅굴 아래로 몸을 숨겼다. 땅굴이 한두 개가 아니었다. 지프 트럭 아래 몸을 숨긴 덩치 큰 민병대원은 돌아가는 꼴을 보며 이를 갈았다.

폐가로 몸을 숨긴 세 사람은 한 편의 웅장한 불꽃놀이를 감상하듯 창밖을 바라보았다. 세 사람 곁에는 폭발을 피해 폐가로 숨어든 떠돌이 개와 고양이 들이 몸을 떨며 짖고 우는 소리로 요란했다.

"쪄 죽거나 얼어 죽을 일만 남았어." 고든이 말했다.

"그 남자, 결국 사고를 쳤네."

"아는 사람 소행이야?"

"돔시티 천장을 콘돔 폭탄으로 날려 버리겠다던 남자가 있었어. 차별 없이 모두가 평등해진 상황에서 다시 인

류 문명을 세워야 한다고. 나도 한때 꽤 과격한 쪽에 속했
지만 휴…… 정말 실행할 줄은 몰랐어."

다니엘라는 킥킥 웃었다. 금보는 울먹였다. 금보는 휴대
폰으로 와이프에게 전화를 하려 했지만 배터리가 없었다.

"웃을 일은 아니잖아?"

"미안해요."

다니엘라는 고든을 슬쩍 쳐다보곤 다시 말을 이었다.

"세상엔 두 종료의 웃음이 있어요. 앞이 깜깜할 때 웃
는 웃음과 아무 걱정이 없어서 웃는 웃음. 지금은 깜깜해
서 웃는 거예요. 예전에 쫓겨날 때도 이렇게 웃었어."

고든은 등 뒤를 바라보았다. 자신의 그림자가 폐가 바
닥에서 우두커니 자신을 바라보고 있었다. 고든에 따르
면, 인간은 자기 자신을 바라볼 수 있는 사람과 자기 자신
을 바라볼 수 없는 사람으로 나눌 수 있는데, 전자는 부끄
러움을 알았고, 후자는 몰랐다.

고든은 낄낄 웃었다. 앞이 깜깜했던 적이 없는 사람이
그런 상황에 처음 닥쳤을 때 웃는 웃음이었다. 울먹이던
금보도 웃었다. 금보는 웃으며 바지 주머니에서 자동차
키를 꺼냈다. 고든이 찾을 때, 부러 없던 척했던 그 자동
차 키였다.

굴과 탑

윤은 땅을 팠다. 윤은 처음 그 일을 시작한 이후로 멈출 수 없었다. 파고, 또 파고, 계속 팠다.

　할 일이 없진 않았다. 토요일 아침이었지만, 어젯밤 야근을 했음에도 미처 마치지 못한 업무가 조금 남아 있었다.

　방바닥에 말라붙어 있던 김치찌개 국물 자국을 지우려던 것이 일의 시초였다. 윤은 잠에서 깨어나 침대에 멍하니 걸터앉아 있다가 얼룩을 발견했다.

　윤은 잠시 동안 얼룩을 쳐다보다가 그쪽으로 천천히 다가갔다. 그리고 엄지 손톱으로 그것을 밀어내기 시작했다. 이후로 윤은 그 일 외에 모든 것을 잊어버렸다.

＊

하련은 탑을 쌓았다. 하련은 윤과 마찬가지로 나머지 일들을 다 잊어버렸다. 쌓고, 또 쌓고, 계속 쌓았다.

하련은 윤의 집에서 그리 멀지 않은 곳에 위치한(윤은 반지하층에 살았다.), 다가구주택의 옥탑방에 살았다. 옥상은 30평이 넘었지만 옥탑방은 빨고 나니 부쩍 줄어든 티셔츠처럼 몸에 꽉 끼는 크기였다.

토요일 오전 10시 무렵, 하련은 젖은 머리로 옥상으로 나와 어제 저녁에 널어놓은 빨래를 걷으려던 참이었다.(근래 거의 유일하게 맑은 날이었다.) 그런데 아끼던 새틴 소재의 속옷 하나가 보이지 않았다.

하련은 나머지 빨래를 품에 안고 옥상을 빙 둘러보았다. 찾고 있던 속옷이 옥탑방 왼쪽 처마 밑에 풍경처럼 매달려 있었다. 인간의 짓이라고 보기에는 너무 유치했고, 바람의 짓이라 하기엔 꽤 정교했다.

"아아."

하련은 걷은 빨래를 방 안에 던져 놓은 후, 다시 돌아와 속옷을 향해 손을 뻗었다. 까치발을 하자 손끝에 속옷이 닿을락 말락 했다.

방바닥에 묻은 얼룩은 차츰 희미해져 갔다. 그러나 정체를 알 수 없는 작고 빨간 조각 두어 개가 장판을 파고들어가 원래 거기 있던 무늬처럼 자리를 잡았다.

손톱은 무뎌서 조각을 걷어 내지 못했다. 윤은 젓가락을 가져와 조각을 제거하려 했다.

윤은 조각을 쉬이 걷어 냈다. 그러나 힘 조절을 하지 못해 장판이 조금 찍혀 나갔다.

"아아."

윤은 손톱으로 장판의 불거진 부분을 찍혀 나간 쪽으로 밀어냈다. 그리고 일어서서 작업의 결과물을 살펴보았다. 얼핏 보면 티가 나지 않았다. 윤은 돌아섰다.

윤은 돌아와 장판을 다시 쳐다보았다. 미세하게 성긴 자국이 분명하게 보였다. 윤은 그것을 그대로 두고 싶지 않았다. 흠이 나기 이전 모습으로 돌려놓고 싶었다.

윤은 그 앞에 자리 잡고 앉았다.

*

마침내 속옷이 손끝에 닿았지만, 하련은 속옷을 걷어

낼 수 없었다. 무리하게 힘을 주다간 레이스가 찢어질 것 같았다.

하련은 받침대로 쓸 만한 것을 찾아 주변을 살펴보았다. 출처가 불명확한 시멘트 벽돌이 옥상 오른쪽 구석에 쌓여 있었다. 곰팡이가 피어난 널빤지와 젖고 마르기를 반복 중인 모래 더미, 그리고 시멘트 포대들도. 처음 여기로 이사 왔을 때부터 그곳에 쌓여 있던 것들이었다.

하련은 벽돌이 쌓인 곳으로 다가가 그중 하나를 집어든 후, 처마 아래 놓았다. 그리고 몇 번 그 일을 반복해 받침대를 만들었다. 발을 딛고 설 수 있을 정도의 넓이와 30센티미터 정도의 높이로.

하련은 받침대 위에 올라서서 속옷을 향해 손을 뻗었다.

속옷은 하련의 품으로 무사히 돌아왔다. 하련은 바닥으로 폴짝 뛰어내렸다. 그리고 슬쩍 웃었다.

하련은 방 안으로 들어가 드라이어로 머리를 말리기 시작했다. 밀린 일은 없었지만 점심때 중학교 동창들과 약속이 있었다.

하련은 머리를 말리며 조금 전의 감각을 떠올렸다. 처마 너머로 보였던, 곧 사라질지도 모르는 집 주변의 소박한 풍경들과 놀이 기구에 몸을 맡겼을 때처럼 피부에 밀착하듯 닿았던 시원한 아침 바람, 그리고 여타의 일들과는 달리 원하는 바를 이루기까지 체계적이었던 과정과 결과의 명확함까지.

하련은 머리를 말리다 말고 옥상으로 다시 나갔다.

＊

윤은 거슬리는 부분을 한동안 우두커니 바라보다 들고 있던 젓가락으로 성긴 자국을 꾹 눌렀다. 그리고 이어서 쿡쿡, 강하게 내려찍기 시작했다.

장판에 돌이킬 수 없는 흉한 자국이 생겼다.

윤은 그날 아침 마침내, 눈앞에 벌어진 일들을 수습만 하던 삶에서 벗어났다. 그날 아침 처음으로 윤은, 문제를 푸는 삶이 아니라 자기 자신이 문제 그 자체가 되는 삶으로 들어섰다.

장판은 복구가 불가능할 정도로 깊게 파였다. 그리고 이제는 그 아래 시멘트 바닥이 긁혀 나가기 시작했다. 땅을 파는 도구를 쓰듯, 젓가락을 사용하는 윤의 동작에는 거침이 없었다.

윤은 서른다섯 살이었고, 휴대폰 무선 충전 수신기를 만드는 회사에 다녔다. 회사에 있을 때, 윤은 비가 오는 달의 모습을 자주 상상했다.

오후 1시 무렵, 윤은 라면으로 허기를 달랜 후 하던 일을 마저 이어 나갔다.

*

밖으로 나온 하련은 옥상 한복판에 자리 잡은 후 처음부터 벽돌을 다시 쌓기 시작했다. 그 전에, 시멘트와 모래, 물을 섞어 반죽을 만들었다. 오랫동안 고대해 왔던 일처럼 모든 것이 자연스러웠다.

하련은 반죽을 바닥에 깐 후, 벽돌을 양쪽 가로에 여섯 개, 양쪽 세로에 여섯 개씩 반듯하게 놓았다.

하련은 그날 아침 마침내, 시도 때도 없이 문제를 의식하던 삶에서 벗어나 아무것도 문제시하지 않는 삶으로 들어섰다. 그날 아침 처음으로 하련은, 어릴 때부터 기대했던 삶을 거머쥐었다. 차곡차곡 쌓아 올리고, 높이 올라서서, 손을 내밀어 얻는다.

하련은 스물여섯 살이었고, 온라인 의류 쇼핑몰의 디자이너로 일했다. 회사에 있을 때, 하련은 파도가 밀려오는 달의 모습을 자주 상상했다.

하련은 벽돌 세 개를 쌓아 올린 높이가 되자 그 위에 널빤지를 깔았다. 그리고 그 위에 다시 반죽을 깔고 벽돌을 쌓기 시작했다.

하련은 약속 시간이 코앞으로 다가왔을 때에도, 훌쩍 지나가 버렸을 때도 그 일을 멈추지 않았다.

*

월요일 아침 7시, 잠에서 깨어난 윤은 침대에 걸터앉은 채 지난 이틀 동안의 결과물을 바라보았다. 윤은 활짝 웃었다.

윤은 그곳으로 천천히 다가가 발을 담갔다. 그리고 그 옆에 놓여 있던 전신 거울을 바라보았다. 두 발목이 바닥에 잠겨 있었다.

윤은 끓인 누룽지로 아침을 먹었다. 그리고 샤워를 한 후 옷을 갈아입고 다시 전신 거울 앞에 섰다. 회색 운동복 반바지에 흰색 티셔츠. 땅을 파기에 적합한 복장이었다.

윤은 집 밖으로 나가 철물점에서 해머와 삽과 정을 사 왔다. 본격적으로 땅을 파 볼 참이었다.

*

잠에서 깨어난 하련은 현관문을 열고 옥상으로 나갔다.

그리고 자신의 허리 높이까지 쌓여 있는 탑을 바라보았다. 하련은 낄낄 웃었다.

하련은 다시 방으로 들어가 샤워를 했다. 그리고 옷을 갈아입은 후 토스트와 우유, 사과 반쪽으로 배를 채우며 휴대폰으로 무언가를 검색했다.

반죽을 만들 시멘트와 모래는 아직 여분이 있었다. 그러나 벽돌이 부족했다. 집에서 3킬로미터쯤 떨어진 곳에 건재상이 있었다.

하련은 집 밖으로 나가 건재상에서 벽돌을 주문했다. 하련은 가능한 만큼 높이 탑을 쌓아 볼 참이었다.

*

윤이 해머로 바닥을 깨고 있을 때, 회사 과장으로부터 전화가 왔다. 오전 10시쯤이었다. 과장은 여전히 졸린 듯했다.

"아프냐?"

윤은 천진한 표정으로 웃었다. 저는 아무것도 몰라요, 라고 천진하게 웃으며 말할 수 있는 상태. 이것은 월요일 아침, 회사에 출근했을 때, 윤이 계속 바라 왔던 자신의 모습이었다.

"힘이 좀 없긴 해요. 바쁘세요?"

"엉망이지. 그래서, 못 나와?"

"아마도요."

"바쁠 때 아픈 것도 무능한 거야. 오늘 너는 무능함에 무능함을 더한 거고."

"죄송합니다, 과장님."

과장은 더 말하지 않고 전화를 끊었다. 평소 같은 월요일이었고, 지금 있는 곳이 회사였다면 윤은 못난 자신의 모습을 자책했을지도 모른다. 그러나 지금은 아니었다.

윤은 다만, 종아리까지 바닥에 잠긴 채로, 무능한 사람이 하루 자리를 비웠을 뿐인데 회사는 왜 엉망인 것일까 하고 잠깐 생각했다.

*

하련이 다니는 회사 팀장에게서 전화가 왔다. 오전 11시쯤이었다. 팀장은 차를 마시는 중인 듯했다.

"무슨 일 있어?"

하련은 해맑게 웃었다. 어떤 일을 겪었어도 그럴 수 있죠, 라고 해맑게 웃으며 말할 수 있는 상태. 이것은 하련이 지난 삶을 떠올릴 때마다 가지고 싶었던 자신의 모습이었다.

"그런 것 같아요."

"무슨 일인데? 오후에는 나올 수 있어?"

"못 갈 것 같아요."

"곤란하네. 하련 씨, 이 정도밖에 안 되는 사람이야?"

"죄송합니다, 팀장님."

팀장은 뭔가 더 말하려다 한숨 쉬며 전화를 끊었다. 팀장의 말투와 전화기 너머로 떠올린 눈빛은 평소와 다름없었다. 너 아니어도 일할 사람은 많아, 네가 하는 일은 누구나 할 수 있는 일이야, 네가 없어도 회사는 여전히 잘 굴러갈 거야.

하련은 알고 있었다. 자신이 없어지면, 특별하진 않더라도 묵묵히 자신의 일을 하는 어느 누구라도 없어지면, 회사는 달라지리라는 것을. 조금 더 차가워지고, 조금 더 잔인해지고, 조금 더 저열해지리라는 것을. 그런 일이 반복될수록 점점 더 그렇게 되리라는 것을.

*

윤이 허리 높이까지 땅을 파고 들어갔을 때, 2층에 사는 집주인이 현관문을 두드렸다. 집주인은 일흔두 살의 남자로, 고관절염을 앓고 있는 아내와 함께 살았다.

윤은 문을 열어 주었다. 이마에서 흘러내린 땀이 코와 인중에 가득 맺혀 있었다. 창가로 쏟아져 들어오는 황혼 무렵의 햇살이 윤의 머리 뒤에서 붉게 일렁였다.

노인이 눈을 찌푸리며 말했다.

"혹시나 했는데 맞았네. 내 귀에 계속 들리는 소리가 그 소리가 맞았어. 바닥 깨지는 소리."

"네, 어르신."

"어쩔 셈인가?"

"팔 수 있는 데까지 파 보려고요."

"땅을 파면 뭔가 나오던 시절이 있긴 했지. 꼭 돈이 아니더라도 말이야."

"소란스럽게 해서 죄송합니다."

노인은 입술을 꾹 다문 채 고개를 저었다.

"자네가 누굴 돕고자 하는 건지, 나는 잘 모르겠어."

"사실, 저도 잘 모르겠습니다. 그게 중요한 문제인지도 모르겠고요."

노인은 체념과 혼란이 섞인 표정으로 뒤돌아섰다. 그리고 무거운 걸음으로 계단을 올랐다.

윤은 다시 하던 일을 이어 나갔다. 돌멩이가 깨지며 내는 둔탁한 소리는, 동네 담벼락 군데군데 붉은색으로 "공가"라고 적혀 있는 황량한 거리의 침묵에 응수하듯 쩌렁 쩌렁 울려 퍼지며 멀리멀리 나아갔다.

*

하련은 자신의 가슴 높이만큼 쌓인 탑 위에 올라선 채 집주인을 내려다보았다. 집주인은 예순여덟 살의 여자로, 세 살 먹은 푸들과 4층 독채에 살고 있었다.

노인이 말했다.

"내가 잘못 본 게 아니었네. 이게 진짜로 있는 거였네."

하련의 머리 뒤로 붉게 물든 저녁놀이 저당 잡힌 물건처럼 하늘 높이 매달려 있었다.

하련은 부드럽게 웃었다.

"네, 아주머니."

"아가씨, 어쩌려고 그래?"

"쌓을 수 있을 만큼 쌓아 보려고요."

"위험해. 다칠 수도 있고."

"난처하게 해서 죄송해요."

노인은 모호한 표정을 지었다. 푸들이 하련을 바라보며 애교 섞인 목소리로 짧게 짖었다.

"즐거운 일이 정말 없지 않아?"

"지금 웃고 계시잖아요."

"내가?"

노인은 주춤하다 엉겁결에 웃음을 터뜨렸다. 그런 노인을 보며 하련도 활짝 웃었다.

두 사람의 웃음소리는 선선한 저녁 바람에 실려 동네 모퉁이 전봇대마다 꽂혀 있는, 이곳이 재개발 예정 구역임을 보여 주는 '붉은 깃발'을 소리 없이 흔들었다.

*

윤은 땅을 파다 말고 허리를 폈다. 윤의 목만 구덩이 밖으로 빼꼼히 솟았다. 땅을 더 파 내려가려면 사다리가 필요할 듯했다.

윤은 구덩이 밖으로 빠져나온 후, 몸에 묻은 먼지를 떨었다. 그리고 지갑을 들고 철물점으로 갔다.

하련은 탑을 쌓다 말고 아래를 내려다보았다. 자신의 키 높이만큼 바닥이 가라앉아 있었다. 하련은 벽돌을 붙잡고 미끄러지듯 아래로 내려갔다. 그리고 욕실에서 얼굴에 묻은 시멘트를 씻어 낸 후 철물점으로 향했다.

두 사람은 철물점에서 만났다. 하련은 최대 10미터까지 연장되는 일자형 로프 사다리를 샀다. 윤도 같은 것을 골랐다. 하련은 사다리를 든 채 앞장서 걸었고, 윤은 그 뒤를 따랐다.

갈림길이 나타났을 때, 하련이 먼저 멈춰 섰다. 윤도 따라서 멈춰 섰다. 하련은 윤을 바라보았고, 윤도 하련을 바라보았다.

두 사람은 서로의 얼굴에서 무언가를 향한 분투의 흔적을 읽었다. 울분도 없고, 비장함도 없고, 사심도 없는, 단지, 끝을 알 수 없는 긴 항해에 올라 있는 듯한 단순하면서도 투명한 분투.

하련은 윤을 향해 짧게 고개를 까닥였다. 윤 역시 고개를 까닥였다. 하련은 오른쪽 길로 걸음을 옮겼고, 윤은 왼쪽 길을 향해 발걸음을 뗐다.

그날 밤, 하련은 잠들기 전 윤을 떠올렸고, 윤 역시 하련을 떠올렸다. 윤은 저 아래서 하련을 향해 손을 흔들었고, 하련은 저 위에서 윤을 향해 손을 흔들었다.

＊

경호는 구덩이 곁에 있다가 윤이 도르래로 흙이 담긴 통을 올려 주면 집 바깥에다 통을 비운 후 다시 도르래에 실어 내려보냈다.

경호는 육군 공병 부대의 중사로 일하다 왼쪽 전방 십

자 인대가 끊어져 의병제대를 했고, 현재는 30만 원쯤 되는 군인연금을 받으며 새로운 일자리를 찾는 중이었다. 머리를 쓰는 일도, 몸을 쓰는 일도 다 어중간한 느낌이라 경호는 자신이 무슨 일을 할 수 있을지 스스로도 애매해했다.

빈 통을 도르래에 실으며 경호가 말했다.

"어머니가 나한테 전화하셨어."

"뭐라고 하셔?"

"네가 왜 그러고 있는지 물으시더라고."

"그래서?"

"있는 그대로 말씀드렸지. 나도 잘 모르겠다고. 그리고 나도 내가 여기서 왜 이러고 있는지 모르겠어."

윤은 경호를 가만히 올려다보았다.

"경호야."

"응?"

"조바심 내지 마. 네가 할 수 있는 일이 한 가지는 분명히 있을 테니까."

"그래. 근데, 윤아, 석유는 보통 어느 정도 깊이에 묻혀 있어?"

"13, 14미터 내외?"

"지금 몇 미터쯤 되지?"

"1.9미터?"

경호는 껌을 씹었고, 이어폰으로 노래를 들었다. 저녁이 되자 윤이 구덩이 밖으로 올라왔다. 두 사람은 김치찌개를 끓여 함께 밥을 먹었다.

식사가 끝날 무렵, 누군가 현관문을 두드렸다. 경호가 현관문을 열었다. 경찰 두 명이 굳은 표정으로 서 있었다.

*

여정은 하련이 가르쳐 준 대로 시멘트와 모래, 그리고 물을 섞어서 반죽을 만들었다. 그리고 반죽이 완성되면 도르래에 실어 위로 올려 보냈다.

여정은 하련의 중학교 동창이었다. 여정은 화장품 회사 홍보팀에서 일하다 회사가 부도로 주저앉은 탓에 실업자가 되었다. 현재는 같은 일을 할 수 있는 회사의 채용 공고를 기다리는 중이었다.

여정이 위를 올려다보며 말했다.

"너희 아버지가 나한테 전화를 하셨어."

"뭐라고 하셔?"

"절대 그 위에 같이 올라가지 말라고 하셨어."

"올라올 필요 없어."

"대신 밑에서 기다리다가 네가 떨어지면 꼭 받아 주라
고 했어."

"하하. 그래서?"

"그건 좀……. 죄송합니다, 아버지,라고 했지. 기다리는
건 너무 지치는 일이거든."

"여정아."

"응?"

하련은 여정을 지그시 바라보았다.

"커피 마실까?"

"좋아."

하련은 사다리를 타고 아래로 내려왔다. 탑이 높아질수
록 쌓는 속도가 느려졌다. 그러나 하련은 초조해하는 기
색이 없었고, 서두르지도 않았다. 사다리를 천천히 오르
고 내리듯, 느긋하게 쌓고 또 쌓았다.

두 사람은 옥상 한편에 놓여 있는 플라스틱 의자에 앉
아 커피를 마셨다. 하련은 여정의 이마에 묻어 있는 시멘
트 가루를 보며 웃었다.

여정이 말했다.

"예전에 네가 나한테 그랬어. 나는 아무것도 아니다,라
고 생각하라고. 나는 자존감이 강하니까, 그렇게 생각해
야 다른 사람들과 보조를 맞출 수 있을 거라고."

"너는 정말 자존감이 강해."

여정이 이마에 묻은 시멘트 가루를 떨어내며 말했다.

"지금은 아닌가 봐. 많이 깎여 나갔어. 요즘은 네가 더 그래 보여. 나쁘지 않아. 좋아 보여."

하련은 평온한 표정으로 웃었다. 그때, 누군가가 옥상 출입문을 두드렸다. 하련이 출입문을 열었다. 경찰 두 명이 태평한 표정으로 하련을 바라보고 있었다.

*

두 사람은 경찰서에서 다시 만났다. 형사의 책상을 앞에 두고 윤과 경호는 왼쪽에, 하련과 여정은 오른쪽에 앉았다.

경호와 여정은 훈방 조치 되었다. 경호는 다리를 절며 집으로 돌아갔고, 여정은 시멘트 자국이 묻은 이마를 가린 채 도망치듯 집으로 돌아갔다. 경찰서 조사실에는 이제 윤과 하련, 하품을 하며 눈물을 흘리는 젊은 형사 하나만 남았다.

형사가 말했다.

"그러니까, 앞으로도, 그 일을 계속하겠다는 겁니까?"

윤이 재차 물었다.

"정말 불법인가요?"

하련이 덧붙였다.

"주인 허락을 받아도요?"

"정말 불법이고, 허락받아도 안 돼요. 또, 주민들이 신고를 했잖아요. 불안하다고. 너무 불안하다고. 무슨 일이 생길 것만 같다고. 안 그렇겠어요? 한쪽에서는 매일같이 땅을 파고 있고, 또 한쪽에서는 매일같이 탑을 쌓고 있는데?"

윤이 말했다.

"주민들이 아니겠죠."

"주민들도 있어요."

윤과 하련은 입을 다물었다. 형사는 혀를 차며 당부하듯 말했다.

"이쯤에서 그만두세요. 알았죠?"

윤과 하련은 새벽 1시쯤 경찰서를 나왔다. 두 사람은 집을 향해 터벅터벅 걸었다.

하련이 물었다.

"계속할 거죠?"

"잘 모르겠어요."

"나는 계속할 거예요."

"네."

하련은 윤을 보며 부드럽게 미소 지은 후 윤의 곁에 나란히 섰다.

"먼저, 오른발부터 내밀면서 걷는 거예요."

윤은 슬쩍 웃었다.

하련이 오른발을 허공으로 내밀자 윤도 오른발을 허공으로 내밀었다. 하련이 한 걸음 내딛자 윤도 한 걸음 내딛었다. 이번엔 윤이 먼저 발을 내밀었고, 하련이 따라왔다. 두 사람은 박자를 맞추어 앞으로 조금씩 나아갔다.

하련이 말했다.

"이렇게 같이 파멸의 길로 나아가 보는 거예요."

두 사람은 웃으면서 걸었다. 그러나 걷는 속도가 조금씩 느려졌다. 두 사람 모두 근심 어린 표정은 아니었다. 한 사람은 저 깊은 땅속을, 또 다른 사람은 저 넓은 하늘 위를 머릿속으로 헤아려 보는 중이었다.

윤이 천천히 말했다.

"뒤돌아서 걷는 법을 알려 드릴까요? 군대에서 배운 건데, 오른발을 땅에 디딘 후에 왼쪽으로 몸을 틀면서 방향을 바꾸고, 다시 오른발을 먼저 앞으로 내미는 거예요."

윤은 걷다 말고 방금 자신이 말한 것처럼 왼쪽으로 몸을 틀려 했다. 하련이 윤의 팔을 붙잡았다.

"아직은 그러고 싶지 않아요."

윤은 다시 몸을 앞으로 돌렸다.

"네. 저도요."

두 사람은 갈림길에서 헤어졌다. 윤이 잘 가요,라고 인사하며 하련을 향해 손을 흔들었다.

하련은 짧게 미소 지은 뒤 뒤돌아섰다.

*

윤은 5미터 아래의 땅속에서 불을 켜고 일을 했다. 경호는 다시 찾아오지 않았다. 회사에서도 윤에게 더 이상 연락하지 않았다. 윤을 찾는 사람은 윤의 어머니가 유일했다. 어머니는 식당에서 주방 일을 하고 있었다.

휴대폰 너머에서 어머니가 물었다.

"아들, 뭐 해?"

"응. 땅 파. 엄마는?"

어머니는 잠시 후에 대답했다.

"설거지 중이야."

"엄마, 울어?"

"아니."

"엄마, 울지 말고 설거지해. 나 괜찮아. 아니, 좋아."

"알았어. 다칠까 봐."

"조심할게. 괜찮을 거야."

윤은 더 말하지 않고 전화를 끊었다. 어머니가 문자를 보냈다. "다 내 탓 같아. 그래서 그래." 윤은 이렇게 답을 보냈다. "엄마 탓 아냐. 엄마 덕이야. 엄마가 믿고 지켜봐줘서 내가 이 일을 계속할 수 있는 거야." 어머니는 마지막으로 "아들, 사랑해."라고 썼다.

*

하련의 아버지는 매일 두 번씩 전화를 했다. 아침에 한 번, 저녁에 한 번, 동네를 산책할 때. 아버지는 시내버스 기사였는데 뇌졸중을 겪은 이후로 일을 그만두었다.

휴대폰 너머에서 아버지가 물었다.

"뭐 하고 있어?"

"아까 말해 줬잖아. 아빠는?"

아버지는 머뭇거렸다.

"산책하고 있어."

"아빠, 울어?"

"아니."

"아빠, 울지 마. 지금은 아빠 건강만 생각해."

"지금껏 내 생각만 해 왔던 것 같아서 그래."

"아냐. 아빠는 하루 두 번씩 꼭 내 생각을 하잖아."

"고되지?"

"머리는 점점 더 맑아지고 있어. 앓고 있던 병이 나은 것처럼."

하련은 조금만 더 걷다 들어가세요, 라고 말하고 전화를 끊었다.

하련은 탑 위에 우뚝 서서 오른쪽 아래를 가만히 내려다보았다. 저 어딘가에서 윤이 여전히 땅을 파고 있으리라 생각하니 다시 용기가 생겼다.

하련의 눈에 실제로 붙잡힌 것은 주변 주택의 옥상에서 자신의 것과 비슷한 형태로 쌓아 올려지고 있는 조그만 탑들이었다.

하련은 탑을 쌓고 있는 누군가와 눈이 마주쳤다. 그쪽에서 하련을 향해 손을 흔들었다. 하련은 얼떨떨한 표정으로 함께 손을 흔들었다.

*

윤은 하던 일을 멈추었다. 그리고 가만히 귀를 기울였다. 돌멩이 깨지는 소리가 규칙 없이 이곳저곳에서 들려왔다. 앞에서도 들렸고, 옆에서도 들렸다. 누군가가 자신처럼 땅을 파고 있는 듯했다.

굴과 탑

미세하게 전해지는 진동에 윤은 마치 얼음물에 들어가기라도 한 것처럼 몸이 떨려 왔다. 윤은 사다리를 타고 구덩이 밖으로 나갔다.

집 밖 거리에는 그동안 땅속에 잠겨 있던 흙과 돌멩이들이 썩어 가던 내장을 들어낸 것처럼 드문드문 쌓여 있었다. 전쟁을 준비하는 참호 같기도 했고, 전쟁을 종결짓는 신호 같기도 했다.

윤은 눈을 돌려 왼쪽 하늘을 올려다보았다. 저 어딘가에서 하련이 여전히 탑을 쌓고 있으리라 생각하니 더욱 힘이 났다.

윤은 갈림길이 있는 곳으로 달려갔다. 그리고 지난번, 하련이 나아간 방향으로 뚜벅뚜벅 걸어가기 시작했다.

＊

두 사람은 하련의 집 앞에서 만났다. 하련은 2층 계단을 내려오다 자신을 향해 걸어오는 윤을 발견하곤 1층 현관 앞까지 빠르게 달려갔다.

윤은 집 앞 현관에 나와 있는 하련을 보며 활짝 웃었고, 하련은 부드럽게 미소 지었다.

윤이 말했다.

"만나고 싶다는 생각이 들었어요."

"저도 그랬어요."

"좀 걸을까요?"

"좋아요."

두 사람은 갈림길이 있는 곳으로 나란히 걸어갔다. 비가 쏟아지기 시작했다.

윤이 말했다.

"아주 잠깐이지만, 내가 하는 일이 무언가를 증명하거나 증언하기 위해서일지도 모른다는 생각을 했어요. 그런데 지금은, 무력함에서 벗어난 것만으로 충분하다는 생각이 들어요."

"남들이 이해할 수 없는 일이 꼭 나쁜 일은 아닌 것 같아요."

"지친 건 아니죠?"

"그쪽은요?"

"지구의 핵까지 거리가 6300킬로미터쯤 되지 않아요?"

"대기권의 높이는 1000킬로미터쯤 되고요."

두 사람은 함께 웃었다.

두 사람은 약속이라도 한 것처럼 손을 잡았다. 두 사람은 손을 맞잡은 채, 무력한 순응이 씻겨 나가고 있는 동네 거리를 차분하고 여유롭게 걸었다.

갈림길에 도착하자 한 무리의 남자들이 두 사람의 앞을 가로막고 섰다. 남자들은 정중한 몸짓으로 두 사람을 에워쌌다. 그리고 두 사람의 눈과 입을 막은 후, 길가에 세워져 있는 봉고차에 태웠다.

봉고차는 드문드문 쌓여 있는 흙더미를 요리조리 피하며, 하늘을 향해 쌓여 가는 탑들을 뒤로한 채 동네를 빠져나갔다.

*

두 사람은 근사하게 꾸며 놓은 빌딩의 사무실 소파에 앉혀졌다. 누군가 안대를 벗겨 내자, 맞은편 소파에 중년 남자가 앉아 있었다. 남자는 두 사람을 보며 슬쩍 웃었다.

남자가 윤에게 담배를 권했다. 윤은 고개를 저었다. 남자가 혼자 담배를 피우려 하자 하련이 말했다.

"한 대 주세요."

남자는 빙긋 웃으며 하련에게 담배를 건넸고, 불도 붙여 주었다. 하련은 떨리는 손가락 사이에 담배를 끼운 채 길게 한 모금 빨았다.

남자가 말했다.

"뜻밖이네요. 두 사람이 연인인 줄은 몰랐어요."

하련은 윤을 바라보았다. 윤도 하련을 바라보았다. 두 사람은 소리 없이 웃었다.

윤이 말했다.

"그쪽에서 다리를 놓은 것이라고 해 두죠."

"제가요?"

남자는 웃으며 천장을 손가락으로 가리켰다.

"저기가 다리를 놓은 거라면 놓은 거겠지"

남자가 실제로 가리킨 것은 하늘이었다. 윤과 하련도 알았다.

남자가 진지한 표정으로 말했다.

"일이 조금 커졌어요."

하련이 말했다.

"사람들을 자신의 집에서 몰아내는 것보다 큰 일은 없어요."

"보기에 따라 다르겠죠. 그런데, 우리 입장에서는 그게 '일'이고, 당신들이 하는 일은 '문제'예요. 우리가 하는 일은 아시다시피 아주 '큰 일'이에요. 해수면이 저렇게 계속 상승하면, 폭우가 시도 때도 없이 이렇게 내리면, 저지대 사람들이 살 곳이 없잖아요. 고지대를 재개발하는 건 생존 문제라고요. 그래서 국가에서 우리에게 일을 맡긴 거고."

하련이 대답했다.

"우린 저지대에서 제일 먼저 고지대로 쫓겨났어요. 돈이 없어서요. 그런데 이제 저지대로 가라는 건가요?"

윤이 덧붙였다.

"말씀처럼, 저는 '문제'가 되기로 했어요. 이제 문제를 푸는 것은 그쪽 몫인 것 같아요."

남자는 웃었다.

"굴에서 아주 올라오지 못하게, 탑에서 아주 내려오지 못하게 할 수도 있는데?"

하련은 단호했다.

"그게 우리가 원하는 거라면요?"

윤은 항변했다.

"그건 문제를 푸는 게 아니라, 부수는 거예요."

남자가 말했다.

"그게 우리가 지금까지 해 온 일이었고, 세상이 돌아가는 방식이에요. 두 사람 모두 돈이 목적이죠?"

윤이 자리에서 일어났다.

"구제 불능의 존재가 되는 게 우리 목표예요."

하련이 담배를 끄며 따라 일어섰다.

"담배, 감사해요."

두 사람은 사무실 문을 열고 나갔다. 두 사람을 납치한 사람들이 앞을 막아서려 하자 중년 남자가 손을 저었다.

남자가 말했다.

"또 보게 될 거예요. 아무래도 고지대보다는, 저지대서 보는 편이 낫겠지요? 명이 붙은 채로?"

＊

점점 더 땅을 파 내려가는 것이 힘겨워졌다. 탑을 쌓는 일도 마찬가지였다. 함께 탑을 쌓고, 굴을 파던 사람들이 하나둘씩 떠나갔다. 두 사람과 같이 집을 지키던 노인들도. 그러나 하련과 윤은 포기하지 않았다.

윤은 땅을 파며 별의 잔재들을 찾으려 했고, 하련은 탑을 쌓으며 반짝반짝 빛나는 보석의 흔적을 찾으려 했다. 다른 듯 같은 열망이 두 사람을 사로잡고 있었다.

어느 날 밤, 하련은 탑을 내려와 윤의 집을 찾아갔다. 윤은 구덩이에서 올라오려 했다.

"거기 있어요."

하련은 담요를 도르래에 실어 내려보낸 후 사다리를 타고 아래로 내려갔다.

하련은 윤의 어깨에 담요를 두른 후 부드럽게 껴안았다. 윤은 하련의 이마에 뽀뽀를 했고 이어서 입술에 키스했다.

그때, 두 사람의 머리 위로 흙이 쏟아져 내렸다. 한 사람이 하는 일이 아니었다. 여럿이 구덩이 아래로 흙을 쏟아붓고 있었다. 흘러내리는 흙들은 굴 안에 켜 놓은 전구 불빛을 받아 별처럼 반짝였다.

두 사람은 개의치 않았다. 저지대로 간다면, 이대로 내몰린다면 이와 그리 다르지 않은 미래가 기다리고 있을 터였다. 두 사람은 이곳에서 사랑이 시작되고 이곳에서 끝이 나리라는 것을 예견하고 있었다.

흙이 쌓이고 또 쌓였다. 두 사람은 흙이 두 눈을 가리기 전 서로의 얼굴을 부드럽게 바라보았다. 돌이킬 수 없이 깊은 적막이 두 사람을 감싸 안았다.

*

구덩이가 메워진 자리에 다시 빛이 들기 시작한 것은 그로부터 20여 년이 지난 후였다. 이번엔 재건축 바람이 불었다.

혹한이 닥쳤을 때, 땅을 파기 시작한 이들은 한 쌍의 어린 연인이었다. 그들은 가난했고, 어딘가를 향해 맹렬히 달아나고 싶어 했다.

그들은 땅을 파고 또 파다 마침내 그 속에서 고요히 잠

들어 있는, 별처럼 보석처럼 빛났던 사랑의 잔재를 발견
했다.

1순위의 세계

희연에게 문자가 왔다.

"10월 16일, 3시, 울산가정법원 앞에서 봐."

우석은 탄식했다.

"아……."

내뱉은 대로 희연에게 문자도 보냈다.

"아……."

한 달간의 이혼 숙려 기간이 아직 남았지만 희연은 이미 마음을 정한 듯했다. 정말 매조질 생각이구나……. 우석은 겉옷을 챙겨 사무실을 나가려 했다.

동료들이 물었다. 어디 가느냐고. 무슨 일 있느냐고. 곧 정부 발표가 있을 거라고.

우석은 입술을 깨물었다. 그리고 대꾸 없이 마스크를 썼다. 동료들은 그때 눈치챘고, 올 게 왔다는 표정으로 고개를 숙였다. 우석은 쓸쓸하게 웃었다. 실은 울고 싶었지만.

2층 계단을 내려와 사무실 밖으로 나오자 잿빛 하늘 아래 모래바람이 피어올랐고, 길 건너편 태화강은 검붉은 빛깔을 띤 채 덜컥거리며 흘러갔다. 우석은 눈을 감은 채로 생각했다. 걷자, 걸으면서 생각하자, 차분하게 정리 좀 해 보자.

우석은 길을 건너 태화강 십리대숲으로 향했다. 조선시대부터 있었다는 강변의 대나무 숲. 약 4킬로미터, 그래서 십 리.

*

십리대숲의 아름다움을 먼저 말한 사람은 희연이었다. 11년 전, 서울에서 울산으로 이사 가는 것을 고민했을 때였다.

"내가 걸어 본 산책로 중 1위야. 바람이 불면 대나무가 귀여운 강아지 꼬리 치듯 흔들리는데 그걸 보고 마음을 다 빼앗겼어. 키 크고 늘씬한데 얼굴까지 담백한 사람들 사이를 걷는 기분이랄까. 또 다른 1순위도 발견했어. 강바

람이 대나무를 스치면 스삭 아삭 사삭 하는 소리가 귀를
간지럽히는데, 그 소리는 누군가한테 들려주고 싶은 소리
중 1위였어. 사귄 지 얼마 안 된 연인이 귀에 대고 속삭이
는 소리처럼, 들으면 우리를 상상 이상의 곳으로 데려가
는 소리들 알지?"

우석은 모든 것에 순위를 매겼다. 과일 중 1위는 복숭
아, 티셔츠 중 1위는 민무늬 회색 티셔츠, 친구 중 1위는
고등학교 동창 태수, 여행지 중 1위는 방콕 등과 같은 방
식으로. 삶은 선택의 연속이고, 그럴 때마다 결정의 바로
미터가 필요한데, 우석의 경우 이 순위가 그 역할을 도맡
았다.(결정 불능은 어떤 면에서 자신의 취향을 모르는 문제이기도
하다는 것이 우석의 생각이었다.) 희연은 그걸 흉내 낸 것이었
다. 우석을 놀리려고. 물론, 그 이유만은 아니었다. 울산으
로 내려가자는 의미였다.

두 달 후, 두 사람은 울산으로 이사했다. 사무실 근처의
빌라를 전세로 구했는데, 그때 우석은 말했다.

"내가 지금까지 살았던 집들 중에 1위야."

"아직 살아 보지도 않았잖아?"

방 세 개, 화장실 두 개, 테라스가 딸린 복층 집이었다.
두 사람은 바라던 대로 각자의 서재를 가졌다. 자신들이
가져 본 서재 중 1위인 서재. 침실은 위층에 두었는데, 아

침이면 창문 너머로 햇빛에 반짝이는 태화강이 내려다보였다. 눈을 멀리 두면 십리대숲이 보였고. 아무래도 서울보다는 집값이 저렴하고 지어진 지 20년이 넘은 빌라여서 가능한 일이었다.

*

우석은 강변 산책로를 걸어 십리대숲으로 향했다. 희연과 무던히도 걷던 길이다. 길을 걸으며 무슨 말을 나눴는지 애써 기억할 필요가 없었다. 모든 이야기를 했으니까. 이 길을 걸어 같은 곳으로 출근했고, 같은 곳으로 퇴근했다. 이런 관계에서 응당 누려야 할 장점과(말없이 같이 걷는 것만으로도 위로가 되었다.) 떨쳐 낼 수 없는 단점이(곁에서 같이 걷고 있다는 것만으로도 짜증이 났다.) 그 길에 다 묻어 있었다.

그런 지난날을 떠올리며, 우석은 산책로를 터벅터벅 걸었다. 그러다 무언가에 발이 걸려 휘청거렸다. 아래를 내려다보니 우레탄 트랙 조각이 불거져 있었다. 우석은 앞꿈치에 힘을 주어 튀어 오른 우레탄 트랙 조각을 꾸욱 짓눌렀다.

15년 전, 교육부에서 전국의 초, 중, 고등학교를 대상으로 운동장에 깔린 우레탄 트랙 관련 조사를 한 적이 있다. 기준치 이상의 중금속이 검출된 학교가 1700여 개였다. 한 환경 단체가 관련 조사의 필요성을 교육부에 진정해 시작된 일이었는데, 거기가 희연과 우석이 처음 만나 함께 일한 곳이었다. 조사 이후 교육부는 상반기 내 우레탄 트랙을 모두 교체하겠다고 발표했다.

희연과 우석은 가양대교 근처 한강 공원에서 와인을 마시며 첫 성과를 자축했다. 가을 초입이었고, 일요일 오전 10시쯤이었다. 강가에는 희미한 안개가 떠다녔고, 강물은 부드럽게 출렁였다. 파스텔 톤으로 색칠한 날씨였다.

와인을 한 모금 마신 후, 우석은 말했다.

"내가 마셔 본 와인 중 1위야."

15년이 지난 지금도 그 와인이 여전히 1위였다. 희연이 생일 선물로 친구들에게 받은 것이었는데 부르고뉴 피노누아로 만든 레드 와인이었다. 우석은 그날 마신 와인을 이렇게 표현했다. 가을 햇볕에 잘 말린 민무늬 회색 티셔츠를 입은 느낌이라고.

이제는 마실 수 없는 와인이었다. 부르는 게 값이었고 (전 세계에 수백 병밖에 안 남았다.) 부르고뉴 지방의 평균 온도가 상승한 탓에 고온에 취약한 피노누아 대신 그르나슈와 카베르네 소비뇽이 그 자리를 대신했다. 부르고뉴 지방의 피노누아는 뿌리 뽑혔다.

우석은 15년 전 아침, 한없이 부드럽게 느껴졌던 강물과 생기 넘치던 햇살이 아니라 전혀 다른 것들이 차지한 태화강 주변을 빙 둘러보았다. 필터를 통과하지 못한 불투명한 것들의 세계. 잿빛 하늘. 쇳빛 강물. 텁텁한 공기.

어느새 이렇게 된 것일까? 정말 돌이킬 수 있을까?

자신의 삶에 대해서도 같은 질문을 할 수 있었다. 어쩌다 이렇게 된 것일까? 예전으로 다시 돌아갈 수 있을까?

우석과 희연은 공통점이 있었다. 1순위의 공통점은 낙관 없는 희망을 품었다는 것이다.

"뜻대로 안 될 거야. 계속 잘 안 되겠지. 그걸 모르는 건 아냐."

2순위는 냉소를 비스듬한 웃음으로 넘길 수 있다는 것이다.

"비웃을 수 있지. 근데 다들 그러니까 그것도 좀 웃기더라고."

3순위는 확고한 반대 의견에 부딪혔을 때 한발 물러설 줄 알면서도 의지를 꺾지 않는다는 것이다.

"시간이 조금 더 필요한 일이네요."

두 사람은 서로에 대한 믿음이 있었다. 일에서든 둘의 관계에서든, 내가 (저 사람을) 포기하더라도 저 사람은 (나를) 포기하지 않을 것이라는 믿음.

태화강 산책로에도 그와 관련된 추억이 있었다. 7년 전, 신규 원자력발전소 건설 중단 관련 공론화 결과 발표를 며칠 앞둔 초여름 밤, 두 사람은 야근 후 집으로 돌아가는 중이었다. 산책로에는 짙은 어둠이 깔렸고 오가는 사람이 드물었다. 그러나 20미터 간격으로 놓여 있는 가로등 밑은 달랐다. 가로등 아래 잔디밭마다 연인과 가족들이 둥글게 모여 앉아 있었다. 주변은 지하실처럼 컴컴했는데 그곳만 달랐다. 그때의 가로등 불빛은 우주에서 지금 사랑하고 있는 사람들만을 찾아 비춰 주는 빛처럼 신비롭게 반짝였다. 희연이 그런 투로 말하자 우석은 희연의 손을 잡아끌었다.

두 사람은 마침내 비어 있는 자리를 찾았다. 맑은 공기, 차갑지도 뜨겁지도 않은 바람, 비릿함이 사라진 풀 냄새와 강물 냄새. 주머니에 넣어 두고 우울할 때마다 꺼내 놓고 싶은 날씨를 머리 위에 둔 채 희연은 우석의 팔을 베고 누웠다. 두 사람은 별빛이 보이지 않는 하늘을 가만히 바라보았다. 공론화 결과는 이미 알고 있는 것이나 다름없었다. 10퍼센트 이내의 차이로 질 것이고, 신규 원자력발전소는 공사 중단 없이 지어질 것이었다.

희연이 말했다.

"8퍼센트 정도 차이 날 것 같아."

"나는 7.9퍼센트."

"이 정도면, 우리 제법 잘한 거 아냐?"

"너무 잘했지. 25퍼센트 이상 차이가 났었으니까."

"끝이네."

"끝이지."

"더 이상 못 짓게 하는 게 다음 일이고."

"그게 내일부터 할 일이지."

두 사람은 서로의 눈을 바라보며 킥킥 웃었다. 그리고 다음 날 아침 그곳에서 탄산이 섞인 듯한 풀 냄새를 맡으며 깨어났다. 머리를 맑게 하는 서늘함이 목욕 타월처럼 몸을 감싸는 날씨였다. 두 사람은 서로를 가득 껴안았다. 1순위의 밤과 1순위의 아침. 공론화 결과는 9.3퍼센트 차이였다.

그때 이후 4년이 지난 여름밤, 서울에서 석 달 만에 울산으로 내려온 희연은 태화강을 바라보며 우석에게 말했다.

"당신이 내 인생의 1순위가 아냐."

우석은 그 순간을 잊을 수 없었다. 가장 기억하기 싫은 순간 1위. 습하고, 바람 없고, 공기 탁하고, 모기 많고, 외롭고 쓸쓸하고 고독했던 밤. 내일은 이와 다를 것이라는 일말의 기대조차 할 수 없던 밤. 우석이 뭐라고 항변하자 희연은 차분하게 식은 표정으로 대답했다.

"남자로서 매력을 못 느끼겠어."

*

　강준치 한 마리가 강물 위로 튀어 올랐다. 낚시꾼들에게 가장 인기 없는 물고기. 덩치는 제법 크지만(1미터 가까이 자라기도 한다.) 낚싯바늘을 물면 이내 저항을 포기하고 수중 덩굴처럼 질질 끌려 나오는 매력 없는 물고기. 우석은 불쑥불쑥 튀어 오르는 강준치들을 바라보며 한숨을 길게 내뱉었다.

　희연은, 정말 그랬을까? 자신에게 이성적 매력을 정말 느껴 본 적이 없었을까? 우직하고, 소탈하고, 진중하고, 부지런하고, 진실하고자 늘 노력했는데? 얼굴이 못생겨서? 백번 양보해 그렇다 치더라도, 10년 이상 같이 살았는데 이제 와 그걸 문제 삼는다고? 도대체 어떤 모습을 보여 줬어야 남자로서의 매력을 느낄 수 있었을까?

　우석은 희연에게 당장 전화해 따져 묻고 싶었다. 남성적 매력을 못 느끼다니? 그 밤의 낭만은? 그 아침의 벅차오름은? 우석은 쉽게 포기하는 강준치가 되고 싶지 않았다. 그래서 억울함을 참지 못한 표정으로 뒷주머니에서 휴대폰을 다급하게 꺼냈는데, 마침 전화가 왔다. 직장 동료였다.

"지금 이런 말 하긴 그렇지만, 발표 났어요. 73 대 27……."

"더 벌어졌네."

"네."

"고생했어. 다른 사람들한테도 전해 줘. 고생했다고."

"이제 다시 시작이네요."

"시작이지."

"네. 그…… 다른 것도 새로운 시작을……."

"끊어, 인마."

우석은 서쪽 하늘을 바라보았다. 해가 산 중턱 아래로 기울고 있었다. 희연도 정부 발표를 들었을 것이다. 지난 10여 년간 함께 노력했던, 기후 위기를 막기 위한 에너지 대전환 캠페인이 결실을 맺었다. 울산은 원자력발전소가 근처에 밀집해 있고, 보수와 진보 성향 시민들이 균형적으로 뿌리내리고 있으며, 2011년 후쿠시마 원전 사고의 후유증을 직간접적으로 겪은 지역이라 활동을 펼치기에 더할 나위 없이 좋은 도시였다. 그래서 과감하게 울산으로 이사를 온 것이었다. 그 이후 열의를 다해 준비하고 실행했던, 울산을 기반으로 한 지역 캠페인 활동이 드디어 성과를 이룬 것이다. 우석은 기쁘고, 슬프고, 공허했다.

원자력발전소를 반대하는 것만으로는 기존 에너지 정

책을 획기적으로 바꿀 수 없었다. 기후 위기를 섬뜩하게 경고하는 것도 담뱃갑 이미지처럼 효과가 지속적이지 않았다. 지난 몇 년간의 실패가 알려 준 사실들이었다. 공론화 과정과 결과를 좌우하는 것은 결국 여론이었는데, 여론조사에서 이기기 위해서는 원자력발전소를 대체하면서도 경제적 효과와 환경적 효과를 동시에 가져올 수 있는, 강렬하면서도 시간에 씻기지 않는 청사진을 제시해야 했다. 우석과 희연은 각도의 차이는 있었지만 풍력발전소 건설 효과의 대중 홍보에 매달렸다. 이번 공론화 과정에서 압도적 차이로 이긴 것은 그 덕분이었다.

우석은 동쪽 하늘을 다시 바라보았다. 보름달이 지평선 부근에 빛도 색도 없이 놓여 있었다. 얼음으로 만든 공처럼 무표정하고 차가운 달. 우석은 5년 전 방어진항에서 희연과 함께 바라본 보름달을 떠올렸다. 자신이 본 보름달 중 1위인 보름달.

*

육상 풍력발전소 건설 캠페인은 좌초를 거듭했다. 예상 부지를 언급하는 것만으로도 각종 항의를 받았다. 부지 선정도 문제였지만 근거 없는 말들이 횡행했다. 가장 어이없는 것은 풍력발전기 터빈 소리가 암을 유발한다는 내용이었다.(수면과 정신 건강에 미치는 영향에 대한 조사 결과는 있었다.) 예상 부지로 언급된 곳마다 그 내용을 담은 현수막이 펼쳐졌고, 그 내용이 담긴 피켓을 든 사람들의 1인 시위, 집단 시위가 발생했다. 육상 풍력발전소 캠페인은 반발이 극심했고, 캠페인을 할수록 역설적으로 점점 목표에서 더 멀어졌다.

태화강 산책길을 걸어 집으로 돌아갈 때면 우석은 전화와 문자 협박에 시달렸다. 둘의 대화는 주기적으로 끊겼고, 우석은 푹푹 한숨을 쉬었다.

희연이 말했다.

"모르는 번호는 받지 마."

"문자는 어떻게 해?"

"읽지 마."

"전화랑 문자로 연락하는 게 일인데, 일하지 마?"

"그건 해야지. 욕을 하면 이렇게 말해. 퇴근했습니다. 내일 오전 9시 이후에 욕하세요."

"시달릴 걸 뻔히 알면서도 익숙해지지가 않네. 가끔 뭐 하는 짓인가 싶어. 뭘 위해 이러고 있나……."

희연은 슬쩍 웃었다. 비슷한 일을 하는 동료들끼리 자주 공유하는, 자조, 안타까움, 속상함, 우월감이 뒤섞인 웃음이었다. 희연은 우석의 어깨에 팔을 두르며 농담했다.

"1순위인 세계를 위해 이러고 있는 거지. 파괴된 행성을 물려줄 순 없잖아?"

"우린 자식도 없다고."

"아이 갖고 싶어?"

"응."

"정말?"

"다음 생에."

우석과 희연은 같이 웃었다. 색깔이 다른 웃음이었다. 희연은 그걸 알았고, 우석은 몰랐다. 두 사람 다 아이를 원했다. 1순위는 아니었지만. 우석보다는 희연이 조금 더 앞 순위에 그것을 두었을 뿐이다.

이후로도 욕설 섞인 전화와 문자는 계속되었고, 야금야금 후원금마저 줄어들었다. 지치고 좌절할 법도 했지만 두 사람은 전혀 그러지 않았다. 이런 반응을 예상하고 다음 플랜을 짜 두었기 때문이다. 오히려 두 번째 플랜이 진짜 노리던 바였다. 드넓은 동해에 부유식 해상 풍력발전소를 짓는 것.

육상 풍력발전소 건설 캠페인은 이슈를 끌어모으기 위한 수단이자 부유식 해상 풍력발전소 건설에 탄력을 주기 위한 밑거름이었다. 해상 풍력발전기 근처에는 사람이 거주하지 않으니 질병을 걱정할 일이 없었고, 땅값을 우려하는 목소리를 들을 필요가 없었다. 또한, 주변 기업의 대대적인 후원을 이끌어 낼 가능성이 컸다. 해상 풍력 개발, 건설 사업이 부진한 지역 사업들을 대체해 새로운 성장 동력을 가져다줄 수 있기 때문이었다.

단 한 가지, 어민들이 어장 축소 문제와 어업 활동의 어려움을 호소할 가능성이 있었다. 그러나 설득 방안이 있었다. 해상 풍력 기초 구조물이 인공 어초 역할을 해 어족 자원이 확대될 수 있고, 해상 발전소 주변에 바다목장과 양식장의 개발이 가능하며, 해양 레저, 관광단지 육성을 통해 지역 경제 활성화 역할도 하리라는 점을 해외 사례를 통해 보여 주고 홍보하는 것이었다. 명분과 대의만으로 시민들을 설득하던 시절은 안타까워할 새도 없이 사라졌음을 두 사람 모두 잘 알고 있었다.

두 번째 캠페인을 시작하기 전, 희연과 우석은 방어진 항을 찾았다. 두 사람은 방파제에 앉아 깊은 밤이 찾아온 동해를 바라보았다. 바람은 파도가 뒤척이지 않을 정도로 불었고, 시야를 가리는 것 없이 쭉 펼쳐진 수평선 위로 실타래처럼 풀어진 구름들이 높게 떠 있었다. 우석과 희연은 눈을 감고 두 팔을 벌렸다. 얼음 알갱이 같은 차가운 공기들이 얼굴을 부드럽게 스치며 지나갔다. 보름달은 높게 뜬 구름 아래서 잘 익은 복숭아처럼 터질 듯 부풀어 오른 채 영롱한 빛을 뿜어냈다. 우석이 본 보름달 중 1위의 보름달. 달빛은 바다 위로 황금색 바닷길을 길게 펼쳐 놓았다. 시리게 춥지 않은 겨울 밤바다를 떠올릴 때마다 전형으로 기억될 날씨였다.

희연이 말했다.

"저 달빛을 따라 풍력발전소를 건설하는 거지."

"어민들 반대가 심할 거야."

"동해에서 잡히는 어족이 줄어든 게 바다가 데워져서라는 걸 다들 알고 있으니까……. 오징어가 제주도 다금바리처럼 비싸졌잖아. 인내심을 가지고 설득해 나가야지."

"한 방이 필요해."

"생각해 둔 게 있어?"

"있어."

"나도 있긴 한데……."

"뭔데?"

"음…… 법사위 소속 여당 국회의원 알지? 키 큰 사람."

서로 생각했던 한 방의 차이가 이혼의 결정적 원인이라 할 수는 없었다. 그러나 그것이 빌미를 만든 것은 사실이라고, 우석은 생각했다.

*

우석은 캠페인 팀에서 언론과 대중을 상대로 한 커뮤니케이션을 맡았고, 희연은 기후변화 관련 신규 정책의 적법성과 캠페인 활동의 위법성 여부를 판단하는 법무 쪽 일을 하고 있었다. 희연이 생각한 한 방은 캠페인 활동에 우호적이고 관심이 많은 여당 국회의원의 정책 보좌관으로 일하며 해상 풍력발전소 건설 관련 법안의 제안과 통과에 직접적인 힘을 보태겠다는 것이었다.

1년 후, 희연은 국회로 적을 옮겼다. 우석은 자신이 살았던 집 중 1위인 집에 혼자 남았다. 우석은 늦은 밤 십리대숲을 걸으며 생각했다. 자신이 생각한 한 방이면 캠페인 목표를 조속히 달성하고 희연과도 이른 시기에 이 길을 다시 걸을 수 있을 것이라고.

두 사람은 주기적으로 통화했다. 각자의 일상을 묻는 일은 잠깐이고, 나머진 다 일 이야기였다. 그만큼 절실하게 매달렸다. 희연은 한 달에 두어 번씩 집이 있는 울산으로 내려왔다. 국회 일이 바빠지고 나서는 좀처럼 시간을 내지 못했다. 우석도 정신없긴 마찬가지였다. 기업인들을 찾아다니고, 기자들을 만나고, 지역 주민들을 설득하러 다녔다. 가끔 다투기도 했다. 우석이 준비한 한 방이 희연은 탐탁지 않았다.

우석이 말했다.

"너무 지겨워. 설득하고 싶지 않아, 아무도. 열광하게 하는 수밖에 없어. 하하."

"정말 그렇게 할 거야?"

"지금이 적기야. 세 번째 후쿠시마 오염수* 해양 방류가 다음 주에 있어."

"여러 번 말했지만 위험해. 옳은 방식도 아니고. 말려도 듣지 않겠지만."

"못 본 지 너무 오래되었네. 두 달?"

"음…… 석 달."

"우리 잘 살고 있는 거 맞아?"

"나는 괜찮아."

"괜찮아?"

"괜찮아."

"다행이네."

우석이 준비한 캠페인은 여론을 단번에 바꿀 수 있는 내용이었는데, 부작용이 심각했다. 그것은 해상 풍력발전

---

* 일본 정부는 후쿠시마 원전에서 나온 '폐수(wastewater)'를 '오염수(contaminated water)'가 아닌 일련의 정화 공정을 거친 '처리수'라 부른다.

소를 해상 경계선으로 활용하는 것이었다. 특히, 일본과의 해상 경계. 해상 풍력발전소 라인을 독도 바로 너머에 긋는 것이 핵심이었다. 꼭 그렇게 되지 않더라도 명분은 확실했다. 우석은 민족주의와 애국심을 활용해 해상 풍력발전소 건설 찬성 여론을 단기간에 끌어 올릴 생각이었다.

동료들도 의견이 둘로 나뉘었다. 그러나 우석은 실제 유럽의 몇몇 국가에서 부유식 해상 풍력발전소를 해상 경계로 사용하고 있다는 점과 일본과의 관계는 향후 정치적으로 풀어 나가면 된다는 것, 그리고 무엇보다 인류가 불판 위에서 끓고 있는 위급한 시기에 더 이상 시간을 지체해서는 안 된다는 점을 강조하며 자신의 전략을 밀어붙였다.

우석의 전략은 성공적이었다. 51 대 49였던 여론은 점점 격차를 벌려 나갔고, 결국 70퍼센트 이상의 찬성 여론을 이끌어 냈다. 대안 에너지의 필요성과 민족주의가 예기치 않게 결합한 결과였다. 1순위가 무엇인지 헷갈리는 사람들의 의사 결정 행태를 보여 주는 훌륭한 사례이기도 했다. 그렇게 기존 화력, 원자력발전소의 단계적 폐기와 해상 경계를 기준으로 한 풍력발전소의 대대적 건설이 공론으로 결정되었다.

문제는 같은 방식으로 중국과도 해상 경계를 명확히 하자는 여론이 들끓었다는 점이었다. 일본과 중국은 이미

무역 보복을 거론하고 있었다. 우석은 어쩔 수 없는 일이라 생각했다. 이것마저 수포로 돌아가면 기후변화로 인한 위기는 끝의 끝으로 몰릴 테니까.

희연은 서울에서 치열하게 관련 법안의 수립을 위해 노력했고, 우석은 울산에서 각종 비판에 맞서 가며 캠페인을 벌였다. 사심 없이 절실하게. 그리고 결국, 오늘의 결과를 맞았다.

*

우석은 십리대숲이 펼쳐지는 산책로 앞에 멈춰 섰다. 울산으로 내려와 희연과 손을 잡고 처음 걸었던 곳. 우석은 오늘 밤을 몇 위에 놓고, 어떤 내용으로 기억해야 할지 갈피를 잡을 수 없었다. 시작인 곳에서 끝을 상상해야 했으니까.

우석은 생각했다. 무언가에 끝이 있는 것은 자연스러운 일이라고. 삶이 있으면 죽음이 있다고. 지구도 시작이 있었으니 끝이 있을 것이고, 인류도 탄생이 있었으니 종말이 있을 것이라고. 연애의 시작과 끝, 결혼 생활의 시작과 끝, 관계의 시작과 끝, 예외가 없다고. 그러나 희연과 자신의 관계는 그렇게 생각할 수 없었다. 끝이 있어야 하는 이유를 납득하기 어려웠다.

우석은 희연에게 전화했다. 네 번째로 전화를 걸었을 때 연결이 되었다.

우석이 말했다.

"울었어?"

"조금."

"보고 싶네."

"……."

"애인이랑 같이 있어?"

"밖이야? 늦었어. 그만 들어가."

"돌이켜 보면 내가 꼽은 1순위는 대체로 날씨와 연관이 되어 있어."

"그런 이야기 할 기분 아냐."

"한강에서 레드 와인을 마셨던 날, 태화강에서 맞았던 밤과 아침, 방어진항에서 보름달을 본 날, 십리대숲을 처음 함께 걸었던 날. 그때마다 필요한 바람, 온도, 습도, 햇살, 달빛이 정확히 거기 있었지. 그리고 당신이 항상 곁에 있었고. 어느 것이 나한테 더 중요했는지 생각해 보면, 나는 당신이야."

"아냐. 나도 아니었고."

"십리대숲에 왔어. 대나무가 누렇게 변해 있네. 잎은 말라비틀어졌고. 원폭에도 끄떡없었던 애들인데.* 몇백 년 전에 이미 죽어 버린 대나무들 같아."

"다시 살아날 거야."

"내가 생각했던 1순위의 세계는 지금과 같은 모습이 전혀 아냐. 내가 원한 건……."

"지금부터 시작이잖아."

"시작이라고?"

"이제 시작이야. 당신도 나도."

우석은 한숨을 내쉬며 어둠 속에 잠겨 있는 십리대숲 길을 바라보았다. 강바람이 불자 죽은 대나무들 사이로 희미한 가로등 불빛이 보일 듯 말 듯 깜빡였다.

---

* 대나무는 1945년 2차 세계대전 히로시마 원폭 당시에도 유일하게 생존한 것으로 알려져 있다.

지구에 커튼을 쳐 줄게

용희는 하루 종일 불타올랐다. 아침 출근 시간부터 28도를 웃도는 날씨 때문에 불타올랐고, 시청 행정과 직원 배치도에 담긴 자신의 사진과 이름, 그리고 민원 접수라는 담당 업무를 확인하며 또 불타올랐으며, 마지막으로 오후 4시 무렵 민원용 컴퓨터가 놓여 있는 곳에서 자신을 묘한 눈빛으로 쳐다보던 남자로 인해 불쑥 불타올랐다. 마지막이 가장 강력한 열원이었다. 겨울나무처럼 앙상하면서도 단단한 분위기를 지닌 남자는 처음의 자리에서 15분쯤 머물렀는데, 용희를 바라보던 남자의 눈빛은 마치 열선을 타고 흘러온 것처럼 회피할 수도, 외면할 수도 없는 성질을 띠고 있었다. 뜨겁고, 날카롭고, 간절했다.

남자가 간격을 두고 두어 번 눈빛을 던지면 용희는 모른 척하며 슬며시 눈빛을 거둬들였다. 이어서 용희가 빠르게 눈빛을 두 번 밀고 나가면 남자는 빠르게 두 번 물러섰다. 다시 남자가 밀어붙이면 용희가 물러났다. 어정쩡해진 순간에 남자가 눈빛을 꺾으면 용희는 휘어지듯 재빠르게 몰아쳤다. 주도권이 오가는 격정적인 춤의 스텝을 밟듯 두 사람은 눈빛을 주고받았다. 빠르게 밀고 느리게 느리게 밀려나고, 빠르게 밀려나고 느리게 느리게 밀고 빠르게 밀려나고. 두 사람의 눈빛은 플로어에 쏟아지는 스포트라이트처럼 반짝였다.

용희는 지난 5년간 그토록 원하던 장소에 간신히 도착한 터였다. 사랑하고 싶고, 사랑받고 싶은 마음이 자신에게 있는지 확인할 여유조차 없이. 용희는 업무 첫날의 흥분과 긴장감이 채 가시기도 전에 뜨거운 무언가가 가슴속에서 요동치는 것을 느꼈다. 용희는 차가운 세상에, 이 혹독한 사회에 두 번째로 화해의 손길을 내밀어도 될 것 같았다.

이렇게 빨리?

순간, 용희가 멈칫거렸을 때 남자의 태도가 달라졌다. 남자는 용희의 눈빛을 자신에게 바짝 끌어당겨 놓은 채 입구 쪽으로 갑자기 몸을 틀었다. 용희의 눈빛은 행정과

밖을 향해 걸어 나가는 남자의 등에 부딪혀 허망하게 부서졌다. 용희는 뒤엉킨 스프링처럼 엉덩이를 들썩였다. 그러나 남자는 돌아보지 않았다. 용희는 민원용 컴퓨터가 있는 곳을 재빨리 훑었다. 혹시라도 남자가 두고 간 것은 없는지 확인하기 위해서였다.

남겨진 것은 없었다. 용희는 남자를 뒤쫓고 싶었다. 남자의 이름을 알고 싶었고, 휴대폰 번호를 묻고 싶었다. 그러나 그래서는 안 된다는 것을, 그럴 수도 없다는 것을 온몸으로 절감해야 했다. 어렵게 획득한 9급 공무원이라는 신분에서 백수의 신분으로 부지불식간에 원상 복귀할지 모른다는 공포심이 발끝에서부터 차올랐다. 화해의 손길을 내미는 주체는 자신이 아니라 여전히 이 사회였다. 앞으로도 그럴 것이었다. 가파른 직원 배치도와 맨 밑바닥에 자리한 자신의 위치가 명백한 근거였다.

경연 도중 파트너를 잃은 댄서의 황망함과 좌절감 같은 것이 용희를 찾아왔다. 용희는 잃은 것도 없이 비통해진 표정으로 행정과 출입구를 바라보았다. 출입구에는 환한 대낮인데도 빛이 들지 않는 동굴 입구처럼 어둠이 들어차 있었다.

퇴근 후 용희는 거실에서 일반인들이 출연한 TV 짝짓기 프로그램을 멍한 표정으로 시청했다. 출연자들은 하나같이 잘생기고 아름다웠다. 번듯한 직장도 있었다. 변호사, 의사, 교사, 박사, 공무원. 불현듯 미소가, 용희의 입가를 따라 다시 흘렀다. 용희는 TV 화면에 눈을 고정한 채 희자 씨에게 물었다. 엄마, 나 결혼할까? 부엌에 있던 희자 씨는 기가 찬다는 눈빛을 지은 후 비빔국수 고명으로 사용할 오이를 빠르게 채 썰었다. 턱! 턱! 탁! 탁!

오이 꽁다리만 보기 싫게 남았다. 희자 씨는 오이 꽁다리를 용희에게 집어 던지려 했다. 용희가 움찔거리자 희자 씨는 오이가 아깝다는 듯 입에 넣고 씹었다. 용희는 어리둥절한 표정이었다. 희자 씨는 용희를 바라보며 긴 한숨을 쉬었다. 그리고 비빔국수가 담긴 그릇 두 개를 거실로 가져오며 말했다.

"딸아, 네가 내 딸이라서 하는 말인데, 상처받지 말고 들어. 내가 반대 안 해도 너 결혼 쉽게 못 해."

희자 씨는 웃었다.

"홀어머니에, 외동딸에, 모아 놓은 돈은 없지, 꾸미지도 못하지, 성격은 괄괄하지. 그래도 딱 하나 내세울 건 9급 공무원이라는 건데, 그 월급 최소 5년은 엄마 거야. 엄마 더 늙으면 네가 먹여 살릴 거야?"

용희는 머뭇거렸다. 자신이 머뭇거릴 것이라고는 용희도 미처 생각지 못했던 모양이었다. 희자 씨는 혀를 찼고, 용희는 웃음이 터졌다. 희자 씨는 고개를 절레절레 저었다.

"월급, 엄마 통장으로 이체해. 알았어? 건설 경기 죽어서 함바집도 적자 안 보면 다행이야."

용희는 툴툴거리며 옆에 놓인 선풍기에 얼굴을 바짝 들이밀었다. 거실 창가 벽에 붙은 에어컨은 수리비가 새로 사는 것보다 비싸, 집안 내력이 담긴 값싼 골동품처럼 자리만 차지하고 있었다. 용희는 선풍기 바람 세기를 3단으로 올렸다. 그래도 바람은 여전히 미적지근했다.

용희는 눈을 감고 오후에 본 남자를 생각했다. 남자는 공무원 시험 준비 시절 대학 도서관에서 매일 마주쳤던, 말 붙이고 싶었지만 끝내 못 했던, 허리를 곧추세운 반듯한 자세로 교육공무원 시험 준비를 하던 그 남학생을 무척이나 닮았다. 침몰하는 배에 올라탄 줄 알면서도 체념하지 않는 듯한 침착함이 묻어나는 표정과 풋풋하게 느껴지는 긴장감이 서려 있는 태도. 그때 희자 씨가 용희의 등을 찰싹 쳤다.

"이거 먹고 얼른 자. 늦었다고 또 난리 치지 말고."

용희는 열대야 때문인지 복잡한 머릿속 때문인지 쉽게 잠들지 못했다. 낮 동안 부글부글 끓은 옥상 바닥에서 흘러내린 열기는 창문 밖으로 빠져나가지 못한 채 방을 가득 메우고 있었고, 집에서 2킬로미터쯤 떨어진 바다에서 출발해 이제 막 창가에 도착한 바람은 조금 전 희자 씨가 길게 내뱉은 한숨처럼 끈적하고 후끈했다.

용희는 침대에서 일어나 창을 거의 다 가리도록 커튼을 쳤다. 커튼을 치고 자지 않으면 따가운 아침 햇살에 피부가 그을릴 듯했다. 그러나 커튼을 치면 운 좋게 열을 떨쳐 낸 새벽바람이 들어올 구멍이 닫혔다. 둘 다 받아들이기 어려운 선택지였지만 따가운 햇살은 확실했고, 식은 바람은 조건부였다. 용희는 잠깐 생각하다 다시 일어나 커튼을 반쯤 걷었다.

남자의 눈빛은 밤새 용희를 뒤척이게 했다. 용희는 어렵게 잠이 들었지만 꿈속에서도 남자에 대한 생각을 떨치지 못했다. 용희와 남자는 한낮의 사막처럼 모든 것이 뜨겁게 달구어진 거리를 걸었다. 춤을 추듯 가벼운 스텝으로. 꿈속에서 두 사람은 이 세계의 마지막 종족이자 이브와 아담이었다.

다음 날 아침 희자 씨는 햇살이 폭포수처럼 쏟아지는 용희 방의 커튼을 치며 용희를 바라보았다. 용희의 몸은 햇살을 피하느라 잔뜩 구겨져 있었다. 희자 씨는 안쓰러운 눈빛으로 용희의 이마를 쓸어내렸다.

"에어컨 새로 살까?"

＊

마지막 불꽃의 불씨는 오전까지 살아 있었다. 그러나 각종 민원에 시달리면서 급격히 사그라들기 시작했다. 민원은 모두 폭염과 관련된 것들이었다.

앞집 에어컨 실외기 바람이 거실로 들어오는데 행정 조치 좀 내려 달라.

노인정 에어컨은 도대체 언제 고쳐 줄 것이냐? 겨울에 고칠 거냐?

농작물이 타들어 가는데 공무원이라는 놈들은 에어컨 바람이나 쐬고 앉아 있어?

다른 시에서는 곳곳에 무더위 쉼터를 만드는데 여긴 뭐 하는 거야? 선거 끝났다고 배짱부리는 거지?

용희의 등줄기를 타고 식은땀이 흘러내렸다. 민원실 공무원의 고충은 익히 들어 알고 있었지만 이건 해도 너무 한다고 용희는 생각했다. 왜 하필 역사상 최악의 폭염이 들이닥쳤을 때 여기 이 자리에 앉아 있게 된 것일까?

'역대 최악의 폭염'이라는 수사는 매해 이어지고 있었지만 올해는 특히 심했다. 지구의 시스템이 사소한 수준으로 고장 난 것은 아닌 게 확실했다. 용희는 첫 번째 업무인 만큼 잘해 보고 싶었지만, 일의 보람을 찾고 느끼고 싶었지만 지독한 폭염과 그만큼 악착같은 민원 앞에서는 도리가 없었다. 순간 울컥하기도 했다. 어렵게 시험에 합격한 것은 자신인데 오히려 호통을 들어야 하다니.

민원의 절정은 오후에 찾아온 50대 중반 남자의 사연이었다. 남자는 시의 무리한 건설 허가로 집 뒷산이 깎여 나갔고, 그래서 폭염을 피할 그늘을 잃었다며 피해 보상을 요구했다. 용희가 대꾸할 말을 찾는 사이, 남자는 땀인지 눈물인지 알 수 없는 물방울을 줄줄 흘리며 시장실이 어디냐고 거칠게 물었다. 절차를 따라야 한다고 말해도 남자는 막무가내였다. 용희는 솟아오르는 짜증을 참다가 남자에게 시장실의 위치를 속삭이듯 말해 주었다.

민원실을 나간 남자는 잠시 후 다시 돌아왔다. 시장실을 찾을 수 없다고, 청사는 왜 이렇게 크게 지은 것이냐고, 세금을 이따위로 써도 되느냐고, 당장 시장을 불러오라고 소리쳤다. 청원경찰 두 명이 남자를 끌고 나가려 했는데, 세 사람은 밀치고 당기며 몸싸움을 하다 행정실 바닥에 엉겨 붙은 모양새로 쓰러졌다. 남자는 떼를 쓰는 아이처럼 울부짖었다.

"내가 잘못한 게 아니잖아! 너희가 그렇게 만들었잖아!"

이후에 찾아온 민원인들 역시 악쓰지 않고 말하는 법을 잊은 듯했다. 용희는 꾸밈없이 웃어 본 적이 없는 사람처럼 어색한 미소만 반복해서 지었다. 그러다 퇴근까지 20분쯤 남았을 무렵에는 표정을 감추기 위해 무진 애를 써야 했다. 찡그림이 아니라 놀라움과 기대감에 벅차오른 미소 때문이었다.

남자는 눈을 내리깐 채 민원용 컴퓨터가 있는 곳으로 다가갔다. 그리고 컴퓨터로 무언가를 작성하기 시작했다. 용희는 화장실로 재빨리 달려가 머리를 매만지고, 옷매무새를 가다듬은 후 다시 자리로 돌아왔다. 남자는 여전히 그 자리에 있었다. 창밖에서 소나기 내리는 소리가 전주처럼 깔리기 시작했다.

용희는 남자에게 눈길을 보냈다가 얼른 접었고, 접기 무섭게 다시 눈길을 보냈다. 그러나 남자는 모니터에서 눈을 떼지 않았다. 용희의 마음은 적막한 플로어를 쓸쓸하게 흘러 다녔다. 안타까움과 간절함이 짜증으로 바뀌어 갈 때, 남자가 자리에서 일어나더니 복합기 앞으로 다가갔다. 용희는 침착한 표정으로 남자의 다음 행동을 기다렸다.

남자는 문서를 접수대 위에 올려놓고 휙 돌아섰다. 찰나의 시선 교환이 전부였다. 접수대 맞은편의 용희는 입을 반쯤 열었지만 소리를 만들지는 못했다. 용희는 멀어지는 남자의 뒷모습과 남자가 남겨 놓은 문서를 번갈아 쳐다보았다. 문서에는 이렇게 적혀 있었다.

"집이 너무 더워 머물 수가 없음. 시급히 해결 요망."

용희는 다시 한번 문서를 확인한 후 자리에서 일어나 밖으로 달려 나갔다. 소나기 내리는 거리를 우산도 없이 터벅터벅 걸어가는 남자의 뒷모습이 보였다. 용희는 남자를 부르고 싶었지만 끝내 그러지 못했다. 남자는 비가 어깨를 내리누르기라도 하는 듯 점점 왜소해지더니 아지랑이처럼 흐물거리다가 마침내 사라졌다. 용희는 남자가 남긴 문서를 다시 바라보았다.

남자의 민원은 최근에 쏟아진 불만들과 크게 다르지 않았다. 문서 양식 역시 엉뚱한 것을 사용했다는 점도. 남자가 사용한 문서 양식은 '건축, 대수선, 용도 변경 허가'와 관련된 것이었다. 워낙 양식이 다양하고 복잡해 민원실을 찾은 사람들을 탓할 수만은 없는 일이었고, 용희로서는 신경 쓸 바도 아니었다. 왜냐하면 그 문장 아래 남자의 집 주소와 '도경'이라는 이름, 그리고 휴대폰 번호가 적혀 있었기 때문이다. 용희는 휴대폰 번호를 보고 심증을 굳혔다. 자신의 예감이 틀리지 않았다고 용희는 생각했다. 남자의 눈빛은 말을 걸었고, 자신은 들었다. 이제 응답할 차례였다. 용희는 주변 눈치를 살피다가 문서를 바지 뒷주머니에 빠르게 쑤셔 넣었다.

불꽃은 재점화되었다. 불꽃은 용희의 모든 것을 불태우기 시작했다. 상체부터 하체까지, 이성부터 본능까지, 과거부터 미래까지.

공무원 시험을 준비하던 시절, 연애는 다른 무엇도 아닌 파괴였고 절망이었다. 독서실과 도서관 통로 계단에 앉아 밀애를 속삭이던 연인들은 다음 해에도, 그다음 해에도 꼭 붙어 앉아 있었고 그러다 나중에는 둘 중 하나만 남았다. 혼자 남은 이는 지구에 혼자 남겨진 사람처럼 보였다. 그들이 도서관 지하 식당에서 도시락을 까먹다 말고 식탁에 엎드려 훌쩍이는 모습을 용희는 숨죽인 채 바라보았다. 절망이 그들의 밑반찬이었다. 마음속에 남아 있던 좋은 것들은 모두 몸을 숨긴 듯 회한과 외로움, 고립감 같은 나쁜 것들만 흰쌀밥에 묻은 고춧가루처럼 도드라졌다.

간혹 연인이 함께 합격하는 경우도 있었다. 그럴 땐 용희가 벤치에서 머리를 조아린 채 도시락을 까먹으며 울먹였다. 울창한 숲속에 짝 없이 홀로 남겨진 딱따구리처럼. 삶의 밑바닥에서 나뒹굴고 있다는 절망감이 가슴을 무겁게 짓눌렀다. 돈은 없다가도 생길 수 있었다. 애인도 마찬가지였다. 무언가 자신에게서 영원히 부재로 남을 것들이 있다면 그것은 젊음이지 다른 건 아니었다. 용희는 젊음이 대가 없이 부서지고 있다는 생각에 치를 떨었다. 자기 삶이 이 사회의 형편없는 작동 방식에 감금되어 있다는 것에 화가 났다.

그러나 이제는 아니었다. 땅을 파고, 뼈대를 세우고, 콘크리트를 부어서 끝없이 건물을 쌓아 올리는 문명의 소용돌이에 자신도 동참한 것 같았고, 지속 불가능하고, 소모적이고, 비합리적으로 보이는 이 과정에 자신이 미처 파악하지 못한 합당함이 존재할지 모른다는 생각이 들었다. 그날 밤 발령 후 처음 열린 회식 자리에서 용희는 불그레한 얼굴로 실실 웃었고, 술에 취해 집으로 돌아가는 중에도 계속 웃기만 했다. 용희는 가열 장치가 장착된 열기구처럼 부풀어 올랐다. 재점화된 이 불꽃은 끈덕진 열대야처럼 용희의 몸과 마음을 달구고 또 달구었다.

*

희자 씨는 옷도 갈아입지 않고 거실에 대자로 누워 꾸깃꾸깃한 A4 용지를 치켜든 채 헤헤 웃고 있는 용희에게 얼른 씻고 자라며 잔소리를 한 뒤 열기 가득한 집을 벗어났다. 집 앞 골목길에서는 마실 나갈 채비를 마친 동네 아주머니들이 희자 씨를 기다리고 있었다. 희자 씨 일행은 해안 도로로 향했다. 가는 도중 약속에 없던 동네 주민 몇몇이 행렬에 합류했다.

희자 씨 일행은 해안 도로 갓길에 자리 잡고 앉아 수박을 쪼개 먹었다. 머리가 희끗한 아주머니 한 분이 희자 씨에게 말했다.

"딸한테 에어컨 좀 사 달라 그래."

"내가 사면 돼. 월급이 내 통장으로 들어오거든."

사람들은 그런 효녀가 없다고 추어올리며 수박씨를 바닷가로 툭툭 내뱉었다. 기분이 좋아진 희자 씨는 편의점에서 맥주를 더 사 왔다. 또 다른 아주머니 한 분이 새로 사 온 캔 맥주를 따며 이번 선거 결과를 총평했다.

"싹 다 바뀌긴 했는데 별거 있겠어? 어떤 놈이 정치를 해도 잘 키운 딸만 못해. 용희 같은 딸!"

희자 씨는 박장대소하며 바다를 바라보았다. 드넓은 바

다 위에 조그만 바지선 하나가 애처롭게 불빛을 반짝이고 있었다. 웃고 있던 희자 씨는 문득 설움이 복받쳤다. 자신의 지난 삶이 저기 어두컴컴한 바다 위에 떠 있었다. 용희를 홀로 키우며 고군분투했던 삶이 파도 위에서 출렁였다.

희자 씨는 아파트 공사 현장에서 용희의 아버지를 처음 만났고, 5개월 만에 결혼식을 올렸다. 희자 씨는 아이를 원하지 않았다. TV에서 우연히 본, 자식 없이 사는 부부들의 모습이 그렇게 홀가분하고 멋져 보이더라고, 남들 다 하는 것 안 하는 용기를 자신도 가져 보고 싶다고, 한 사람이 한 사람에게 해 줄 수 있는 최선의 것들로만 결혼 생활을 꾸려 나가고 싶다고 했다. 용희의 아버지는 완강히 반대했다. 그래도 하나는 있어야 한다고.

용희의 아버지는 용희가 초등학교 1학년 때 빌딩 공사 현장 사고로 목숨을 잃었다. 거푸집 지지대가 콘크리트의 무게를 이기지 못하고 부서졌다. 시공 단축을 한다고 가설 구조물을 촘촘하게 세우지 않은 탓이었다. 희자 씨는 그늘을 지날 때마다 남편의 시신에 드넓은 그림자를 드리운 채 쓰러져 있던 빌딩의 잔해를 떠올리며 몸서리치곤 했다. 미세한 온기조차 느껴지지 않던 그 거대한 그늘.

남편의 장례를 마친 후 희자 씨는 용희를 데리고 인근 지역의 천문대를 찾아갔다. 두 사람은 천체투영실 좌석에 앉아 계절별 별자리를 탐색하고 태양계를 탐사했다. 그때만큼은 용희도 아버지를 찾지 않았다. 희자 씨는 답답한 곳에서 광활한 곳으로 툭 하고 빠져나온 느낌, 휑하면서도 압도적으로 꽉 차 있는 듯한 느낌, 아무 소리도 들리지 않지만 장대한 음악을 듣고 있는 듯한 느낌, 모든 것이 부재하지만 하나도 부족한 것이 없는 느낌, 무언가를 쌓아 나가는 것이 아니라 무한히 뻗어 나가는 느낌, 어둠 속에서도 광명에 휩싸여 있는 느낌에 압도당했다. 아름다운 것들은 다 저기 있는 것 같았다. 그날 이후 희자 씨는 가슴이 답답할 때면 용희를 데리고 천문대로 나들이를 갔다.

구름이 달을 벗어나자 달빛이 파도 위에 다시 내려앉았고, 물때가 바뀌며 드러난 갯벌이 어둠 속에서 반짝이기 시작했다. 희자 씨는 일행이 눈치채지 못하게 눈가를 훔쳤다. 희자 씨는 생각했다. 그늘진 날들이 썰물처럼 빠져나가는 중이라고.

아주머니 한 분이 이제 좋은 일만 남았는데 왜 우냐며 희자 씨를 놀렸다. 희자 씨는 고개 돌려 눈가를 훔치며 말했다.

"이제 시집보내야지!"

희자 씨는 다시 바지선을 바라보았다. 달을 가리는 것이 아무것도 없었지만 바지선 위로 검은색 사인펜이 긋고 지나간 듯 짙은 어둠이 선명하게 새겨져 있었다.

지난밤의 화력과 달리, 용희의 불꽃은 점멸을 반복했다. 시작은 아침 출근길 버스를 기다릴 때였다. 강렬한 햇살 아래서 모든 사람이 땀을 뻘뻘 흘리고 있었다. 피곤하고 짜증 나고 초췌한 표정으로. 다시 비가 내리면 우산도 없이, 체면도 없이, 일에 대한 걱정도 없이, 시원한 빗속을 하염없이 뛰어다니고 싶다는 절박함이 버스 정류장 주변을 에워쌌다. 용희 역시 불쾌지수가 높았지만 지친 마음보다 착잡한 마음이 더 컸다. 장 본 것들을 짊어진 채 버스를 이용해 식당을 오가는 희자 씨가 떠올랐기 때문이다. 용희는 지금껏 자신을 위해 고생한 엄마를 위해서라도 차부터 사야 하는 것이 아닌가 싶었다.

언론에서는 세계의 작동 방식에 커다란 변화가 있어야한다고 했다. 그렇지 않으면 폭염이 매해 강도를 더해 갈것이라고. 극도로 암울한 전망이 일기예보처럼 매일 쏟아졌다. 기후변화가 점점 더 급격해지리라는 것은 돌이킬수 없는 사실인 듯했다. 그렇게 되면 폭염에 지쳐 시청 민원실로 줄기차게 찾아오는, 오래된 주택에 세 들어 살고, 가난하고, 늙은 사람들이 더 큰 고통을 받을 것이었다. 용희는 더운 여름 낡은 주택의 거실에 홀로 앉아 선풍기 바람에 의지하고 있는 희자 씨의 모습을 상상하며 마음을 다잡았다. 지금은 자신만 생각할 때가 아니라고.

연애는 곧 지출이었다. 결혼은 두말할 것 없이 대출이었다. 돈을 부지런히 모아야 했다. 할부로 차를 사서 3년을 갚는다. 차 할부가 끝나면 주택 담보 대출을 받아 평수가 작더라도 새로 지은 아파트를 산다. 아파트는 전세를 주고, 전세금으로 분가를 한다. 엄마 집, 내 집. 호봉에 기대 전세 대출금을 갚고, 연애를 하고, 가능하면 결혼도 고려해 본다! 이것이 용희가 버스를 기다리는 동안 내린 결론이자 다짐이었다.

폐기 처분 해야 할 세계의 작동 방식에 용희는 아이러니한 절차를 거쳐 다시 탑승했다. 용희는 뭔가 이상하다는 생각을 했지만 길게 이어 가진 못했다. 버스가 도착했기 때문이다. 이 버스를 놓치면 지각이었다.

버스 안은 땀 냄새로 가득했다. 용희는 연신 죄송하다고 말하며 버스 뒤쪽으로 파고들었다. 사람들을 헤치고 나가며 자동차 운전석에 앉은 자신의 모습을 떠올렸다. 상상 속에서 용희는 흐뭇한 미소를 지은 채 조수석으로 고개를 돌렸다. 조수석에는 엄마가 아니라 그 남자 도경이 앉아 있었다. 용희는 그런 자신을 나무랐다. 희자 씨때문만은 아니었다. 민원인과 눈이 맞아 엉뚱한 짓을 해

대다 수치스럽게 파면을 당한 공무원들의 이야기는 회식 자리 단골 소재였다. 지난밤 회식 때도 그런 이야기들이 술잔과 함께 돌아다녔다. 그것이 사실인지 아닌지는 중요치 않았다. 경각심을 불러일으키기만 하면 되었다.

그러나 공무원 시험 준비 시절에 남몰래 좋아했던 그 남학생처럼, 용희는 도경의 모든 것이 마음에 들었다. 외모도 성격도. 문서에 적힌 '시급히 해결 요망'이라는 단호한 문장만 봐도 성격을 대략 짐작할 수 있었다. 그럼에도 용희는 재차 마음을 짓눌렀다. 잊어야 한다고, 지금은 그럴 때가 아니라고.

아버지의 불행한 죽음 이후 용희가 진정 바란 것은 미래 따윈 생각지 않는 삶이었다. 미래의 볼모가 되는 삶이 아니라 미래를 미리 사는 삶. 그러나 불가능한 꿈이었다. 생존할 수 없는 삶이 삶으로 남을 수는 없었으니까. 용희는 사회가 남겨 놓은 작은 구명보트에 손을 내밀었다. 그런데, 그렇게 벼랑 끝에 서 있는 듯한 삶에서 간신히 벗어났는데, 이제 또 다른 벼랑을 조금씩 기어올라야 하는 삶을 살아야 한다는 생각에, 무언가를 쌓고, 채우고, 그럼으로써 무언가를 이루게 되는 삶을 다시 반복해야 한다는 사실에, 용희는 한없이 쪼그라들었다.

시청 앞 정류장에 버스가 도착했다. 용희는 버스에서

내려 새로 지어 올린 청사를 바라보았다. 청사는 전면을 투명한 유리로 덮은 탓에 한낮에 불을 밝히고 있는 전등처럼 인위적인 분위기를 풍겼다. 용희는 청사를 향해 일직선으로 걸어갔다. 그리고 생각했다. 내일도 모레도 이런 우회하는 마음으로 출근을 하게 되는 것은 아닐까? 용희는 혼란에 빠졌다.

어제와 같은 민원들이, 어제보다 좀 더 어처구니없는 민원들이 쏟아졌다. 폭염이 사람들의 육체를 극한으로 밀어붙이고, 이성을 마비시키고, 마침내는 분노의 안전장치를 제거해 버린 듯했다. 용희는 사회가 부실한 건물처럼 우르르 무너져 내린다고 느꼈고, 폭탄 심지가 타들어 가는 듯한 조급함을 느꼈다. 닭의 피가 시청 주차장에 흩뿌려졌을 때는 마치 자신의 피가 빠져나가는 것처럼 얼이 빠졌다. 시 외곽에서 양계장을 하는 늙은 축산업자는 폭염으로 폐사한 닭의 사체를 트럭 가득 싣고 시청 주차장으로 달려왔고, 트럭에 올라탄 채 청원경찰들을 향해 죽은 닭들을 집어 던졌다.

"개새끼들! 폭염도 못 막고 혹한도 못 막으면서 왜 나만 막아!"

폭염주의보가 아니라 분노주의보가 내려져야 할 듯했

다. 욕을 섞지 않고 말하는 민원인들은 자취를 감추었다. 용희는 추운 나라의 공무원으로 다시 태어나고 싶었고, 분노주의보가 내려진 곳에서 아스라이 멀어지고 싶었다. 용희의 이성은 재깍재깍 작동을 멈추어 갔다. 마침내 용희는 다른 일을 제쳐 둔 채 도경에게 도움을 줄 방법을 찾기 시작했다. 재난긴급생활비 지원 사업. 기초생활보장 수급자 주거급여 사업. 주거현물급여 주거복지 사업 등등. 사업마다 조건이 달랐고, 필요한 서류도 각양각색이었다. 하나의 조건에 또 다른 조건이 붙었고, 또 다른 조건에 또 다른 요구 사항이 있었다. 서류를 준비하다 혹한이 닥칠 듯했다. 그러나 용희는 멈출 생각이 없었다. 도경에 대한 좀 더 많은 정보가 필요하다 생각했고, 퇴근 시간이 오기만을 기다렸다.

퇴근 시간은 절로 오지 않았다. 피해 보상을 요구하며 시장실을 찾아 헤맸던 50대 남자가 청사 옥상을 점거한 것이다. 남자는 난간에 올라선 채 확성기를 사용해 시장의 이름을 불러 댔다. 시청 직원들은 시청 광장으로 몰려나갔다. 남자는 사람들이 몰려들자 더 기세등등하게 소리쳤다. 등 뒤로는 이글거리는 태양이 솟아 있었는데 마치 남자를 호위하는 무사처럼 보였다. 남자의 긴 그림자가 시청 광장을 가로질렀다.

용희는 그 그림자 아래 서서 남자가 무사하기를 기도했다. 그곳은 작열하는 햇빛을 피할 수 있는 유일한 명당이기도 했다. 경찰이 왔고 소방차가 출동했다. 시장 역시 확성기를 사용해 남자를 설득했다. 그사이 경찰들이 옥상으로 잠입했다. 남자는 경찰들을 향해 확성기를 무기처럼 휘두르다 아래로 떨어뜨렸다. 바닥으로 날아간 확성기는 미처 피하지 못한 9급 공무원의 어깨 위로 떨어졌다. 공무원불친절신고를 담당하는 사람이었다.

사람들은 끔찍한 꿈에서 깨어난 것처럼 비명을 질렀다. 용희는 현기증을 느끼며 그 자리에 털썩 주저앉았다. 그러다 의아함에 천천히 고개를 들어 청사 옥상을 바라보았다. 남자가 사라졌는데도 그림자가 여전히 자신을 뒤덮고 있었다. 용희는 한기를 느꼈고, 모든 것이 지긋지긋하게 여겨졌다.

*

도경의 집은 도로명 주소로 적혀 있던 터라 처음에는 어느 부근인지 정확히 알지 못했다. 그러나 지번으로 바꿔 살펴보니 용희가 익히 아는 곳이었다. 자신이 다녔던 대학 주변이었다. 용희는 도경이 대학 동문일지도 모른다는 생각이 들었고, 이미 도경에 대해 많이 아는 것처럼 느껴졌다.

시의 경계가 바뀌는 곳에 위치한 대학은 4년제 사립대학이었다. '달의 그림자'란 뜻을 가진 동네의 왼쪽 구석에 자리하고 있었는데 두 가지 이유로 유명했다. 서울의 유명 사립대학 못지않은 비싼 등록금과 교내의 까마득히 경사진 길. 이 대학 졸업생들은 비탈길을 오르며 자주 이런 한탄을 했다. 대학 다닐 때 들어간 돈을 모았다면, 대학을 안 가고 그 돈을 갖고 있었다면, 가족의 도움을 빌리지 않고, 아무도 눈치 보지 않고, 다만 3년이라도 공무원 시험을 원 없이 준비했을 텐데. 이 대학 학생들 절반은 공무원 시험을 인생의 다음 발판으로 생각하고 있었다.

용희는 휴대폰 지도 앱이 가리키는 방향을 따라 무작정 걷기 시작했다. 산 중턱으로 뻗은 좁은 언덕길에는 미처 빠져나가지 못한 한낮의 열기가 먼지처럼 가라앉아 있었고, 줄지어 선 집들은 창문을 활짝 열어 둔 채 집 안의 열기가 밖으로 빠져나가기를 고대하고 있었다. 집 밖에 나와 부채질을 하고 있는 노인들도, 집 안에 머물며 휴대폰을 붙잡고 있는 젊은이들도 더위와 각개전투를 벌이는 중이었다.

용희의 머릿속도 전장이었다. 돌아가자는 쪽과 그러지

말자는 쪽이 도경의 집에 가까워질수록 더욱 치열한 공방을 벌였다. 그러나 용희는 극한의 폭염으로 고통받는 시민에게 도움 줄 방법을 적극적으로 모색하는 것 역시 공무원의 사명 중 하나가 아니겠냐며 후자의 손을 들어 주었다. 도경을 처음 본 날처럼 자리를 박차고 나가지도, 그렇다고 주저앉지도 못한 어정쩡한 삶에서 벗어나고 싶다는 강렬한 열망도 용희를 부추겼다.

용희의 발걸음은 집 나간 며느리의 발걸음처럼 점점 경쾌해졌다. 하지만 용희의 이성은 자신의 눈앞에서 지팡이에 의지한 채 언덕을 오르는 노인의 무릎처럼 계속 삐걱거렸다.

도경이 사는 집은 저 언덕 아래 펼쳐진 바다와 탄생 시기가 비슷한 것이 아닐까 의심될 만큼 오래된 단층집이었다. 고갯길로 들어서는 급경사면에 비스듬히 자리 잡은 집은 담벼락의 페인트가 벗겨져 시멘트벽돌이 민낯을 드러냈고, 격자무늬 같은 금이 규칙 없이 이곳저곳 그어져 있었다. 단층집이었지만 도경은 민원 문서에 자신의 집을 2층이라고 적어 놓았다. 용희는 옥상을 올려다보았다. 옥상 안쪽 어둠 속에 조립식 패널을 사용해 불법으로 쌓아 올린 옥탑방이 움막처럼 세워져 있었다.

도경이 사는 곳은 용희가 익히 경험해 본 장소였다. 대학 시절 같은 과 동기의 자취방이 꼭 저랬다. 여름에 동기의 자취방은 주변에 햇빛을 가려 줄 만한 큰 건물이 없어 작은 냉장고에 몸을 쑤셔 넣고 싶은 집으로 탈바꿈했고, 매서운 바닷바람이 몰아치는 겨울에는 동면할 수 없는 인간 존재의 한계를 뼈 시리도록 반성케 하는 집으로 변모했다. 도경의 집도 마찬가지일 터였다. 가림막 하나 없는 여름 한낮의 옥탑방은 재난 지역으로 선포해도 무방했다.

딱 한 가지 좋은 점은 상쾌한 가을밤이 내려앉았을 때 옥상에서 바다를 내려다보며 담배를 피울 수 있다는 것이었다. 캔 맥주가 손에 들려 있으면 더 좋았다. 용희는 옥탑방을 바라보며 마른침을 삼켰다. 그리고 생각했다. 도경에게 캔 맥주 한 박스를 몰래 사다 주는 것 외에 자신이 할 수 있는 일은 없는 것 같다고. 용희는 긴 한숨을 내쉬며 언덕길을 내려다보았다. 도경이 검은 봉지와 막대 아이스크림을 손에 쥐고서 자신이 있는 쪽을 향해 걸어오고 있었다.

도경이 용희를 알아보는 데 쓰인 10초는 용희에게 머나먼 북극의 바다를 두어 번 갔다 오는 시간만큼 길게 느껴졌다. 당황한 용희는 마찬가지로 어찌할 바 모르겠다는 표정을 짓고 있는 도경을 향해 소리쳤다.

"제가 지구에 커튼을 쳐 드릴게요!"

도경은 입을 벌린 채로 하늘을 멍하니 쳐다보았다.

용희는 도경의 집 옥상에 놓인 평상에 앉아 바다를 내려다보고 하늘을 올려다보았다. 그리고 살며시 눈을 감았다. 지난 5년간 얼핏얼핏 그려 왔던 일이, 지난 이틀간 문득문득 상상했던 순간이 눈앞에 당도했다는 기쁨에 용희는 이마에서 얼굴로 주르륵 흘러내리는 땀방울도 잊은 채 자신의 심장 소리에만 주의를 기울였다. 공무원 시험에 합격한 것을 처음 알게 된 순간에도 심장이 터질 듯 뛰었다. 그러나 그 역시 정해진 트랙을 벗어나 날뛰는 소리는 아니었다. 용희는 심장이 악보 없는 음악에 홀려 무작위의 춤을 추고 있는 것 같다고 생각했다. 그것은 처음으로 천문대를 찾았을 때 광활한 우주를 탐사하며 느꼈었던, 거대하고 두려운 무언가가 눈앞에 나타날지도 모른다는 예측불가능한 불안함 속에서도 주체할 수 없는 흥분으로 몸을 떨던 때의 심장 소리였다. 그때, 도경이 옥탑방에서 나와 유리컵 두 개와 감자칩을 담은 그릇을 평상에 내려놓았다.

도경은 평상에 편하게 앉더니 검은 봉지에 든 맥주 세 병을 꺼냈다.

"병맥주 한 병을 마셨을 때 기분이 제일 좋아요. 그게

제 주량이에요. 더 마시면 정신 줄 놔요."

용희는 물었다. 그런데 왜 세 병을 샀느냐고.

"술이 술을 부르니까."

용희는 빙긋 웃었다. 도경은 용희의 컵에 맥주를 따른 후 자신의 컵을 스스로 채웠다. 건배 없이 도경이 먼저 맥주를 들이켰다. 용희도 마셨다. 도경이 말했다. 정말 화를 참을 수 없었다고.

"도대체 어떻게 해야 할지 모르겠더라고요. 내 탓은 아닌 것 같은데, 정말 내 잘못은 아닌 것 같은데."

용희는 위로하듯 말했다. 폭염이, 도경 씨 잘못은 아니라고. 도경은 알 듯 말 듯 한 미소를 지었다. 이후 침묵이 찾아왔다. 도경은 바다를 말없이 바라보았고, 용희도 그랬다. 검은빛을 내며 출렁이는 바다가 대화를 대신했다. 건배 없이 술잔이 꺾이고 또 꺾였다. 도경이 두 병을 마셨고, 용희가 한 병을 마셨다. 도경이 술을 더 사 오겠다는 것을 용희가 말렸다.

도경은 두 팔을 뒤로 뻗어 평상을 짚은 채 하늘을 올려다보았다. 용희도 똑같은 자세로 하늘을 올려다보았다. 별들이 반짝이고 있었다. 용희는 생각했다. 지구에 커튼을 치면 저 별빛도 가려지는 것 아닌가? 도경이 불쑥 물었다. 춤출래요? 용희는 깜짝 놀랐고 손을 저었다.

"탱고 알죠? 어렵지 않아요. 제가 가는 길을 따라오기만 하면 돼요."

도경이 휴대폰으로 음악을 틀었다.

"이게 제일 유명한 곡이에요. 아스토르 피아졸라의 「리베르탱고」. 근데 이 연주는 아이세 데니즈가 편곡한 거예요. 더 빠르고 격정적으로."

두 사람은 출구 없는 열대야 속에서, 술과 대기 온도의 절묘한 조합으로 불콰하게 달아오른 얼굴을 한 채, 강렬한 에너지를 뿜어내는 아이세 데니즈의 연주를 잠자코 들었다. 가만히 앉아 있을 수 없게 만드는 곡이라고 용희는 생각했다. 연주가 막바지에 이르자 도경이 평상을 내려가 용희에게 손을 내밀었다. 용희는 계속 거절하다가 못 이기는 척 도경의 손을 잡고 일어섰다.

도경이 용희의 팔 위치를 잡아 주었다. 왼손은 여기에, 오른손 이곳에. 두 사람의 거리가 더욱 가까워졌을 때 도경이 참지 못하고 코를 찡그렸다.

"미안해요! 근데 냄새가⋯⋯."

용희는 고개 숙여 자신의 몸에서 나는 냄새를 맡았다. 부패한 사체 냄새와 분비물 냄새가 땀 냄새와 어우러져 있었다. 시청 주차장에 쌓여 있던 폐사한 닭들을 치우다 몸에 밴 모양이었다. 용희는 얼굴이 벌겋게 끓어올랐다.

그러나 당황하지 않고 하, 하, 하, 하고 웃었다. 그리고 말했다. 시청 주차장에 쌓인 죽은 닭들을 치워야 할 일이 있었다고.

"9급 공무원이 그런 일도 해요?"

용희는 씩 웃으며 자신도 그런 일을 할 줄은 몰랐다고 대답했다. 도경은 웃었다. 하, 하, 하. 용희도 웃었다. 하, 하, 하.

도경이 다시 손을 내밀었다.

"이 팔은 제 팔을 붙잡고, 저 팔은 제 등 뒤에 가볍게 올려요."

곡이 처음부터 다시 반복되었다. 도경은 용희를 앞으로 두 번 끌었다가 방향을 바꿔 다시 두 번 끌고 나갔다. 이어서 용희가 그 역할을 맡았다. 두 사람은 같은 방식으로 곡이 끝날 때까지 옥상을 휘저었다. 곡이 끝나자 용희가 말했다. 한 번 더 추고 싶다고.

도경이 왼발을 천천히 내밀며 말했다.

"아침에 후끈거리는 열기 때문에 잠에서 깨면 정말 화가 났어요."

용희는 도경의 왼발이 있는 곳으로 오른발을 끌고 갔다.

"이런 폭염을 한 해 더 견뎌야 한다 생각하니까 찔끔

눈물까지 나더라고요."

도경이 오른발을 내밀었다.

"올여름에는 꼭 에어컨이 달린 원룸으로 이사를 가고 싶었어요. 발리 같은 곳으로 휴가도 가고."

용희는 또 따라갔다.

"우울증을 앓았어요."

도경이 왼쪽으로 빠르게 방향을 바꿨다.

"느닷없이 화를 내고 울고 그러고 있더라고요. 세상이 나를 거부한다는 생각이 들었어요."

용희는 비틀거리며 도경에게 다가갔다.

"그래서 문화센터에서 탱고를 배우기 시작했어요."

스텝이 꼬여도 용희는 웃기만 했다.

"그래도 나아지질 않더라고요."

도경이 대각선 방향으로 왼발을 밀고 갔다.

"그래서 무작정 시청으로 달려갔어요. 누가 내 자리를 뺏어 갔는지 알고 싶었어요."

용희는 스텝이 꼬이지 않으려면 도경의 말을 흘려들을 수밖에 없었다.

도경은 팔에 힘을 주어 용희의 몸을 오른쪽으로 틀고 다시 왼쪽으로 틀었다.

"그 자리에, 용희 씨가 있었어요. 제가 앉아 있어야 할 곳에 용희 씨가 있었어요."

용희는 따라가지 않고 멈춰 섰다. 그리고 도경의 얼굴을 바라보았다.

"괴롭히고 싶었어요. 그 자리에서 쫓아내고 싶었어요. 그런데 이렇게 찾아올 줄은 정말 몰랐어요."

약속이라도 한 듯 용희의 팔에 일제히 소름이 돋았다. 용희는 고개를 들어 하늘을 바라보았다. 달빛과 별빛을 집어삼킨 거대한 장막 같은 물체가 서쪽 하늘 저편에서 몰려오고 있었다.

"시험, 몇 년 준비했어요?"

용희는 멍한 표정으로 대답했다. 5년이라고. 도경은 잠시 멈칫하다가 낄낄 웃기 시작했다.

"위안이 되네요. 저는 올해 4년째거든요. 끔찍하긴 하지만 다시 시작해야겠죠. 희망을 가지고요."

용희는 초점 잃은 표정으로 눈을 깜빡였다.

"이번엔 용희 씨가 길을 만들어요. 제가 따라갈게요."

용희는 도경의 왼발을 자신의 오른발로 꾹 짓눌렀다. 도경은 소리 없는 비명을 질렀고, 용희는 도경을 밀친 후 철제 계단을 뛰어 내려갔다. 계단을 내려가며 용희는 소리쳤다. 내년에도 꼭 떨어지라고.

용희는 상상할 수 없이 빠른 속도로 언덕길을 내려가

고 싶었다. 데굴데굴 굴러서라도 그러고 싶었다. 용희는 휘청거리고 고꾸라지며 가로등 불빛이 처량하게 밝혀진 언덕길을 허겁지겁 달려 내려갔다. 집 앞 대문 가에 돗자리를 펴고 앉은 중년의 남자가 용희의 모습을 보며 중얼거렸다.

"진짜 덥다 더워."

용희는 생각했다. 폭염으로 지구가 폭삭 무너져 내렸으면 좋겠다고.

희자 씨는 용희가 내일 출근 때 입고 갈 옷과 양말을 손빨래한 후 마당으로 가지고 갔다. 옷을 탈탈 털어 빨랫줄에 넜었다. 양말을 널다가 희자 씨는 불쑥 눈시울이 붉어졌다. 자기 욕심 때문에 용희에게 맞지도 않는 일을 강요한 것은 아닌가 하고. 무슨 일인지 용희는 자신의 방에 틀어박혀 나오지 않고 있었다. 희자 씨는 잔소리를 했다. 매일 술이나 퍼마시고 다니는 여자를 회사에서 좋아하겠느냐고. 누가 데리고 가겠느냐고. 용희는 소리쳤다. 다 필요 없어!

희자 씨는 용희가 공무원 시험 결과에 상관없이 자신의 곁을 떠나지 않기를 바라 왔다. 결혼하지 않고 계속 자신과 같이 살았으면 싶었다. 그러나 그렇게 말할 수는 없었다. 용희가 자신이 원하지 않는 자리에 또다시 서 있다고 느끼면 어쩔 것인가. 희자 씨는 용희가 원하던 것을 이미 한 번 꺾은 터였다.

용희의 꿈은 천문대에서 일하는 것이었다. 서류를 내는 족족 떨어졌다. 면접 한번 보지 못했다. 전문성이 부족한 것은 아니었다. 천문학을 전공했고 성적도 나쁘지 않았다. 용희는 생각했다. 이건 아닌데, 이건 정말 아닌 것 같은데. 학벌이 문제일 수도, 혹은 나이가 문제일 수도 있었다. 그러나 엉뚱한 곳에 엉뚱한 방식으로 솟아오른 건물처럼 무언가 잘못된 방식이 계속 반복되고, 무언가 계속 잘못 배치되고 있다는 생각을 용희는 멈출 수 없었다. 그렇게 3년을 도전하다 천문대에서 일하고자 하는 마음을 접었다. 희자 씨의 반대가 컸다. 희자 씨는 말했다. 시간 낭비 하지 말고 좀 더 확실한 것을 붙들라고. 공무원 시험을 준비하라고. 그만큼 좋은 직업도 없지 않으냐고.

용희가 공무원 시험에 합격한 그 주 주말, 희자 씨는 용희와 함께 천문대로 나들이를 갔다. 천체투영실을 나오며 용희는 말했다. 예전 같은 느낌이 들지 않는다고.

희자 씨는 양말을 다 널고 그때를 생각하며 밤하늘을 올려다보았다. 밤하늘 위로 깊고 광활한 어둠이 커튼처럼 드리우고 있었다.

소년만 알고 있다

소년은 해안 절벽 끝으로 걸어가 하늘과 맞닿은 곳에 멈춰 섰다. 아래는 아득했다. 거북 등껍질같이 생긴 암석들이 바다 위로 무뚝뚝하게 솟아 있었다. 소년은 망설이지 않았다. 아래로 풀쩍 몸을 던졌다.

소년은 암석들 사이를 반듯하게 파고들었다. 하얀 물보라가 꽃잎처럼 흩날렸다. 잠시 후, 수면 위로 소년의 작은 머리가 나타났다. 그리고 금세 다시 사라졌다.

인도네시아 발리섬 남단의 작은 해안이었다. 해안 절벽 아래 바다에는 산호초가 넓게 펼쳐져 있었는데, 물속에서 눈을 뜨면 벚꽃이 핀 거리 한복판에 홀로 서 있는 것처럼 가슴이 벅차올랐다. 1년 내내 그런 느낌이었다. 한때는 정말 그랬다. 소년은 백화 현상*을 몰랐지만, 산호초가 빛을 잃은 채 죽어 가고 있다는 사실은 알고 있었다.

소년은 산호초 밭을 누비며 '광대물고기'라고 불리는 '흰동가리'를 찾아다녔다. 잡아먹을 생각은 아니었다. 그 물고기는 소년의 유일한 친구였다. 흰동가리의 크기는 대체로 새끼 손가락만 했는데, 소년이 마음을 준 흰동가리는 손바닥만 했다. 죽어 가는 산호처럼 빛바랜 오렌지색을 띠었고 군데군데 상처 난 몸통에 세 개의 하얀 줄무늬가 있었다.

그 흰동가리는 늘 혼자 다녔다. 무리들이 피하는 것인지 자신이 어울리려 하지 않는 것인지 알 수 없었다. 소년을 대하는 태도는 달랐다. 소년이 다가와도 도망가지 않았고, 오랫동안 소년과 눈을 마주한 채 입을 뻐끔거렸다. 나란히 헤엄치기도 했다.

산호초 밭에서는 흰동가리를 찾을 수 없었다. 소년은 흰동가리가 가끔 머무는 해저 동굴로 갔다. 해저 동굴 안으로 들어갈 수는 없었다. 입구가 좁아 물고기만 드나들

---

* 일명 '바다의 사막화 현상'이라 불리는 백화 현상은 산호에 붙어서 공생하며 영양분을 주고받는 조류가 갑작스런 수온 상승 등에 의해 사라지면서 산호초 표면이 하얗게 드러나 보이는 것으로, 심한 경우 산호 자체의 사멸로 이어져 바다 생물 다양성의 핵심 지역인 산호초 지대를 황폐화한다.

었다. 정오가 되면 해저 동굴 천장에 뚫린 틈으로 햇살이
떨어졌는데, 그럴 때 흰동가리는 해수면 쪽으로 지느러미
를 치켜올린 채 화려한 색깔의 산호초 사이를 느릿느릿
움직였다. 동굴 안의 산호초들은 하얗고 앙상한 나뭇가지
처럼 타들어 가지 않은 채 원래의 모습을 그대로 간직하
고 있었다.

소년은 그곳에서도 흰동가리를 볼 수 없었다. 떠난 걸
까? 잡힌 걸까? 소년은 순간 울컥했다. 숨을 참느라 울지
는 못했다. 이 해안에 짧게 머무는 생명체는 없었다. 여긴
태어나고, 살고, 죽는 곳이었다. 임시 거처가 아니었다. 눈
에 보이지 않으면 죽은 것이었다. 여긴 그런 곳이었다. 소
년도 그럴 마음이었다.

소년은 뭍으로 올라가 눈물을 훔쳤다. 희망을 버리지는
않았다. 소년은 속으로 중얼거렸다. 내일은 볼 수 있을 거
야. 소년은 작살로 다른 물고기들을 잡기 시작했다.

먹이 활동이 활발한 밀물 때였지만 물고기들이 많이
없었다. 어제보다 적었고, 전달에 비하면 더 적었다. 산호
초를 누비는 물고기들은 점점 줄어들었고, 소년의 작살은
의미 없이 물속을 가르는 경우가 잦았다.

건드리면 큰일이 나는 '지구의 버튼'이라도 누른 것은
아닐까? 소년은 두려웠다. 자신도 모르게 이곳에 사는 모

든 것들을 조금씩 그렇지만 확실하게 사라지게 만드는 버튼을 눌렀고, 그래서 바다에 커다란 구멍이 생겼으며, 그 구멍 안으로 모든 것이 빨려 들어가고 있는 것은 아닐까? 자신이 도시에서 이곳으로 도망쳐 온 지 얼마 지나지 않아서부터 그런 일이 벌어졌다. 물고기들이 줄어들었고, 산호초는 영혼을 빼앗겼다. 소년은 그럴 리 없다고 재차 부인했지만 자신은 없었다. 소년은 구멍을 찾고 또 찾았다. 소년에게는 더없이 중요한 일이었다.

*

소년은 파도가 모래에 부드럽게 스며드는 해변 가장자리에 자리 잡고 앉았다. 소년이 잡은 물고기는 모두 다섯 마리였다. 소년은 물고기의 살과 피가 엉겨 붙은 작살을 먼저 씻은 후 날카로운 조개껍질을 사용해 물고기 비늘을 벗겨 냈다. 그런 다음 지느러미를 잘랐고, 아가미와 창자를 한꺼번에 제거했다. 소년은 순서를 알았고 군손질이 없었다.

물고기를 손질하는 동안 소년은 간간이 고개를 들었다. 그리고 반짝이는 파도가 줄넘기를 하듯 규칙적으로 일어섰다가 내려앉는 모습을 조용히 바라보았다. 얼마 후 저것마저 사라지는 것은 아닐까? 그런 걱정 때문이었다.

해안 절벽 근처에 오목하게 자리 잡은 해변은 길이가 100미터도 채 안 되었다. 그러나 높은 파도가 해안가로 쉴 새 없이 몰아쳐서 서퍼들로 늘 북적였다. 바다로 뻗어 나가는 입구가 좁아서 서퍼들은 차례를 기다리다 순서대로 패들링을 하며 멀리 나아갔다. 원래는 소수에게만 알려진 곳이었지만 최근 SNS로 알려지면서 찾아오는 사람들이 부쩍 늘어났다.

어제도 많이 잡았던데?

소년은 창자를 제거하다 말고 고개를 들었다. 남자가 서프보드를 옆구리에 낀 채 곁에 다가와 있었다. 젊은 서양 남자였고, 영어를 사용했다. 소년은 남자의 말을 이해할 수 없었다.

작살을 정말 잘 쓰나 봐?

남자는 빙긋 웃더니 서프보드를 모래사장 위에 던지듯 내려놓았다. 그리고 소년을 향해 오른손을 내밀었다.

필립이라고 해. 며칠 전부터 계속 마주쳤지?

소년은 남자가 내민 오른손을 곁눈질로 빠르게 훑었다. 남자의 오른 손목 안쪽에는 바늘로 꿰맨 상처가 불거져 있었고, 손등에는 사나운 눈빛을 한 늑대 문신이 새겨져 있었다.

소년은 남자와 자신 사이에 놓인 작살과 손질을 끝마친 물고기 네 마리를 남자의 반대편으로 옮겼다.

남자는 또 빙긋 웃었다.

정말 부러운데? 이런 멋진 곳에서 살면서 낚시도 하고.

남자는 소년 옆에 털썩 주저앉았다. 소년은 남자를 경계하며 몸을 웅크렸다. 남자는 오해하지 말라는 듯 손짓을 했다. 그리고 겸연쩍은 듯 웃더니 바다 쪽으로 고개를 돌렸다. 서퍼 몇몇이 파도를 타고 있었다.

소년은 물고기 손질을 서둘러 끝내고 자리에서 일어났다.

집으로 가는 거야?

소년은 대꾸 없이 걸어가 해안 절벽 사이로 난 계단을 올랐다. 뒤편에서 남자가 소리쳤다.

또 보자! 즐거운 시간이었어!

소년은 돌아보지 않았다.

*

어제처럼, 남자가 소년 곁으로 다가왔다. 소년은 물고기를 손질하는 데 열중했다.

물고기 잡는 건 재미있어?

소년이 반응하지 않자 남자가 다시 말했다.

아, 재미로 하는 일이 아니겠지? 아니지. 재미가 없는 일을 매일 할 수는 없잖아? 그렇지 않아?

소년은 고개 들어 남자의 얼굴을 바라보았다. 남자는 빙긋 웃었다. 묘한 분위기가 나는 남자였다. 성실해 보이는 얼굴이었지만 술집 가득한 골목에서 매일 싸움질이라도 하고 다니는 듯 아물지 않은 상처가 여기저기 붙어 있었고, 눈빛에서는 손톱을 계속 물어뜯는 성인 남자에게서 느낄 법한 애처로운 구석이 엿보였다.

남자는 자신을 뚫어지게 바라보는 소년이 귀엽다는 듯 또 빙긋 웃었다. 소년은 다시 고개 숙여 하던 일을 이어 나갔다. 남자는 어깨를 으쓱했다.

파도가 소년과 남자의 발아래로 밀려왔다가 하얗게 부서지며 다시 돌아갔다. 습기 묻은 바람이 몸을 휘감으며 지나갔고, 조각구름 몇 개가 머리 위로 그늘을 드리우며 흘러갔다. 지구가 태어났을 때부터 해 왔던 일인데 이곳에서는 그마저도 남다르게 느껴졌다. 남자는 그 감정을 소년에게 말하고 싶은 듯했지만 쉬이 입을 열지 못했다. 잠시 후, 큰 파도가 몰려오자 서퍼들이 소리를 지르며 바다로 달려갔다. 남자는 그것이 기회라고 생각했다.

쟤들 정말 즐거워 보이지 않아?

소년은 고개 들어 밀려오는 파도를 바라보았다. 그리고 파도 아래 풍경을 머릿속으로 그렸다. 소년의 관심은 거기 있었다.

서퍼들이 세상에서 제일 행복해 보였어. 폭풍이 쳐도 파도만 있으면 그만이더라고. 그래서 서핑을 배우기 시작했어. 일도 그만두고 말이야.

남자는 쓸쓸하게 웃었다.

일을 그만둔다니까 아버지가 그랬어. 삶의 의미가 뭔지 헷갈릴 때는 일단 돈을 벌라고. 의미가 선명해졌을 때 돈이 있고 없고는 꽤 중대한 변수를 만든다고. 그때는 헛소리라고 생각했어. 근데 지금 생각하면 정말 끝내주는 말이었던 거지! 서프보드가 이렇게 비쌀 줄 누가 알았겠어?

남자는 옆에 놓여 있던 서프보드를 들어 보였다.

이게 1500달러짜리 서프보드야. 근사하지? 테슬라에서 만들었어.

소년은 서프보드가 물고기 비늘을 닮았다고 생각했다. 그래서 바닥에 흩어져 있는 비늘 조각 하나를 주워 남자에게 내밀었다. 남자는 낄낄 웃었다.

바꾸자고? 좋아! 너무 기대하진 마. 생각보다 재미없으니까.

남자는 소년에게 서프보드를 떠넘기다시피 했다. 그리

고 소년이 내민 비늘 조각을 자신의 이마에 붙인 후 소년을 바라보며 씩 웃었다.

소년은 영문을 모르겠다는 표정으로 남자가 건넨 서프보드를 바닥에 내려놓았다. 그러다 조금 놀랐다. 서프보드가 생각보다 가벼웠고, 마치 갓난아기를 품었을 때처럼 서서히 그러나 뻐근하게 벅차오르는 만족과 흥분감을 주었기 때문이다. 소년은 자신도 모르게 가슴이 두근거렸다.

젠장! 행복은 도대체 어디에 있는 걸까?

남자는 이마에서 비늘 조각을 떼어 내 밀려온 파도에 흘려보냈다.

입 닥치고 다시 돈이나 벌어야 할까 봐. 테슬라 협력업체에서 일했거든. 4년쯤. 집으로 돌아가면 아버지는 그러겠지. 낙담할 것 없어. 널리고 널린 게 너 같은 놈들이니까. 자, 이제 괜찮은 전기차 좀 만들어 봐. 예전처럼 구린 거 말고,라고.

남자가 자리에서 일어났다.

이 조그만 해안가에 이렇게 많은 사람들이 몰려드는 건 나같이 덜떨어진 놈들이 많아서가 아닌가 싶어. 미국에도 이런 해변은 차고 넘치거든.

남자는 자리에서 일어나 엉덩이를 털었다.

성가시게 굴어 미안하다.

남자는 해안가를 빠져나갔다. 소년은 남자의 뒷모습을 멀뚱히 바라보았다. 남자가 뒤돌아서서 소년을 향해 손을 흔들며 킥킥 웃었다.

소년은 서프보드가 선물인지 모욕인지 판단할 수 없었다. 신경 쓰고 싶지 않았지만 그러지 못했다. 남자의 모습이 더 이상 보이지 않자 소년은 서프보드를 깔고 앉은 채 물고기를 마저 손질했다.

*

이른 아침, 소년은 작살과 자신보다 큰 서프보드를 들고 해안 절벽 아래를 찾아갔다. 암석 위에 남자의 시체가 있었다. 남자의 머리는 땅콩처럼 으깨져 있었고, 흘러내린 피는 파도에 조금씩 씻겨 나가고 있었다.

소년은 해안 절벽을 올려다보았다. 지구의 나이테가 새겨진 화산암이 층층이 쌓여 있었고, 해안 절벽 중턱에는 사람의 코를 뒤집어 놓은 듯한 세모난 바위가 바다를 향해 툭 튀어나와 있었다. 소년은 밤에, 술 취한 서퍼와 다이버들이 그 바위 위에 서서 오줌 누며 히죽이는 모습을 자주 목격했다.

소년은 다시 남자의 시체를 바라보았다. 남자의 손등에

새겨진 늑대가 사나운 눈빛으로 소년을 노려보고 있었다.
소년은 바다 쪽으로 고개를 돌렸다. 해가 곧 떠오를 듯했
다. 소년은 사람들이 해변으로 모여들기 전에 자리를 떴다.

　경찰은 남자의 죽음을 두고 자살과 실족사 사이에서
갈피를 잡지 못했다. 소년만 알고 있었다.

＊

　소년은 점심때까지 한가롭게 물놀이를 했다. 수영을 하
고, 오랜 시간 잠수를 했다. 소년은 물에 빠져 죽은 사람
의 얼굴처럼 하얗게 부어오른 채 죽어 가고 있는 산호초
주변을 유영하며 혼자만의 생각에 빠져들었다. 그리고 찾
고 있는 흰동가리를 만날 때까지 잠수를 반복했다. 소년
은 그날도 흰동가리를 만날 수 없었다.

　정오가 되자 소년은 물고기 한 마리를 잡아 구워 먹은
후 나무 그늘 아래서 낮잠을 잤다. 해가 기울었을 때, 소
년은 잠에서 깼다. 소년은 다시 바다로 뛰어들어 물고기
를 잡았다. 그리고 잡은 물고기를 손질해 해변 근처의 허
름한 레스토랑에 가지고 갔다.

　작살 실력이 준 거야?

　레스토랑 주방장이 소년에게 돈을 건네며 말했다. 소

년은 돈을 구겨서 바지 주머니에 집어넣은 후 바닥에 놓아둔 검은색 서프보드를 옆구리에 꼈다. 그리고 주방장을 조용히 바라보았다. 관을 들고 불쑥 눈앞에 나타나 말없이 쳐다보는 꼬마 사신 같았다.

입을 열면 몇 루피 더 줄게. 그 서프보드는 어디서 났어? 죽은 남자 거 아냐?

소년은 대꾸 없이 돌아서서 다시 해변가로 향했다. 주방장이 소리쳤다.

내일은 가오리 좀 잡아 와. 중간 크기로.

소년은 해변가 노점에서 음식을 샀다. 음식을 사면 남는 돈이 없었다. 소년은 해변에서 밥을 먹었다. 그리고 인적이 끊기는 늦은 밤까지 해변에 남아 가만히 바다를 바라보다가 자신을 좇는 눈이 없을 때 해안 절벽 중턱에 있는 집으로 돌아갔다.

*

소년은 사람의 코처럼 생긴 바위에 서서 아래를 내려다보았다. 삐죽 솟아오른 암석과 바다가 달빛 아래서 질서 없이 공간을 차지하고 있었다. 소년은 이내 훌쩍거렸다. 그러다 언제 그랬냐는 듯 무표정하게 뒤돌아서서 어둠 속으로 숨어들었다.

바다에서 끄집어낸 엉킨 그물을 나무에 두르고, 그 위로 넓은 잎을 덮어 지붕으로 삼은 작은 움막이 소년의 집이었다. 사람의 코처럼 생긴 바위에서 멀지 않은 곳이었다. 움막은 커다란 나무들이 이끼처럼 다닥다닥 붙어 자란 곳에 있어서 해안 절벽 아래와 위에서는 보이지 않았다. 나란히 서야만 간신히 보였다. 소년은 밤에, 잠잘 때만 움막을 찾았다. 낮에는 원숭이들이 움막 안에서 몸에 붙은 이와 진드기를 잡았다.

소년은 서프보드를 바닥에 깔고 누운 채 바나나 잎으로 싸 둔 찐쌀을 먹었다. 아까 먹다 말고 남겨 둔 것이었다. 소년은 찐쌀을 우적우적 씹으며 바위 위에서 오줌 누던 남자의 모습을 떠올렸다. 소년은 자신이 지구의 버튼을 잘못 누른 것이 아니라면, 사람들이 바다에 너무 자주 오줌을 누기 때문에 지금과 같은 일이 벌어지는 것이라고 생각했다. 그것이 소년이 내린 결론이었다. 흰동가리가 사라진 것도 결국 그 남자 같은 사람들 때문이라 여겼다. 자정을 훌쩍 넘긴 시각, 소년이 해안 절벽 아래로 오줌을 갈기던 술 취한 남자의 등을 떠밀어 버린 것은 현재의 상황을 바꾸기 위한 손쉽고 단순한 방법이었다. 2년 전, 모두 잠든 밤에 돈을 훔쳐 고아원을 빠져나왔던 일처럼. 그러나 소년은 남자를 바다에 빠뜨리기만 할 생각이었다. 남자의 죽음은 원한 일이 아니었다.

하늘을 가르며 마른번개가 뻗어 나왔고, 곧 거센 빗방울이 떨어지기 시작했다. 소년은 잠들지 못한 채 움막 밖의 어둠을 응시했다. 남자의 손등에 그려져 있던 늑대의 날카로운 눈빛이 거기 있었다. 소년은 자리에서 벌떡 일어나 해안가 뒤편의 해안 도로를 향해 달려갔다. 구름에 가려진 달이 슬쩍슬쩍 빛을 내보내며 인적 없는 밤길을 밝혀 주었다.

소년은 해안가를 따라 이어진 해안 도로 한편의 하얀 벽에 죽은 남자의 모습을 그리기 시작했다. 흰 조개로 선을 긋고 연결한 단순한 그림이었다. 소년이 작업을 끝마쳤을 때, 그림 속 남자와 늑대는 혀를 내민 채 웃고 있었다.

날이 밝자 사람들이 하나둘 해변을 찾았다. 사람들은 소년의 그림을 보았고, 익명의 서퍼가 죽은 남자를 추모하기 위해 그린 것이라고 생각했다.

*

해안 절벽 아래서 또 다른 서퍼의 시체와 조각난 서프 보드가 발견된 것은 늑대 문신을 한 남자가 죽은 지 석 달이 지났을 무렵이었다. 이번에도 시체를 제일 먼저 발견한 사람은 소년이었다.

여자의 몸은 새우처럼 구부러져 있었다. 새우잠을 자다 그 모습 그대로 추락한 것처럼. 소년은 두려움 가득한 눈빛으로 여자를 내려다보았다. 여자는 보기 좋게 그을린 피부에 옅은 갈색 머리였고, 발목에 돛대 모양의 문신을 하고 있었다. 소년은 해안 절벽 위를 바라보았다. 지난밤에 소년은 아무것도 보지 못했고, 아무것도 듣지 못했다.

해가 바다 위로 떠오르며 주변 공기를 덥히기 시작했다. 그러나 소년은 몸이 떨려 왔다. 가만히 있으면 그대로 얼어붙을 것만 같았다. 소년은 밀려오는 파도를 향해 달려갔다. 그리고 붉게 끓어오르는 바다 아래로 깊이 잠수했다. 소년은 잠수를 한 채로 멀리멀리 나아가다 문득 서프보드를 그곳에 두고 왔다는 것을 깨달았다.

소년이 다시 해안 절벽 아래로 돌아갔을 때는 사람들이 여자의 시체 주변을 둘러싸고 있었다. 서프보드는 보이지 않았다. 잠시 후, 경찰차 사이렌 소리가 들려왔다. 소년은 서둘러 자리를 떴다.

소년은 잡은 물고기를 레스토랑 주방장에게 내밀었다. 가오리 한 마리가 전부였다. 주방장이 담배를 꺼내 물며 말했다.

서프보드는 어쨌어?

소년은 대꾸하지 않았다.

그거 봤어? 벽에 다른 그림이 그려졌던데?

소년의 눈이 커졌다. 주방장이 주머니에서 돈을 꺼내 소년에게 내밀었다. 소년은 돈을 낚아채듯 가져가며 해안 도로를 향해 달려갔다.

벽에는 죽은 여자의 얼굴이 그려져 있었다. 자신의 것과 똑같이 흰 조개로 그린 것이었는데 솜씨는 형편없었다. 그것이 죽은 여자를 그린 것임을 확신할 수 있는 근거는 여자의 얼굴 아래 그려진 돛대 때문이었다. 여자의 발목 문신.

한 무리의 서퍼들이 다가와 소년 곁에 섰다. 서퍼들은 여자의 그림 아래 꽃을 내려놓은 후 짧게 기도했다. 한 무리가 떠나가면 또 다른 무리가 나타나 같은 일을 반복했다. 소년은 그림들을 지워 버리고 싶었다. 벽이 온통 죽은 사람들의 얼굴로 채워질 것만 같았다. 소년은 그림들을 지

위야겠다고 결심했다. 지금은 할 수 없었다. 인적이 없는 늦은 밤에 해야 했다. 소년은 울먹이며 집으로 돌아갔다.

*

새벽에 한 남자가 소년의 움막으로 찾아왔다. 남자는 서프보드를 옆구리에 끼고 있었다. 소년이 잃어버린 것이었다.

남자는 움막 밖에서 소년을 바라보며 소년이 한 일을 알고 있다고 말했다. 절벽 아래로 사람을 밀어 버린 일? 벽에 그림을 그린 일? 고아원에서 돈을 훔쳐 달아난 일? 어쩌면 남자는 여자의 죽음과 자신을 연관 짓고 있는지도 모르겠다고 소년은 생각했다.

도망갈 생각 하지 마. 그럴 필요 없으니까.

남자의 몸에서 독한 술 냄새가 풍겨 왔다. 소년은 숨죽인 채 남자의 다음 행동을 기다렸다. 남자는 서프보드를 움막 밖에 내려놓은 후 돌아서서 가더니 사람의 코처럼 생긴 바위 위에 서서 오줌을 누기 시작했다.

소년은 움막 밖으로 조용히 기어 나갔다. 남자가 소년 쪽을 향해 천천히 고개를 돌렸다. 남자의 표정은 굳어 있었다. 소년은 남자를 바라보며 서프보드를 들어 올렸다.

남자는 가만히 지켜보기만 했다. 소년은 질문을 삼켰고, 남자는 대답을 가슴에 묻었다. 소년은 다시 움막 안으로 들어가 서프보드를 바닥에 깔고 누웠다. 남자는 어둠 속으로 모습을 감추었다.

*

흰동가리는 산호초 속에서 부드럽게 지느러미를 움직였다. 소년은 몇 번이고 확인했다. 몸집이 줄었지만 찾고 있던 녀석이 틀림없었다. 석 달 만에 만난 것이었다.

소년은 뭍으로 올라가 잡은 물고기를 으깼다. 그리고 다시 바다로 들어가 자기 주변에 흩뿌렸다. 흰동가리는 주춤주춤했지만 곧 경계를 풀고 소년을 향해 천천히 다가와 먹이를 삼켰다. 소년과 흰동가리는 오래도록 눈을 맞추었다.

네가 돌아오기를 기다렸어. 계속 기다릴 생각이었어. 아무 데도 가지 않고. 소년이 말했다.

배를 채운 흰동가리는 소년 주변을 빙빙 돌다 어딘가로 유유히 나아갔다. 그러다 몸을 틀어 소년을 바라보았다. 자신을 따라오라는 것 같았다. 소년은 흰동가리가 어디로 향하는지 알고 있었다.

흰동가리는 해저 동굴 안으로 유유히 들어갔다. 햇살이 동굴 안을 밝게 비추고 있었다. 소년은 입구 밖에서 그것을 지켜볼 수밖에 없었다. 입구를 넓혀야 했다. 예전처럼 머뭇거릴 때가 아니었다. 소년은 주변에 있는 돌멩이를 이용해 입구를 부수기 시작했다. 단단한 화강암이었고 자신의 손에 꼭 맞는 것이었다. 소년은 돌멩이로 입구를 내리치고 또 내리쳤다. 손이 찢어져 피가 흘러나왔다. 그럼에도 소년은 잠수를 반복하며 입구를 부수었다. 소년은 온몸에 힘이 빠져 간신히 물 밖으로 고개를 내밀었다. 남자가 조그만 배에 올라탄 채 자신을 지켜보고 있었다.

*

환한 햇빛 아래 모습을 드러낸 남자는 젊고 강인한 사람일 것이라는 소년의 예상과 달랐다. 얼굴에는 소년티를 벗자마자 늙어 버린 것처럼 앳됨과 노쇠함이 동시에 묻어났고, 건장해 보이던 몸은 축소될 만큼 축소된 상태였다.

소년은 바다에서 빠져나와 암석 위로 올라갔다. 그리고 자리 잡고 앉아 입구를 부수던 돌멩이를 모가 나게 갈기 시작했다. 남자는 소년의 행동을 가만히 지켜보기만 했다.

남자의 움직임이 느껴지지 않자 소년은 고개 들어 남

자를 바라보았다. 남자가 손짓을 했다. 배에 올라타라는 것 같았다. 소년은 돌멩이를 바다에 담가 두어 번 휘저었다. 그리고 남자를 잠시 지켜보다 돌멩이를 바구니에 집어넣었다. 남자가 키를 저어 배 앞머리를 수평선 쪽으로 돌렸다. 소년은 바구니를 등에 멘 후 서프보드와 작살을 들고 남자의 배에 올라탔다. 소년은 서프보드와 작살을 바닥에 내려놓은 후 남자를 바라보았다.

서프보드를 싣기에는 너무 작은 배였다. 남자는 서프보드에 줄을 매달아 배 뒷머리에 묶었다. 그리고 바다로 던져 배에 끌려오도록 했다. 소년은 바구니 안에서 돌멩이를 꺼내 손에 꼭 쥐었다.

남자는 소년과 마주 앉았다. 남자는 소년을 바라보며 힘없이 웃더니 노를 젓기 시작했다.

배는 해안 절벽을 벗어나 수평선을 향해 나아갔다. 그것이 신호였다는 듯, 한 무리의 서퍼들이 서프보드에 배를 깔고 누운 채 팔을 저어 남자의 배를 뒤따라왔다. 소년은 몸이 떨려 왔다. 돌멩이를 쥔 손이 부들거렸다. 민머리인 서퍼가 배를 향해 손을 흔들었다. 남자는 소리 내지 않고 웃으며 턱을 살짝 까딱였다. 그리고 이내 차갑게 식은 표정으로 수평선 너머를 바라보았다. 배가 해안선이 가물거리는 곳까지 나아가자 서퍼들은 더 이상 배를 따르지 않았다. 소년의 이마에서 식은땀이 흘러내렸다.

*

남자는 소년에게 그물 던지는 법과 손을 다치지 않고 낚싯줄을 감는 법을 가르쳤다. 소년은 남자의 행동을 묵묵히 따라 했다. 남자는 군더더기 없이 설명했고, 정확한 동작을 보여 주었다. 남자의 표정에는 나이 많은 학교 선생님의 자상함 같은 것이 슬쩍슬쩍 묻어났다. 소년은 천천히 경계를 풀기 시작했고, 한 시간이 지났을 무렵에는 더 이상 남자를 두려워하지 않게 되었다. 남자도 그것을 알아챈 듯했다. 남자는 빙긋 웃었다.

큰 물고기 잡고 싶지 않아?

소년은 고개를 까딱였다.

큰 물고기를 잡으려면 더 멀리 나가야 해. 가까운 곳은 물고기 씨가 말랐어. 큰 놈, 작은 놈 가리지 않고. 너는 산호초에서 잡지?

소년은 대답하지 않았다.

벙어리야?

소년은 고개를 저었다. 남자는 씩 웃었다.

산호초는 완전히 글렀어.

남자의 낚싯줄에 입질이 왔다. 남자는 끌어 올린 물고기를 소년에게 내밀었다. 소년은 망설임 없이 물고기를 건네받았다. 그리고 바구니에 물고기를 담았다.

지금처럼, 앞으로도 나를 두려워하거나 무서워할 필요 없어.

소년의 낚싯줄에도 반응이 왔다. 소년은 낚싯줄을 빠르게 끌어 올렸다.

천천히. 손을 베일 수 있어. 처음에만 힘을 주고 이후에는 여유를 가지고 끌어 올려.

소년은 낚아 올린 물고기를 남자에게 내밀었다. 남자가 잡은 물고기보다 컸다. 남자는 손을 저었다.

내가 바라는 세계와 네가 바라는 세계가 다 여기 있어. 여긴 우리가 지키는 거야. 무슨 말인지 알아?

남자의 눈빛이 날카로워졌다. 문득, 소년은 남자가 여자 서퍼를 죽였다는 생각이 들었다. 벽에 그림을 그린 것도 이 남자의 소행 같았다. 소년은 바다를 향해 고개를 돌렸다. 높이를 짐작할 수 없이 큰 파도가 밀려오다 순식간에 잠들었다. 소년은 흘러내린 눈물을 닦았다.

소년은 바구니에서 돌멩이를 끄집어냈다. 그리고 돌멩이를 양손 가득 쥐었다. 소년은 자신이 원하는 세계는 그게 아니라고, 남자가 원하는 세계와는 다르다는 것을 보여 주고 싶었다. 소년은 끝내 말을 삼켰다. 남자는 바닷물로 이마를 씻어 냈다.

너도 오줌을 맞은 적 있지? 해안 절벽 아래서?

소년은 고개를 저었다.

며칠 전에 절벽 아래 있다가 오줌을 맞았는데, 올려다보니 세 명이 동시에 갈기고 있었어.

남자는 웃었다. 잠시 후, 소년도 따라 웃었다.

＊

일주일 후, 남자는 해안 절벽 아래로 또 다른 서퍼를 떠밀었다. 남자의 배를 뒤따르며 손을 흔든 민머리 서퍼였다. 그 자리에 소년도 있었다. 남자는 소년의 움막에 몸을 숨기고 있었다. 남자가 움막을 나가려 할 때, 소년은 남자의 다리를 붙잡았다. 남자는 소년의 손과 발을 노끈으로 묶었다. 그리고 소년의 입에 바나나 잎을 쑤셔 넣었다.

남자는 민머리 서퍼에게 아는 척을 하며 친근하게 다가갔다. 민머리 서퍼는 오줌을 누고 있지 않았다. 사건 현장에 대한 호기심 때문에 바위 위에 선 것 같았다. 남자는 기회를 노렸고, 순식간에 일을 저질렀다. 서퍼의 비명 소리는 바다 위로 수직으로 떨어지는 번개처럼 급작스럽게 뻗어 나왔다가 급작스럽게 사라졌다.

해안 도로 벽에 그림이 또 그려졌다. 소년이 그린 것도 아니었고 남자가 그린 것도 아니었다. 서퍼들이 민머리 서퍼를 추모하기 위해 그렸다. 그의 친구로 보이는 남자는 그림 옆에 이렇게 썼다.

칼리가 우리와 함께한다!

칼리(Kali)는 피와 복수의 여신이었다. 해안 절벽 주위로 철조망이 쳐졌고, 당분간 출입을 금한다는 팻말이 세워졌다. 경찰들이 해안 절벽 근방을 순찰했다.

남자는 늦은 밤에 소년을 찾아와 잡은 물고기를 던져 놓고 돌아갔다. 술에 절어 있는 날도 있었다. 남자는 비밀을 절대 발설해서는 안 된다며 달래듯 입을 열었다가 겁박하듯 마무리를 지었다. 소년은 움막이 아닌 다른 곳에서 잠드는 날이 늘어났다. 남자는 소년을 만날 때면 늘 이렇게 말했다.

우리가 해낸 일이야. 너와 내가 말이야.

소년은 잠수하는 시간이 더 길어졌다. 소년은 물고기를 잡는 것도 잊은 채 돌멩이로 해저 동굴의 입구를 쉴 새 없이 부쉈다. 해저 동굴 안에 있던 흰동가리는 이를 바라보며 하품을 하듯 입을 뻐끔거렸다. 흰동가리는 이제 그곳에만 머물 생각인 듯했다. 다음 날에도, 그다음 날에도 거기가 바다의 전부라는 듯, 해저 동굴 밖은 더 이상 바다가 아니라는 듯, 밖으로 나오지 않았다. 소년은 생각했다. 조그만 더 부수면 몸을 통과시킬 수 있을 것이라고. 아주 조금만 더 부수면 된다고. 소년은 할 수 있는 데까지 입구를 부수다 물 밖으로 고개를 내밀었다. 남자가 소년을 기다리고 있었다. 남자는 모자를 깊이 눌러 쓰고 있었다.

*

남자는 노를 저으며 소년을 날카롭게 노려보았다.

어젯밤엔 어디서 잤어?

남자의 입술은 바짝 타들어 가고 있었다. 소년은 돌멩이를 손에 쥔 채 수평선 저 너머를 바라보았다.

형사가 이곳저곳 쑤시고 다니고 있어. 당분간 여길 떠나 있어야 할 것 같아. 잠잠해질 때까지. 봐 둔 섬이 하나 있어.

소년은 햇빛이 찰랑거리는 바다를 내려다보았다. 소년은 해저 동굴을 떠올렸고, 얼른 내려가서 입구를 마저 부수고 싶었다.

같이 갈까?

소년은 고개를 저었다.

돈 좀 가진 거 있어?

소년은 다시 고개를 저었다.

저 서프보드를 팔아야겠어.

소년은 조금 전보다 더 세차게 고개를 저었다. 남자는 소년을 비웃었다.

서퍼가 되고 싶은 거야? 그래?

소년은 반응하지 않았다. 남자는 고개를 느릿느릿 저었다.

그 서프보드는 네가 죽인 남자가 우리에게 준 선물이야. 그렇다는 생각이 들어.

소년은 남자의 등 뒤를 바라보았다. 커다란 파도가 몰려오고 있었다. 소년이 본 파도 중에 파고가 가장 높은 것이었다. 흥분한 서퍼들의 목소리가 해안가 저편에서 아련하게 들려왔다. 파도가 점점 배 가까이 다가왔지만 남자는 신경 쓰지 않았다.

도로 벽에 '살인자의 해변'이라고 적혀 있는 거 봤어?

남자는 낄낄거렸다.

웃기는 소리지.

소년은 한 손으로 배의 선체를 꼭 붙들었다. 나머지 손으로는 돌멩이를 꼭 쥐었다. 남자가 고개를 돌렸을 때, 파도가 배를 덮쳤다. 배가 크게 기울어졌고, 남자와 소년은 위에서 아래로 떨어지듯 바다로 쓸려 내려갔다. 서프보드를 묶고 있던 줄이 끊어지며 서프보드는 파도 속으로 파묻히듯 사라졌다.

*

바다는 다시 잠잠해졌다. 바다 위로 고개를 내민 소년은 배 위로 몸을 간신히 끌어 올렸다. 남자의 모습은 보이지 않았다. 한 줄기 피가 소년의 얼굴을 타고 흘러내렸다.

소년은 바다를 바라보았다. 죽은 남자의 서프보드가 바다 위를 홀로 부유하며 햇빛에 반짝이고 있었다. 주인을 기다리고 있는 것 같기도 했고, 새로운 주인을 찾고 있는 것 같기도 했다. 바다의 물건 같기도 했고, 그에 속하지 않은 물건 같기도 했다.

소년은 돌멩이를 쥔 손에 힘을 주었다. 소년은 남자가 바다 위로 머리를 내미는 순간을 기다렸다. 뜨거운 햇빛이 소년의 머리 위로 쏟아졌다. 남자는 끝내 떠오르지 않았다.

그날 이후, 남자의 모습을 본 사람은 없었다. 남자가 있는 곳은, 소년만 알고 있었다.

약
속
의　땅

D-97

올해 여름은 지독히 더웠다. 눈으로 쉽게 확인 가능했다. 가장 두드러진 것은 해빙을 가로지른 균열이었다. 해빙은 종이처럼 찢어졌고, 남아 있는 것만큼 바다로 뜯겨 나갔다. 바다와 인접한 해빙은 수온이 오른 파도에 씻겨 비처럼 흘러내렸고, 쌓인 눈은 여과 없이 떨어지는 햇빛에 얼어붙을 틈 없이 녹아내렸다. 해빙 두께와 면적은 점점 줄어들었고, 개빙 구역*은 점점 넓어졌다. 오랜 세

---

* 북극해에서 해빙으로 덮여 있지 않고 해수면이 드러난 구역을 말한

월 굳건하던 만년빙도 예외는 아니었다. 만년빙은 해일같이 밀려드는 햇빛 앞에서 부식된 방파제처럼 깎여 나갔다.

아푸트**는 이를 막는 방법을 알지 못했다. 막막함 속에서 여름이 하는 일을 지켜보기만 했다.

사냥에 가장 치명적인 일은 조그만 얼음 구멍이 셀 수 없이 늘어나는 것이다. 얼음 구멍이 적을 때는 반달무늬물범이 오가는 길목에 자리한 구멍을 찾고 물범들이 숨을 쉬기 위해 얼음 위로 올라올 때를 노리면 된다. 얼음 구멍이 늘어났다는 것은 그만큼 살펴야 할 곳이 많다는 의미였다.

물범들은 아푸트를 놀리기라도 하듯 얼음 구멍 위로 고개를 내밀었다가 금세 다시 물 밑으로 내려갔다. 그리고 재빨리 헤엄쳐 가서 다른 얼음 구멍으로 고개를 내밀었다. 아푸트는 얼음 위를 쉴 없이 달려야 했다.

몸이 과열되면 죽는다. 오래 달리면 몸을 둘러싼 두꺼운 지방이 아푸트를 죽음으로 몰고 갔다. 아푸트는 그렇게 태어났다. 아푸트는 선택할 수 없는 것에 대해 불만을

다. 개빙 구역이 넓어졌다는 것은 그만큼 해빙이 녹아서 사라졌다는 의미다.

** 아푸트(aput)는 이누이트어로 '땅 위에 쌓인 눈'을 뜻한다.

가진 적이 없다. 아이들을 지키는 것 역시 아푸트가 선택할 수 없는 일이다. 아푸트는 그렇게 태어났고, 자신의 어미에게 그렇게 배웠다.

이곳이 점점 더 더워지며 생존의 위기에 내몰리게 된 이유를 아푸트는 몰랐다. 북극은 아푸트가 알고 있는 것과 선택할 수 있는 것들의 범위 밖에서 녹아내리고 있었다.

D-93

아푸트는 얼음 위를 쉬지 않고 한 시간 이상 뛰어다닌 후에야 달아나는 어미에게서 뒤처진 반달무늬물범 새끼를 간신히 잡을 수 있었다. 아푸트는 숨이 차오르고 갈증으로 목이 타올랐다.

아푸트는 허겁지겁 물범의 배를 갈라 내장의 피로 목을 적셨다. 순식간에 열기를 뿜은 피 냄새가 사방으로 퍼져 나갔다. 성급한 행동이었다. 사냥한 물범을 두고 다툴 거리를 만든 것이다.

실수는 또 있었다. 아이들에게 물범 사냥법을 보여 줘

야 했는데 물범의 뒤를 쫓는 데 집중하다 너무 멀리 와 버렸다. 아푸트는 몸을 펴고 뒤꿈치를 들어 듬성듬성 녹아내린 눈밭 너머를 바라보았다. 적과 아이들 모두를 찾아야 했다.

개빙 구역 너머에서 아이들이 바다 위를 떠다니는 부빙을 기웃거리는 모습이 보였다. 아푸트는 첫째와 눈이 먼저 마주쳤고, 이어서 둘째를 발견했다. 첫째, 둘째 모두 무사했다. 아푸트는 주변을 경계하듯 살피며 아이들이 도착하기를 기다렸다.

그때, 물살을 세차게 가르는 소리가 들려왔다. 아푸트는 황급히 고개를 돌렸다.

흰돌고래들이었다. 흰돌고래 무리가 녹아내리는 부빙을 호위라도 하듯 그 주변을 헤엄치며 북쪽을 향해 빠르게 나아가고 있었다. 수온이 상승한 탓에 이곳에서 여름을 나기가 어렵다고 판단한 듯했다.

아푸트는 바다를 가르며 나아가는 흰돌고래 무리를 망연자실한 표정으로 바라보았다. 그러나 아이들은 순진한 표정으로 멀어지는 흰돌고래 무리를 향해 손짓과 고갯짓을 했다. 신난 것 같기도 했고 감탄한 것 같기도 했다.

아이들은 아직 흰돌고래를 먹어 보지 못했다. 흰돌고

래는 물범보다 사냥하기 어려웠다. 영리함의 차원이 달랐다. 아푸트는 겨울이 오기 전에 흰돌고래 사냥법 역시 아이들에게 보여 줘야 했다. 더 늦어져서는 안 되었다. 아푸트는 아이들을 향해 소리쳤다. 먹을 수 있는 거야. 곧 먹게 해 줄게.

기온 상승으로 인해 지금까지 북극에서 보지 못했던 식물들과 새들, 그리고 '그롤라'*라고 불리는 곰을 처음 보았을 때, 아푸트는 두려운 마음으로 그것을 지켜보기만 했다.

먹을 수 있는 것과 먹을 수 없는 것, 이길 수 있는 것과 이길 수 없는 것을 구분하는 것은 선험적인 능력이 아니었다. 어미에게서 배워야 했다. 어미가 가르쳐 주지 않은 것을 아푸트는 알 수 없었다. 그러나 아푸트는 배우지 않은 것을 아이들에게 가르쳐야 했다. 그래야 아이들이 새로운 환경에서 살아남을 수 있었다.

아푸트는 처음 보는 해초를 뜯어 먹어 보았고, 이름을

---

* 그롤라(Grolar Bear)는 북극곰(Polar Bear)과 회색곰(Grizzly Bear)을 합친 신조어다. '피즐리'라 불리기도 한다. 기온이 올라 북극곰의 서식지가 파괴되자 지난 시기 거의 교류 없이 살던 북극곰과 회색곰이 같은 지역에 살며 교미를 하는 경우가 늘어나고 있다. 과학자들은 그롤라가 북극곰을 대체할지도 모른다고 우려하고 있다.

알지 못하는 새들의 위장을 삼켰으며, 그롤라를 위협해 멀리 쫓아냈다. 모두 목숨을 걸어야 하는 일이었다.

*

아푸트는 아이들의 볼을 자신의 얼굴로 비빈 후 물범의 4분의 1을 내주었다. 자신을 뒤쫓아 오게 하는 것도 훈련이라면 훈련이었다. 멀리서도 소리 듣고 냄새 맡는 방법을 익히고, 크레바스*를 피해 눈밭을 달리며 위험을 감지하는 감각과 발의 힘을 기르는 것이다.

아이들은 머리에 새기듯 반달무늬물범 새끼의 냄새를 맡았다. 아푸트는 말했다. 냄새만 기억해서는 안 돼. 물범이 얼음 위로 고개를 내밀 때 나는 소리도 기억해야 해. 물범이 물속에서 헤엄치며 내는 소리를 얼음 위에서도 들을 수 있어야 해. 그 소리가 들리면 조금 앞서가서 얼음을 부숴야 해. 그래야 물범을 잡을 수 있어.

아이들은 고개 돌려 아푸트의 눈을 바라보았다. 아푸트는 부드럽게 턱을 끄덕였다. 그제야 아이들은 게걸스럽게

---

* 빙하나 눈 골짜기에 형성된 깊은 균열로 1, 2미터 정도 벌어져 있다. 밑바닥까지는 10~30미터로 얼음 녹은 물이 흐르는 경우도 있다.

물범을 먹기 시작했다. 나흘 만에 허기를 채우는 것이었
다. 아푸트와 아이들은 병에 걸리기라도 한 것처럼 파리
했다.

아푸트는 아이들이 먹는 모습을 지켜보다 다시 주변을
둘러보았다. 정적이 천천히 가라앉으며 얼음이 녹아내리
는 소리가 들려왔다. 그제야 아푸트는 경계를 풀고 허기
를 채웠다.

셋 모두 만족할 수 없는 양이었다. 첫째는 그나마 자신
의 몫을 챙겨 먹는 듯했지만 둘째는 아니었다. 첫째가 둘
째를 계속 밀어내자 둘째가 아푸트 곁으로 다가왔다. 아
푸트가 말했다. 너는 저걸 먹어야 해. 싸워서라도 네 몫을
챙겨야 해. 살아남으려면 그래야 해. 그러나 둘째는 아푸
트의 팔에 매달려 보채고 칭얼거렸다.

아푸트는 자신의 먹이에 고개를 들이미는 둘째를 밀어
냈다. 아이들을 지키려면 그래야 한다. 자신의 몫을 포기
해서는 안 된다. 조금이라도 더 오래 아이들을 보살피려
면 먹어야 한다. 아푸트는 둘째에게 말했다. 내게 애원할
일이 아니야. 네 누이와 다퉈야 하는 문제야. 그래도 둘째
는 칭얼거림을 멈추지 않았다.

아푸트는 둘째에게 얼마간 내주었다. 둘째는 작은 이빨
로 물범의 질긴 피부를 오랫동안 씹었다. 지금 당장은 아

니지만 사냥하기가 더 어려워지면 둘째는 첫째와 거칠게 부딪혀야 하는 순간을 맞이해야 했다. 크게 다치는 것도 감수해야 할 순간을. 아푸트는 그 순간을 최대한 늦추어야 했다. 그것이 자신이 해야 할 일이었다. 어쩌면 그것이 아푸트가 할 수 있는 일의 전부였다.

D-34

내장이 파헤쳐진 북극 제비갈매기의 피가 새하얀 눈을 물들이고 있을 때 굵고 짧은 외침 소리가 들려왔다. 잊을 수 없는 소리였고, 아푸트의 피부와 뼈가 기억하는 소리였다. 5주 만의 재회 아닌 재회였다. 키쿠트는 그때도 아이들을 위협했다.

아이들은 두려운 눈빛을 감추지 못한 채 아푸트의 등 뒤로 몸을 숨겼다. 키쿠트가 곧 모습을 드러냈다. 아푸트는 키쿠트를 향해 날카롭게 소리쳤다. 돌아가. 아이들은 안 돼.

키쿠트는 잠깐 주춤했지만 이내 속도를 붙여 아이들을 향해 달려왔다. 아푸트는 아이들을 다그치듯 밀어붙였다.

뛰어야 해. 돌아보지 말고 뛰어야 해. 아이들은 허둥지둥 도망갔고 아푸트는 엄호하듯 그 뒤를 따랐다.

개빙 구역이 앞을 가로막았다. 아이들은 머뭇거렸다. 아푸트는 아이들을 바다로 밀어 넣었다. 최대한 멀리 나아가. 돌아보지 말고 헤엄쳐.

아푸트는 뒤돌아 키쿠트를 막아섰다. 반쯤 뜯겨 나간 왼쪽 귀와 미간의 갈색 털. 키쿠트가 틀림없었다. 키쿠트는 자신의 씨앗을 먹이로 삼을 생각이었다. 처음 아이들을 공격한 그때도, 그리고 지금도.

키쿠트는 아푸트를 상대할 생각이 없다는 듯 바다로 뛰어들려 했다. 아푸트는 키쿠트를 두 손으로 거칠게 밀어냈다. 키쿠트는 쓰러진 몸을 일으키며 주저 없이 공격 자세를 취했다.

아푸트와 키쿠트는 서로를 매섭게 노려보았다. 서로를 죽이는 것에 망설임 따위는 없는 눈빛이었다.

그때, 썰매가 눈 위를 가로지르는 소리와 개 짖는 소리가 들려왔다. 소리들은 점점 커지더니 마침내 형체로 드러났다.

시베리안 허스키들은 20미터 내외의 거리에 멈춰 서서 사납게 짖어 댔다. 썰매를 끌던 남자는 시베리안 허스키의 울음소리를 흉내 내며 개들을 묶고 있는 줄을 잡아당겼다. 자신이 나설 테니 물러서라는 뜻 같았다. 그러나 개들의 기세는 쉬이 수그러들지 않았다. 남자는 다시 한번 목줄을 잡아당긴 후 썰매에서 내려왔다.

아푸트는 남자를 알고 있었고, 남자의 목소리를 기억하고 있었다. 남자는 우나아크였다.

D-112

아푸트는 '테러호'* 가 잠들어 있는 곳에서 사냥을 하고 있었다. 그 주변 해빙과 해역은 북극에 사는 생명체들의 놀이터이자 사냥터였다. 흰돌고래와 반달무늬물범을 비롯해 턱수염물범, 하프바다표범 등이 그곳을 번질나게 드나들었다. 그러나 지금은 아니었다. 해빙이 녹기 시작하며 배가 바다 쪽으로 조금씩 이동했고, 얼음이 갈라지

---

* 2017년 북극 킹윌리엄섬의 연구원들은 오랫동안 찾지 못한 영국 군함 '테러호'의 잔해를 발견했다. '프랭클린 원정대'가 타고 있던 '테러호'는 1846년 항로를 찾던 중 유빙에 갇혀 침몰했다. 오랫동안 실종 상태였는데 과학자들은 북극의 온도가 상승해 유빙이 녹으면서 그 잔해가 발견되기 시작한 것이라고 추측하고 있다.

며 바닥이 무너져 내렸다. 좁아진 면적만큼, 열기를 피할 수 있는 만년빙이 사라진 만큼 이곳을 찾는 생명체의 개체수도 줄어들었다.

남자가 아푸트와 아이들을 향해 다가왔을 때, 아푸트는 거듭된 사냥 실패로 탈진한 채 해빙 위에 엎드려 있는 상태였고, 아이들은 아푸트의 몸을 오르내리며 배고픔을 달래는 중이었다.

남자를 발견한 아푸트는 힘겹게 몸을 일으켜 아이들을 등 뒤에 세웠다. 아푸트는 남자와 싸울 여력이 남아 있지 않았다. 그러나 남자가 그것을 알게 해서는 안 되었다. 아푸트는 을러대듯 소리쳤다. 더 가까이 다가오면 목이 부러지게 될 거야.

남자는 사납게 짖어 대는 개들을 예의 울음소리로 진정시키더니 아푸트에게서 눈을 떼지 않은 채 썰매에서 내렸다. 남자의 오른손에는 소총이, 왼손에는 피가 뚝뚝 떨어지는 무언가가 들려 있었다.

아푸트는 짙은 피 냄새 때문에 정신이 혼미해졌다. 굶주림이 모든 것을 마비시켰다. 아이들도 그런 듯했다. 아이들은 흘러나오는 침을 삼키지 못했다. 첫째는 아푸트가 미처 손쓸 틈도 없이 앞으로 달려 나아갔다.

남자는 조심스러운 표정으로 첫째의 행동을 지켜보았

다. 첫째와 남자의 거리가 점점 가까워졌다. 아푸트가 소리쳤다. 아가, 돌아와!

남자의 발아래 도착한 첫째는 남자의 다리에 매달린 채 부츠를 이빨로 깨물기 시작했다. 아푸트는 언제든 튀어 나갈 수 있게 몸을 낮추고 남자의 다음 행동을 주시했다.

남자는 첫째를 내려다보며 씩 웃었다. 안전하다 느꼈는지 뒤에 남아 있던 둘째도 남자를 향해 나아갔다. 아푸트는 둘째도 제어할 수 없었다. 첫째와 둘째는 남자의 다리를 부둥켜안고 천진난만한 표정으로 칭얼거렸다. 남자는 왼손에 들린 무언가를 근처 바닥으로 던졌다.

첫째와 둘째는 피 냄새가 나는 곳으로 달려갔다. 갓 잡은 바다코끼리의 간이었다. 남자는 아푸트를 바라보며 썰매 뒤쪽으로 천천히 물러났다. 뒤쪽 바구니에는 바다코끼리 한 마리가 해체된 채 쌓여 있었다.

남자는 바다코끼리의 또 다른 내장을 들고 다시 앞으로 다가왔다. 그리고 아푸트를 향해 내장을 내밀었다.

아푸트는 남자의 눈빛을 읽으려 노력했다. 남자는 내장을 바닥에 내려놓고 두 걸음 뒤로 물러섰다. 아푸트는 아이들을 힐끗 쳐다보았다. 아이들은 바다코끼리 간에 코를 파묻고 있었다. 아푸트는 남자의 눈을 주시하며 남자가 바닥에 내려놓은 내장을 향해 천천히 손을 뻗었다.

아푸트와 아이들이 배를 채우고 있을 때, 남자가 소리쳤다. 우나아크!

남자는 자신을 가리키며 다시 한번 소리친 후 썰매에 올라탔다. 그리고 돌아서서 가자는 듯 개들을 묶고 있는 줄을 잡아당겼다.

개들은 남자의 명령을 순순히 따르지 않았다. 아푸트와 아이들을 보며 사납게 으르렁거리기만 했다. 아푸트와 아이들은 아랑곳하지 않았다. 개들은 아푸트의 상대가 되지 않았다. 아푸트는 개들을 향해 낮게 중얼거렸다. 남자의 말을 따르는 게 좋아. 내가 힘을 회복하면 다음은 없어.

남자는 줄을 잡아당기며 재차 명령했다. 그제야 개들은 못 이기는 척 남쪽으로 방향을 틀었다.

썰매는 느릿느릿 나아갔다. 아푸트는 멀어지는 썰매를 향해 소리쳤다. 해빙 두께가 얇아졌어. 주의하며 썰매를 끌어야 해.

남자가 고개를 돌렸다. 남자와 아푸트는 북극의 마지막 생존자를 바라보듯 서로의 모습을 눈에 새겼다. 남자는 웃으며 혼잣말을 하듯 중얼거렸다. 다음에 만나면 둘 중 하나는 피를 봐야 할 거야.

우나아크는 썰매에서 내리자마자 소총을 겨누었다. 아
푸트는 우나아크가 자신을 겨누는 것인지 키쿠트를 겨누
는 것인지 알 수 없었다. 키쿠트는 재빠르게 바다로 뛰어
들었다. 소총을 이길 수 없다는 것을 키쿠트는 알고 있는
듯했다. 아푸트는 우나아크를 다시 바라보았다.

우나아크는 소총을 거둘 생각이 없는 것 같았다. 그제
야 아푸트는 허겁지겁 바다로 뛰어들어 아이들이 나아간
방향으로 헤엄쳐 갔다. 아이들이 고개 돌려 아푸트를 바
라보았다. 아푸트는 소리쳤다. 계속 헤엄쳐. 멀리 있는 부
빙 위로 올라가야 해.

키쿠트는 오른쪽 해빙 쪽으로 가는 듯하다가 다시 방
향을 바꿔 아이들을 향해 나아갔다. 이대로라면 아푸트보
다 먼저 아이들에게 닿을 듯했다. 아푸트는 남은 힘을 모
두 쏟아 냈다. 키쿠트는 아이들을 뒤쫓았고, 아푸트는 키
쿠트를 뒤쫓았다.

아푸트와 키쿠트의 거리가 점점 벌어졌다. 아이들과 키
쿠트의 거리는 점점 좁혀졌다. 틀려 버렸다고 생각했을
무렵, 두 발의 총성이 고요한 바다 위로 울려 퍼졌다.

키쿠트의 머리에서 피가 튀어 올랐다. 키쿠트는 고통스

러운 듯 몸을 비틀다가 바다 아래로 가라앉기 시작했다.
벌건 핏물이 청록색 바다에 스며들며 주변으로 퍼져 나갔
다. 그러나 아푸트는 안심할 수 없었다. 범고래*가 불현듯
모두를 덮칠 수 있었다. 아푸트는 전력을 다해 아이들을
향해 나아갔다.

*

아푸트도 우나아크도 키쿠트를 거두지 못했다. 아푸트
의 예상대로 범고래가 떼를 지어 나타났다. 아푸트와 아
이들은 부빙 위에서, 우나아크는 해빙 위에서 범고래가
키쿠트를 집어삼키는 모습을 지켜보았다.

우나아크는 소총을 어깨에 메고 뒤돌아섰다. 아푸트와
아이들은 우나아크의 모습이 완전히 사라질 때까지 부빙
을 떠나지 못했다.

아푸트와 아이들은 우나아크가 사라진 뒤에도 부빙을
떠날 수 없었다. 범고래들이 여전히 밑에서 배회하고 있
었다.

---

* 이누이트들은 범고래를 '아를루크'라 불렀다. '아를루크'는 '모든 것을
죽이다.'라는 뜻이다.

부빙은 파도에 실려 끝이 보이지 않는 수평선 너머로 지치지 않고 나아갔다. 여기에 계속 몸을 맡기고 있을 수는 없었다. 부빙이 어디로 향하고 있는지 알 수 없었고, 육지에 닿기 전에 녹아내리기라도 한다면 아이들의 생사는 아푸트의 손을 떠난 문제가 될 것이었다.

아푸트는 칭얼거리는 첫째와 둘째를 바다에 밀어 넣었다. 얼마나 헤엄쳐야 해빙에 닿을 수 있을지 아푸트도 알지 못했다. 한때는 먹이를 찾아 부빙 위를 오가다 너무 멀리 나아간 탓에 200킬로미터 이상을 헤엄쳐서 해빙으로 돌아간 적도 있었다. 그러나 그것은 아이들이 없을 때의 일이었다.

첫째는 아푸트를 곧잘 따라왔다. 그러나 둘째는 서서히 뒤처졌고 이윽고 바닷속으로 가라앉기 시작했다.

아푸트는 둘째를 입에 물고 헤엄쳐서 끝내 해빙에 닿았지만 둘째를 살릴 수는 없었다. 아푸트는 헤엄치다 지쳐 죽은 아이를 살리는 법을 배우지 않았다. 애교를 부리듯 배를 위로 하고 누운 둘째는, 결국 눈을 뜨지 못했다.

'하얀 밤'*이 찾아왔다. 아푸트는 얼음을 파서 굴을 만들었다. 그리고 첫째와 둘째를 데리고 굴 안으로 들어갔다. 아푸트는 둘째의 가슴에 머리를 묻고 소리 죽여 울었다.

자연에 우연은 없다. 키쿠트는 오랫동안 굶주린 듯했다. 굶주림은 모든 것을 마비시킨다. 먹을 것이 풍족하던 시기에도 동족을 죽이는 일은 있었다. 자신의 자식을 죽이는 일도. 그러나 굶주림 때문인 경우는 드물었다. 생식 때문이거나 영역 다툼, 그것도 아니라면 단순한 살육의 충동이 이유였다. 할 수만 있다면 아푸트도 키쿠트를 기꺼이 죽였을 것이다. 아이들을 제외하고 아푸트는 거슬리는 모든 것을 죽일 수 있었다.

북극이 지금처럼 변하지 않았다면 키쿠트와 마주치는 일은 없었을지도 모른다. 그러나 사냥터는 점점 쪼그라들었고, 사냥감을 향한 경쟁은 더욱 치열해졌다. 아푸트에게만 해당하는 일은 아니었다. 북극에 사는 모든 존재가 그랬다. 자연에 우연은 없었다.

북극엔 호의도 없었다. 북극의 모든 존재는 얼음을 딛고 서 있었다. 모두가 얼음 위에 서서 끝을 알 수 없는 어

---

* '하얀 밤'은 러시아에서 백야(白夜)를 가리킬 때 쓰는 말이다. 백야는 위도 48.5도 이상인 지역에서 여름 동안 밤에 어두워지지 않는 현상을 말한다. 스웨덴 등을 포함한 북유럽 지역에서는 이를 '한밤의 태양'이라고 부른다.

둠과 날카롭게 찌르는 듯한 햇살, 피부를 벗겨 내는 바람과 추위를 견뎌 내며 살아남기 위해 최선을 다해야 했다. 우나아크는 아푸트와 아이들에게 호의를 베푼 것이 아니었다. 아이들이 장성해서 아푸트를 떠나가면 우나아크는 제일 먼저 찾아와 아푸트를 죽였을 것이다. 그리고 장성한 아이들을 만나면 주저 없이 소총을 겨누었을 것이다. 처음 마주쳤을 때, 우나아크는 북극곰의 털로 만든 바지를 입고 있었다. 우나아크는 노련한 사냥꾼인 동시에 질서와·순리를 아는 사냥꾼이었다. 문제는 아푸트와 우나아크, 아푸트와 키쿠트, 키쿠트와 아이들 사이를 지탱하던 질서와 순리의 밑바탕이 녹아내리고 있다는 것이었다.

아푸트는 둘째를 가슴에 꼭 품은 채 '하얀 밤'이 지나가기를 기다렸다.

D-28

늦은 새벽, 첫째가 굴을 덮고 있던 눈을 밀어내며 밖으로 빠져나갔다. 밥을 달라고 보채는 것이었다. 철없는 행동이었다. 빠르고 영악한 북극여우 무리에게 당할 수도 있었다. 그러나 아푸트는 움직이지 않았다. 둘째를 품에 꼭 안고 있었다. 첫째가 굴 안으로 고개를 내밀며 계속 칭얼거렸다. 아푸트는 도리가 없었다. 아푸트는 둘째를 품에서 떼어 냈다. 둘째의 몸은 차갑게 식어 갔다. 아푸트는 첫째를 뒤따라 굴 밖으로 나갔다. 아푸트는 굴 안에 혼자 남아 있는 둘째를 가만히 바라보았다.

아푸트가 아이들에게 그러했듯, 아푸트의 어미는 테러호가 잠들어 있는 곳에 아푸트를 자주 데려갔다. 사람들은 그곳을 '약속의 땅'*이라 불렀다. 그곳에는 배를 포함해, 수많은 존재들이 썩지 않은 온전한 모습으로 얼음 속에 묻혀 있었다. 사람들은 죽기 전, 자식들에게 말했다. 그곳에 있는 존재들은 죽은 게 아냐. 잠들어 있는 거야. 우리가 이 세상에 존재하지 않고, 네가 낳은 아이들, 그 아이들이 낳은 아이들도 세상에 존재하지 않게 되었을 때, 얼음이 녹을 거야. 그때 여기 있는 모든 존재가 잠에서 깨어날 거야. 우리는 사라지는 게 아냐. 얼음 속에서 영원과도 같은 잠을 자는 거야. 그러다 때가 오면 깨어나

---

* '약속의 땅'(히브리어: הארץ המובטחה)은 성경에 기록된, 하나님이 이스라엘 백성에게 주겠다고 약속한 땅이자 구원의 땅이다. 그러나 그리스도교도들은 '약속의 땅'을 지상에 있는 땅이 아니라 천상에 있는 땅이라고 생각한다.

는 거야. 우리는 그때 다시 만날 거야. 그때가 오면 반드시 다시 만날 거야. 나는 너희를 다시 만날 날을 기다리며 그곳에서 잠들어 있을 거야. 나는 너희랑 한 약속을 꼭 지킬 거야. 알았지?

아푸트의 어미는 아푸트를 그곳에 두고 떠났다. 아푸트가 이제 혼자서도 무엇이든 사냥할 수 있다는 것을, 어미는 알고 있었다. 아푸트는 사냥해 온 흰돌고래를 내버려둔 채 어미를 뒤쫓았다. 그러나 어미는 빠른 속도로 멀리 멀리 나아가더니 거대한 만년빙 아래로 모습을 감추었다.

어미는 아푸트가 닿을 수 없는 먼 곳으로 물러났고, 사냥터는 온전히 아푸트만의 것이 되었다. 아푸트는 그곳에서 첫째와 둘째가 뛰어노는 모습을 보며 자신의 어미가 사라진 만년빙 너머를 지그시 쳐다보곤 했다.

D-22

아푸트는 둘째가 잠들어 있는 굴을 쉬이 떠날 수 없었다. 첫째가 아푸트의 팔에 머리를 비비며 보챘다. 아푸트는 첫째에게 말했다. 알았어, 아가. 알았어.

아푸트는 굴 입구를 눈으로 메우기 시작했다. 아푸트는 첫째를 지켜야 했다. 첫째마저 잃을 수는 없었다. 아푸트는 아무도 둘째가 거기 있다는 것을 눈치채지 못하게 입구를 메우려 애썼다.

첫째가 의아한 표정으로 고개를 갸웃거리며 아푸트를 바라보았다. 아푸트가 말했다. 이제 가야 해. 이제 가야 할 시간이야.

첫째는 이해할 수 없다는 표정을 지으며 굴 입구를 파헤치려 했다. 아푸트는 첫째를 자신의 앞으로 돌려세웠다. 아푸트는 첫째를 앞장세우고 뒤돌아보지 않고 걸었다. 아푸트는 뒤쪽을 계속 기웃거리는 첫째를 재촉하며 '약속의 땅'을 향해 나아갔다.

D-13

해빙 두께는 점점 얇아지고 있었다. 무작정 걷고 뛰다 간 엉뚱한 곳에 추락할지도 몰랐다. 아푸트는 첫째를 뒤로 오게 한 후 앞서 걸었다.

얼음 위로 썰매가 지나간 자국이 남아 있었다. 첫째는

썰매 자국에서 나는 냄새를 꼼꼼히 맡으며 아푸트를 뒤따랐다. 첫째는 아푸트가 가르쳐 준 것을 잊지 않고 있었다. 아푸트는 첫째의 얼굴을 혀로 핥았다. 잘했어, 아가. 잘했어.

썰매 자국은 서서히 흐릿해지다가 커다란 얼음 구멍 앞에서 사라졌다. 아푸트는 얼음 구멍 앞에 멈춰 섰다. 전에는 보지 못한 얼음 구멍이었다. 아푸트는 아래를 내려다보았다. 얼음 구멍은 바다를 향해 뚫려 있었다. 해빙이 썰매의 무게를 버티지 못하고 무너져 내린 것 같았다. 바다 위에는 채찍과 얼음을 긁는 도구 등 썰매에서 튀어나온 잔해 몇 가지가 남아 있었고, 아래쪽 얼음 벽면에는 남자가 갈고리처럼 생긴 칼에 의지한 채 위태롭게 매달려 있었다. 아푸트는 남자를 알고 있었다. 햇볕에 그을린 까만 피부와 다듬지 않은 콧수염을 가진 남자는, 우나아크였다.

우나아크는 몸이 젖어 있었다. 이대로 밤이 오면 얼음 구멍을 벗어나도 살 수 없었다. 얼어 죽거나 탈진해 죽을 것이었다. 바다로 떨어지면 이미 그렇게 된 시베리안 허스키들처럼 범고래의 먹이가 될 것이었다. 우나아크도 그것을 알고 있는 듯했다. 우나아크는 죽음을 예감한 듯한 표정으로 입술을 깨물었다.

아푸트와 우나아크는 침묵 속에서 서로를 응시했다. 첫째가 아푸트 곁으로 다가오더니 고개를 내밀어 아래를 내려다보았다. 우나아크는 첫째와 눈이 마주치자 절망적인 눈빛으로 천천히 고개를 떨구었다.

그때, 수컷 그롤라 한 마리가 얼음 구멍 쪽으로 다가왔다. 아푸트가 과거에 마주쳤던 그롤라보다 몸집이 컸다. 아푸트는 첫째와 함께 얼음 구멍을 우회해 반대편으로 건너갔다.

그롤라는 아푸트를 노려보며 얼음 구멍 앞에 멈춰 섰다. 그리고 아래를 내려다보더니 이내 두 손으로 얼음을 부수기 시작했다. 우나아크를 바다에 떨어뜨리거나 직접 손에 거머쥐거나, 둘 중 하나를 노리는 듯했다. 아푸트는 반대편에서 지켜보고 있다가 첫째에게 말했다. 여기에서 기다리고 있어. 내가 소리치면 돌아보지 말고 도망가.

아푸트는 엉겨 붙는 첫째를 밀어낸 후 그롤라가 있는 곳으로 다가갔다. 그롤라가 하던 일을 멈추고 아푸트를 바라보며 위협적으로 소리쳤다. 아푸트는 그대로 달려가 그롤라의 머리를 후려쳤다. 그롤라는 두 팔로 아푸트의 목을 감싸며 아푸트를 넘어뜨리려 했다. 아푸트는 뒤로 조금 물러났다가 힘을 주어 다시 튀어 오르며 그롤라를 밀어냈다.

그롤라는 뒤뚱거리면서도 쓰러지지 않았다. 아푸트는 다시 달려들어 그롤라를 넘어뜨렸다. 아푸트는 그롤라의 목을 노렸고, 그롤라는 아푸트의 오른팔을 물고 늘어졌다. 사냥을 할 수 없을 정도로 다치면 그걸로 끝이었다. 서서히 죽느냐 빨리 죽느냐의 차이였다. 그롤라도 그것을 알고 있었다.

아푸트는 그롤라의 목에 이빨을 깊이 박지 못했다. 그롤라가 몸을 비틀며 아푸트를 밀어냈다. 아푸트는 다시 공격 태세를 갖추었다. 그롤라는 아푸트의 기세에 눌려 슬금슬금 뒷걸음치더니 등을 보이며 달아났다. 아푸트는 그롤라를 뒤쫓지 않았다.

눈 위로 붉은 피가 번져 나갔다. 아푸트의 오른팔에서 흘러내린 피였다. 손목 부위가 깊게 찢어져 뼈가 드러났다.

첫째가 아푸트 곁으로 달려왔다. 첫째는 걱정스러운 표정으로 아푸트의 손에 묻은 피를 핥았다. 아푸트는 말했다. 괜찮아, 아가. 괜찮아.

아푸트는 얼음 구멍 아래를 내려다보았다. 우나아크의 모습이 보이지 않았다. 갈고리처럼 생긴 칼만 벽면에 박혀 있었다. 우나아크는 바닷속으로 가라앉은 듯했다. 아푸트는 첫째와 함께 청록색 바다를 오랫동안 바라보았다.

D-3

여자는 시베리안 허스키들이 끄는 썰매에 탄 채 '약속의 땅' 주변을 배회했다. 여자는 무언가를 애타게 찾고 있는 것처럼 보였다. 아푸트는 조금 떨어진 곳에서 여자를 지켜보았다.

여자는 주변을 수색하며 반복해서 소리쳤다. 바람에 실린 여자의 안타까운 목소리는 먼 곳까지 뻗어 나아갔다. 아푸트가 있는 곳에서도 선명하게 들을 수 있었다. 여자는 우나아크를 찾고 있었다.

사람이 나타나면 물범들은 한동안 이곳을 찾지 않았다. 해안가도 상황이 안 좋기는 마찬가지였다. 해가 점점 더 높이 솟아오르며 땅에 애처롭게 쌓여 있는 눈들을 흔적 없이 지워 나가고 있었다.

아푸트와 첫째는 지난 열흘 동안 아무것도 먹지 못했다. 가을이 가기 전에 최대한 많이 먹어 둬야 했다. 그래야 겨울을 견딜 수 있었다. 이대로라면 가을을 넘기기도 어려웠다.

아푸트는 여자가 있는 쪽을 바라보며 몸을 일으켜 세웠다. 아푸트의 모습을 발견한 늙은 남자가 다급하게 달려오며 여자를 향해 소리쳤다. 뒤쪽이야. 뒤쪽이라고. 여자는 뒤를 돌아보며 재빨리 소총을 겨누었다. 한껏 몸을 부풀린 아푸트는 두 사람을 향해 소리쳤다. 돌아가. 여긴 내 영역이야.

여자는 분노로 가득한 눈빛이었다. 아푸트와 여자는 잠시 동안 서로를 노려보았다. 늙은 남자가 아푸트를 향해 소총을 겨누었다. 아푸트는 뒤로 물러섰다. 발사된 두 방의 총알이 빙벽을 때렸다.

아푸트는 첫째를 데리고 안전한 곳을 찾아 숨어들었다.

D-2

여자가 아푸트의 뒤를 쫓았다. 아푸트는 여자를 피해 더 북쪽으로 올라갔다. 아푸트는 첫째가 얼마나 더 버틸 수 있을지 알 수 없었다. 굶주리고, 맞서 싸울 힘이 없는 상태에서 긴 거리를 이동하다간 첫째가 더 위험해질 수 있었다. 아푸트는 첫째를 지킬 힘이 있을 때 움직여야 했고, 싸우더라도 사냥감이 있는 곳에서 싸워야 했다. 아푸트는 마음을 바꾸었다.

D-0

냄새를 맡은 시베리안 허스키들이 긴장한 표정으로 거세게 짖기 시작했다. 아푸트는 빙벽을 타고 올라야 하는 길을 택했다. 첫째가 그 뒤를 힘겹게 따라왔다. 빙벽 정상에 오른 아푸트는 그 너머로 고개를 내밀었다.

빙벽 바로 아래, 여자가 있었다. 여자는 아푸트와 눈이 마주치자 망설임 없이 소총을 쏘았다. 총알은 빙벽에 박혔다. 깜짝 놀란 첫째는 중심을 잡지 못한 채 빙벽 아래로 미끄러졌다. 아푸트는 버둥거리는 첫째를 안타까운 눈빛으로 바라보았다. 여자가 쏜 총알이 다시 빙벽에 박혔다.

아푸트는 빙벽 위에 우뚝 섰다. 여자는 소총으로 아푸트를 겨눈 채 긴 숨을 내쉬며 호흡을 가다듬었다. 여자 쪽에서 아푸트가 있는 곳으로 한 줄기 바람이 불어왔다. 여자의 몸에서 나는 냄새가 바람에 묻어 있었다. 코를 자극하는 냄새였고, 아푸트가 전에 맡은 적이 있는 냄새였다. 인가에서, 지독한 굶주림에 지쳐 찾아간 곳에서.

여자는 임신한 여자의 질에서 나는 냄새를 풍기고 있었다. 그러나 그것이 아푸트가 여자를 죽일 수 없는 이유가 되지는 않았다. 아푸트는 여자를 죽일 수 있었고, 여자를 먹을 수 있었다. 우나아크를 바닷속에서 건져 냈을 때처럼. 아푸트와 첫째는 우나아크를 남김없이 먹었다.

아푸트의 조상과 여자의 조상이 서로를 경외하던 시절
도 있었다. 여자의 조상들은 자기 부모의 사체를 아푸트
의 조상들이 먹도록 했다. 언젠가 아푸트의 조상들도 자
신들에게 먹히리라 생각했다. 그것이 그들이 말하는 영혼
의 윤회였다. 그러나 오랫동안 굶주리다 먹을 것을 찾아
인가로 향한 아푸트의 종족들은 사람들을 갈기갈기 찢어
죽였고, 사람들은 증오 어린 눈빛으로 아푸트의 종족들을
살육했다. 모든 것이 변했다. 변화는 북극에 사는 존재들
이 선택할 수 있는 것의 범위 밖에서 시작되었다.

아푸트는 길게 포효했다. 여자는 미동조차 하지 않았
다. 아푸트는 여자를 향해 달려갔고, 여자는 총을 쏘았다.
첫 번째 총알은 아푸트의 옆을 스쳤다. 두 번째 총알은 어
깨에 박혔다. 아푸트는 비틀거렸지만 쓰러지진 않았다.
세 번째 총알은 또 옆을 스쳤다. 아푸트는 여자를 향해 몸
을 날렸다.

개들이 아푸트의 앞을 막아섰고, 아푸트의 등 뒤에서
여러 발의 총성이 울렸다. 몇 발은 아푸트의 몸을 뚫고 들
어왔다.

아푸트는 앞으로 엎어진 채 얼음이 녹아 찰랑거리는
빙판 위로 피를 쏟아 냈다. 첫째의 울음소리가 먼 곳에서

아득하게 들려왔다. 아푸트는 고개 들지 못한 채 중얼거렸다. 도망가, 아가. 어서 도망가.

여자가 아푸트를 향해 천천히 다가왔다. 그리고 아푸트의 눈앞에서 멈춰 섰다.

아푸트는 여자를 힘없이 노려보았다. 여자는 아푸트의 머리를 향해 다시 총을 쏘았다.

*

아푸트는 햇살이 그렇게 따사로운 것임을 전에는 알지 못했다. 아푸트는 흐려지는 의식을 붙잡으려 노력했고, 감겨 오는 눈을 감지 않으려 애를 썼다. 뒤쪽에서 웅성거리며 달려오는 사람들의 발걸음 소리가 어렴풋이 들려왔다.

그때, 해빙 바닥이 쩌억 하고 갈라지며 천둥 치는 소리가 났다. 해빙은 모래성처럼 부서졌다. 얼음이 바다로 우르르 밀려났고, 해빙에 갇혀 있던 테러호가 바다 위로 요란하게 올라와 앉았다. 여자는 놀란 표정으로 테러호를 바라보았다.

테러호는 우아하지도 아름답지도 않았다. 선미는 부식되다 만 채 부서져 있었고, 돛대들은 초라하게 꺾여 있었다. 무엇보다 냄새가 지독했다. 썩은 냄새가 안개처럼 주변을 에워쌌다.

여자는 우나아크의 시체를 발견하기라도 한 것처럼 테러호를 향해 달려갔다. 그러나 이내 여자가 발을 딛고 있던 얼음도 무너져 내리기 시작했다.

바다에 빠진 여자는 부빙을 붙잡으려 안간힘을 썼다. 아푸트는 거친 물결이 일렁이는 수면을 아래서 바라보며 어딘가에서 허우적거리고 있을 첫째를 향해 손을 뻗었다. 그리고, '약속의 땅'은 햇살 아래서 반짝이며 수평선 아래로 모습을 감추었다.

접는 나날

시작은 미미했다. 청바지가 첫 번째 대상이었다. 접는 순서는 다음과 같았다. 바닥에 청바지를 가로로 반듯하게 펼친다. 지퍼를 기준으로 뒷주머니가 보이게 반으로 접는다. 지퍼 부근에 덧댄 천 때문에 생긴 돌출부를 확인한다. 이것마저? 거슬린다. 짜증 난다. 삶이 온통 방해물과 장해물로 둘러싸여 있다고 비판한다. 반듯한 길을 걸은 적이 없는 것 같다. 한탄하며 스스로를 다독인다. 그럼에도 지금 할 수 있는 것을 하자고.

돌출부를 안쪽으로 밀어 넣는다. 좀 전보다 반듯한 선이 만들어진다. 기분이 나아지려다 문득, 신체에 붙어 있는 돌출부 역시 저것과 유사한 처지에 놓여 있음을 자각

한다. 씁쓸하다. 존재 자체가 궁상스럽게 느껴진다. 청바지가 아니라 존재 자체를 접을까 한다.

좁은 방을 둘러본다. 빽빽한 반품 창고에 들어선 듯 숨이 막히는 것 같다. 흠 있는 것들의 전시장. 모조리 갖다 버리고 싶은 충동을 느낀다. 고개를 돌리다 벽 거울 왼쪽 아래 모서리에 흠집처럼 반쯤 담긴 옆모습을 발견한다. 저것도 반품이 아닐까? 잠시 후, 이런 우울한 감정에서 벗어나고자 청바지를 접기 시작했음을 떠올린다. 애써 털어 내며 청바지를 마저 접기로 한다.

6등분을 목표로, 주머니가 있는 왼쪽에서 한 번, 밑단이 있는 오른쪽에서 한 번, 또 오른쪽에서 한 번 더 접어 둘을 마주 보게 한다. 왼쪽 접힌 부분의 제일 위쪽에 위치한 면을 주머니처럼 둥그렇게 벌린다. 오른쪽을 다시 접어 올려 그 안으로 집어넣는다. 전면을 손으로 꾹꾹 누른다. 시원찮으면 발로 밟는다. 완성. 세로로 세워 서랍장에 책처럼 꽂는다.

위 순서에 따라 남은 바지들도 똑같이 접는다. 계속 접다 보니 속도가 붙고 요령도 는다. 마지막으로 남은 바지를 접어 서랍장에 넣는다. 차곡차곡 접혀 있는 바지들을 보며 소소한 기쁨을 느낀다.

두 번째 대상은 아버지의 중식당이었다. 이건 접었다

기보다 접혔다. 중식당이 접힌 순서는 이렇다. 사거리 신축 건물에 새로운 중화요릿집이 들어선다. 주방장이 5성급 호텔 출신이라는 광고 전단지가 돈다. 긴장한다. 일주일, 이주일, 삼주일. 예상했던 만큼의 타격이 없다. 안도감을 느낀다. 한 달쯤 후 저쪽에서 품격을 접고 배달 시장에 발을 들이민다. 집으로 배달시켜 먹어 본다. 맛의 품격까지 접은 것은 아님을 깨닫는다. '혹시?', '어라?', '아니?'. 수입이 반 토막 난다. 소주 한 병을 깐다. 길 건너편 상가 건물에 또 다른 중식당이 들어선다. SNS에 저 집이 맛있다는 포스팅이 이어진다. 수입이 4분의 1까지 떨어진다. 소주 두 병을 깐다. 몇 달 동안 손익분기점을 넘기지 못한다. 실망, 절망, 환멸을 겪는다.

오랜 인연을 쌓은 건물주에게 재계약하지 않겠다고 말한다. 부쩍 올랐던 임대료를 5분의 1가량 접어 주겠다는 제안을 듣는다. 일주일 동안 고민한다. 접을까? 말까? 아버지가 묻는다.

"어떻게 하면 좋겠냐?"

신메뉴를 개발해 볼까요? 인테리어를 바꿔 볼까요? 말하려다 접는다. 진심은 그게 아니다. 머뭇거리자 아버지가 말한다.

"조금만 더 버텨 보자."

석 달 후, '웍'을 바닥에 내던진다. 가게를 내놓는다. 권리금을 지불할 인수자를 찾지 못한다. 의욕을 잃는다. 냉장고와 에어컨, 테이블과 의자, TV를 중고 매장에 처분한다. 마침내 새로운 세입자가 나타난다. 프랜차이즈 치킨집을 열려는 사람이다. 주변 1킬로미터 이내 치킨집이 다섯 군데였는데 이제 여섯 군데가 된다. 새로운 세입자에게 고마움과 안타까움을 동시에 느낀다. 보증금을 받아 집으로 돌아간다. 소주를 퍼마신다. 앞으로 또 무엇을 접게 될지, 깊이 우려한다. 장마의 시작과 함께, 처음은 미미하지만 끝은 창대하리라는 불길한 전언을 숙취처럼 맞이한다.

*

근호는 아버지의 중식당을 물려받겠다며 다니던 대학을 접고 지방에 있는 고향으로 돌아왔다. 그때는 늦었지만 현명한 선택이라며 자기 합리화 했다. 공부 머리는 남들이 더 낫다고, 이따위 학점과 스펙으론 대학을 졸업하더라도 취업이 될 리 없다고, 한 가지 기술이 백 가지 처세술보다 유용할 것이라고.

근호는 식당에서 쓰는 수건과 걸레 접는 법부터 배웠

다. 요리를 배우기 시작하면서부터는 하루가 찰나처럼 지나갔다. 다른 무언가를 할 시간이 부족했다. 근호는 지난 9개월간 매달린 모바일 게임을, 가까운 친구와의 연락을, 망상에 가까운 잡생각을 접었다. 중화요리의 대가가 되겠다는 꿈만 펼쳤다. 그런데 의도치 않게 계획을 접어야 했다. 단번에 접는 대상의 차원이 달라졌다. 방을 채운 짐의 부피를 줄이고자 청바지를 접기 시작했는데 순식간에 삶의 부피를 줄이는 일로 접어들었다. 그리고 기나긴 장마가 시작되었다.

근호는 방에 틀어박혀 휴대폰만 만지작거렸다. 붙잡고 있던 유일한 끈 하나가 머리 위에서 툭 하고 끊어진 느낌이었다. 근호는 쏟아지는 빗소리를 들으며 침대 위를 이리 구르고 저리 굴렀다. 침대에 가로로 누워 쭉 뻗은 두 다리를 벽에 기댄 채, 접었던 모바일 게임을 다시 펼쳤다. 가끔 한숨을 쉬며 휴대폰에서 눈을 떼고 고개를 뒤로 젖혔다. 그러다 그동안 무심히 지나쳤던 무언가에 시선을 빼앗겼다. 행거 아래 대충 쌓여 있는 티셔츠와 후드티였다.

근호는 침대에서 내려와 행거 앞에 주저앉았다. 이걸 접어 볼까? 인터넷에 후드티와 티셔츠 접는 법이 분명히 있을 것이었다. 검색해 보니 역시, 접는 일의 대가들이 관련 동영상을 찍어 올렸다. 근호는 동지를 만난 기분이었다. 대단하고 훌륭한 일을 하리라는 포부를 접고 일상적이고 소소한 일들에서 보람과 기쁨을 찾는 이들.

근호는 '2초 만에 티셔츠 접는 법'과 '후드티 5초 만에 개는 법'이라는 제목의 동영상을 참고해 티셔츠와 후드티를 묵묵히 접기 시작했다. 대학 이름이 새겨진 후드티를 접으려 할 때, 근호는 자신이 제일 처음 접은 대상이 청바지가 아니라는 사실을 깨달았다.

진짜 첫 번째는 오랜 다짐이었다. 근호는 아버지의 중식당을 물려받지 않기 위해 대학에 갔다. '언론정보학과'를 택한 것 역시 요식업과 제일 거리가 멀게 느껴졌기 때문이다. 그러나 뜻대로 되지 않았다. 3학년 2학기 등록을 포기하고 고향에 내려온 것은 오랜 다짐을 격하게 접은 결과나 다름없었다.

두 번째는 연애였다. 근호는 같은 과 후배인 은지와 사귀었다. 은지의 애칭은 '응지'였다. 은지는 근호가 무언가를 요구하면 "응, 응." 하고 재빨리 대답했다. 대답만 잘했다. 근호의 요구대로 되는 것은 거의 없었다. 처음에 근호는 은지가 자신의 말을 접어 듣는 것은 아닌가 싶어 화가 났다. 그러나 고의가 아님을 알기에 '응지'라는 애칭만 붙여 주고 말았다. 은지는 언제나 정신없이 바빴다. 낮에는 학과 공부와 취업 시험 준비를 했고, 밤에는 편의점에서 아르바이트를 했다. 근호는 첫 연애에 대한 기대와 은지를 향한 서툰 욕망을 꾸욱 접어야만 했다.

대학을 그만두겠다는 결심을 굳혔을 때, 근호는 은지가 좋아하는 청포도를 사서 편의점으로 갔다. 새벽 2시쯤이라 손님은 드물었지만 은지는 그날 들어온 물건들을 정리하느라 바쁘게 움직이고 있었다. 근호는 은지의 뒷모습을 바라보며 천천히 입을 열었다.

"나, 계속 생각해 봤는데, 대학 그만두려고."

은지는 하던 일을 멈추었지만 돌아보진 않았다.

"······응."

"다음 주에 내려가려고. 자주 올라올 거야. 연락할게."

"응······."

은지의 어깨가 살짝 들썩였다. 돌아보진 않았다. 자신에겐 붙잡을 여유가 없다는 듯, 연애는 처음부터 무리였다는 듯.

근호는 은지를 뒤로한 채 편의점을 나섰다. 그러다 청포도가 아직 자신의 손에 들려 있는 것을 알아차리곤 다시 들어가 계산대에 올려놓고 후다닥 뛰쳐나왔다. 근호의 첫 연애는 제대로 펼쳐 보지도 못한 채 내리막길로 접어들었다.

*

근호는 수납공간이 계단처럼 열려 있는 서랍장을 흐뭇
한 미소를 지으며 내려다보았다. 각 층마다 면바지와 청
바지, 티셔츠와 후드티, 속옷과 양말이 날렵한 모습으로
접혀 있었다. 접혀 있는 것이 마치 본래의 모양이고 본래
의 목적인 것 같았다. 장맛비가 열흘이 넘도록 이어지는
동안, 근호는 방에 틀어박혀 오로지 접는 일에만 매달렸
다. 동영상을 참고해 접는 것이 아니라 좀 더 아름답고 효
율적인 자신만의 방식으로 접고 싶었고, 마침내 그렇게
접어 버렸다.

근호는 씩 웃었다. 자신도 웃는 이유를 정확히 몰랐다.
보람찬 일을 했다는 뿌듯함 때문인 것 같기도 했고, 무언
가를 접는 일이 꽤 명징한 쾌감을 준다는 사실을 발견했
기 때문인 것 같기도 했으며, 자신의 쓸모를 처음 마주해
서인 것 같기도 했다.

근호는 방 안을 천천히 굽어보았다. 어서 접히기만을
고대하고 있다는 듯, 침대, 책상, 책장, 의자, 스탠드, 노트
북, 선풍기, 쓰레기통, 액자 등이 제각각 몸을 활짝 펼치
고 있었다. 그러나 대체로 접을 수 없거나 접기 애매한 물
건들이었다. 아쉬움을 삼키려던 찰나, 현관문 밖에서 상

구가 애달프게 끙끙거리는 소리가 들려왔다.

상구는 열두 살 먹은 수컷 포메라니안이었고, 척수염을 앓고 있었다. 상구는 근호보다 먼저 접는 나날을 겪어 왔다. 산책을 접었고, 뛰어다니는 것을 접었고, 교미를 접었고, 야성을 접었다. 근호는 상구가 찾아오면 늘 달려가 문을 열어 주었고, 안쓰러운 표정으로 상구를 쓰다듬었다. 그러나 오늘은 달랐다. 근호는 그 자리에 우뚝 선 채 반투명 유리를 단 현관문 너머에서 어른거리는 상구의 형체를 뚫어지게 바라보기만 했다. 상구는 비를 맞으며 주춤주춤, 비틀비틀, 아등바등하고 있었다. 짖어도 반응이 없자 상구는 앞발로 현관문을 건드렸다.

"툭투. 투투툭. 투툭툭툭툭."

근호는 자신의 심장 역시 그에 맞춰 툭툭 튀어 오르고 있다는 사실을 부정할 수 없었다.

*

네모나게 찢어 낸 것을 가위로 다시 반을 자른다. 그중 하나를 마름모꼴로 반듯하게 펼친다. 위에서 아래로 반을 접는다. 양쪽 모서리를 4분의 1가량 삼각형 모양으로 내려 접는다. 앞장 아랫면을 삼각형 모양으로 아주 조금 올

려 접는다. 1차 과정 완성. 제일 처음 반을 자르고 남은
것을 사각형 모양으로 펼친다. 위에서 아래로 반을 접는
다. 오목할 요(凹) 자를 뒤집어 놓은 모양이 되도록 아랫
부분을 가위로 오려 낸다. 오려 낸 부분을 세로 방향으로
세 동강 낸다. 그중 두 개는 버린다. 2차 과정 완성. 1차
과정 완성물과 2차 과정 완성물을 뒤집어진 요 자의 각
모서리에 매단다.

근호는 축 늘어진 귀에, 꼬리를 쫑긋 세운 강아지를 바
라보았다. 눈이 없으니 그로테스크한 느낌이 한층 강했
다. 근호는 검은색 사인펜으로 눈을 그리고 입 주변을 색
칠했다. 땡그랗게 놀란 눈과 까만색 혀. 근호는 완성된 강
아지를 바닥에 세워 놓은 후 가만히 바라보았다. 조금 전
까지 살아 움직이던 물체가 종이 인형으로 반듯하게 접혀
버린 듯했다.

방바닥에 턱을 내려놓고 있던 상구가 천천히 다가와
강아지를 이리저리 훑어보며 냄새를 맡았다.

"사이좋게 지내."

상구는 인상을 쓰며 고개를 돌렸다.

"별로야?"

사인펜 냄새가 역했던 듯, 상구는 뒤로 슬금슬금 물러
나더니 침대 위로 오르려 애썼다. 그러나 척수염 때문에

뒷발에 힘을 주지 못하고 거듭 주저앉기만 했다.

근호는 상구를 측은하게 바라보았다.

"얘도 뒷다리를 아프게 만들어 줄까?"

상구는 항의하듯 짖더니 똑같은 표정으로 근호를 쳐다보았다.

"상구야. 상구야. 아이고, 상구야."

근호는 상구에게 다가갔다. 상구는 불안한 표정으로 앙칼지게 짖었다. 이빨도 드러냈다. 근호는 멈춰 섰고, 상구는 몸을 낮춘 채 으르렁거렸다. 기이한 욕망의 기운과 불안한 눈빛의 교차가 장마전선처럼 길게 펼쳐졌다.

대치는 한동안 계속되었다. 둘 다 상대방의 생각이 무엇인지 헤아릴 수 없다는 태도였다. 잠시 후, 근호는 슬며시 상구 쪽으로 발을 내밀었다. 상구는 한발 뒤로 물러났다. 근호는 재빨리 달려가 도망가는 상구를 번쩍 들어 올렸다.

"상구야, 아이고, 상구야."

근호는 깨갱거리는 상구의 머리를 핥듯이 쓰다듬었다.

"하필 사람 이름을 붙여 놓아 가지고……."

근호는 상구를 침대 위에 내려놓았다. 근호의 거대한 그림자가 상구를 온전히 덮쳤다. 상구는 납작 엎드린 채 침을 꿀꺽 삼켰다. 살짝 오줌도 지렸다. 창밖 빗소리가 더욱 거세졌다.

근호는 몸을 잔뜩 접고 있는 상구를 바라보며 '연애'처럼 접지 않아도 되었던 것들과 '대학'처럼 접지 말아야 했던 것들, '아버지 가게'처럼 접을 수밖에 없는 것들을 접어 버린 날들을 떠올렸다. 접은 것과 접힌 것의 경계가 뚜렷하지 않았다. 접었지만 접힌 것 같기도 했고, 접힌 것 같지만 접은 것 같기도 했다. 그러나 한 가지는 분명했다. 무언가 잘못 돌아가고 있다는 것. 무엇을 잘못한 것일까? 어디서부터 잘못된 것일까? 흔한 진단처럼 자기 계발을 게을리한 탓일까?

근호는 조금 전, 종이 강아지를 만들기 위해 빈 페이지를 찢었던 자기 계발서를 다시 펼쳤다. 지난 자기 계발의 날들이 머릿속을 스쳐 갔다. 과장해서 말하면 사람 때리고, 죽이는 일 외에는 다 해 본 것 같았다. 그것을 안 해서 지금 이 상황에 놓이지는 않았겠지만, 자기 계발 전략은 교묘하게 사람 힘을 빼 놓았다. 문제의 원인을 자기 자신에게서만 찾게 만들었으니까.

근호는 뭔가 빠뜨리고 하지 않은 게 있나 하는 마음에 책의 목차를 쭉 훑었다. 하나 있었다. 무한 긍정 마인드로 자신을 계속해서 무장하는 것. 뼈아픈 실수인 듯했다. 접는 날들의 시작도 무한 긍정 마인드를 접을 때부터 시작되었다.

"하……."

근호는 '오늘만 사는 심정으로'라는 제목을 단 다섯 번째 챕터를 펼쳤다.

"심정? 실제 상황입니다, 작가님."

근호는 그 챕터의 첫 페이지와 다음 두 페이지를 망설임 없이 쭉 찢었다. 상구는 귀를 쫑긋 세운 채 근호의 다음 행동을 초조한 표정으로 기다렸다.

*

비는 이틀간 휴식을 취한 후 다시 채비를 갖추고 구름 아래로 곤두박질쳤다. 길고 쉼 없는 추락이었다. 육지가 반쯤 접힌 것 같았다. 농지와 다리가 잠기고, 집과 자동차가 떠내려가고, 사람과 동물이 지붕 위로 내몰렸다. 이만하면 비가 그칠 만도 한데 그치지 않았다. 그쳤나 싶으면 또 쏟아졌다. 무엇이든 마를 겨를 없이 젖어 들며 홍수와 관련된 각종 기록이 경신되었다.

근호의 아버지와 어머니는 집에 머물며 비가 그치기만을 기다렸다. 사실 비가 그쳐도 밖으로 나갈 이유가 딱히 없었다. 두 사람은 새로운 날들에 대한 바람과 기대를 습기 가득한 장롱에 접어 둔 채 TV에 매달렸다. TV 화면 속 누군가는 이렇게 호통쳤다.

"기후변화가 아니에요. 기후 위기라고요!"

쉴 새 없이 젖어 드는 날들 속에서, 근호는 다른 일을 접어 둔 채 종이만 접었다. 개복치, 금붕어 같은 어류와 참새, 공작 같은 조류, 애벌레와 장수풍뎅이 같은 곤충들을 종이로 접었다. 자기 계발서는 겉표지만 남았다.

여러 종족 중 가장 애착이 가는 것은 공룡이었다. 대멸종으로 지구상에서 접혀 버린 종. 근호는 티라노사우루스, 트리케라톱스, 벨로키랍토르, 플레시오사우루스 등을 접었다. 이제 남은 건 아파토사우루스 하나였다. 몸집이 크고 꼬리가 긴 아파토사우루스는 영화에 자주 등장하는 초식 공룡이었다.

근호는 종이를 접으며 상구에게 말했다.

"얘는 풀 뜯어 먹고 살아. 잡아먹힐 걱정은 안 해도 돼."

아파토사우루스는 이름만 복잡했지 접는 방법은 간단했다. 머리와 꼬리, 몸통을 따로 접어서 앞뒤로 조립하면 끝이었다. 근호는 바닥에 놓여 있는 기타 공룡들 옆에 완성된 아파토사우루스를 세워 두었다. 상구가 침대에서 미끄러지듯 내려오더니 아파토사우루스 옆에 자리를 잡았다.

바닥에 둥글게 모여 앉은 세 종족은 멸종 위기에 놓인

괴생물체들처럼 머리를 맞댄 채 다가오고 있는 암울한 미래를 근심했다. 그 암울한 미래에는 폭우로 인한 상황도 끼어 있었다. 비가 지금처럼 계속 온다면, 종이 공룡도, 상구도, 자신도 물속에서 흩어지고 녹아내릴 것이었다. 끝없이 쏟아지는 비는 무언가를 접고 포기해야 하는 현실에 속상해할 겨를도 주지 않고 생존 자체를 접어 버릴 기세였다. 이러한 위기들을 어떻게 해결할 것인가? 뾰족한 수가 떠오르지 않았다.

현자의 도움이 절실한 순간, 근호의 어머니가 방 안으로 들어왔다. 어머니는 세 종족의 회담을 보곤 잠깐 주뼛거렸지만 상구를 품에 안은 후에는 핵심을 빠르고 정확하게 전달했다.

"몇 달간 셋 다 손만 빨고 있으니, 이 방은 세를 놓는 게 어떻겠니? 작은방 치워 줄게."

24년 전, 근호의 할아버지가 지은 이 집은 1층에 두 집, 2층에 한 집이 있는 조그마한 주택이었다. 근호가 현재 살고 있는 곳은 돌아가신 할아버지가 과거에 기거했던 곳으로 방 하나, 부엌 하나가 딸린 1층의 작은 집이었다. 2층은 전세를 주고, 방 두 개가 딸린 1층의 나머지 한 집에는 부모님이 살고 있었는데, 근호는 대학에 가기 전까지 그곳의 작은방을 썼다. 현재 그 작은방에는 버리기는 아깝고 계속 쓰기에는 무엇한, 집안의 내력이 깃든 물건들이 차곡차곡 접혀 있었다.

근호는 불어나는 근심처럼 차례차례 접혀 있는 어머니 이마와 목의 주름살을 차마 오래 쳐다볼 수 없었다. 어머니 역시 바닥에 접혀 있는 종이 공룡들 쪽으로 시선을 내리깔았다. 끊임없이 서로의 눈치를 봐야 하는 사람들을 가족이라 부를 수 있는 것인지, 근호는 순간 아득해졌고 서둘러 무언가를 접어 버리고 싶다는 충동을 느꼈다. 종이가 아닌 뭔가 다른 것, 뭔가 대단한 것을 접고 싶은 욕망이 분노처럼 솟아올랐다.

근호는 방 안을 빠르게 휙휙 둘러보았다. 여전히 마땅한 것이 보이지 않았다. 딱딱하고 거대한 것들뿐이었다. 접는 일도 마음대로 못 하다니. 실망감과 함께 근호는 급작스럽게 몸이 근질거리기 시작했다.

근호는 참을 수 없다는 표정으로 허벅지와 종아리 사이를 긁었다. 이어서 팔뚝과 손등 사이를 긁었고, 다음으로 목과 등 사이를 긁었다. 관절들이 미친 듯이 가려웠다.

"근호야, 왜 그래?"

근호 어머니는 겁먹은 표정으로 물었고, 상구는 발작하듯 어머니의 품을 파고들었다.

5분 동안 미친 사람처럼 몸을 긁던 근호는 동작을 불쑥 멈추고 어머니와 어머니의 품에 안긴 상구를 바라보았다. 어머니는 침묵했고, 상구는 눈을 내리깔았다.

방 안 온도가 2도쯤 내려간 듯, 식은 공기가 근호와 근호 어머니의 어깨 위에 내려앉았다.

"당분간 아는 형 집에서 지낼게."

근호 어머니는 떨리는 목소리로 물었다. 괜찮냐고. 근호는 괜찮다고 말했고, 아무렇지도 않은 듯 벌떡 일어섰다. 관절들이 빨갛게 부어올라 있었다.

근호 어머니는 상구를 품에 안은 채 일어섰다. 다리에 힘이 풀려 있었다. 그러나 근호가 아무렇지 않은 표정으로 책상에 앉자 점차 안정을 되찾았다.

근호 어머니는 방문을 향해 돌아섰다. 하고 싶은 말이 있지만 꾹 참는 표정이었다. 그러나 오래 참지는 못했다. 어머니는 현관문을 닫기 전, 혼잣말을 하듯 낮게 중얼거렸다.

"재수를 해서라도 사범대를 가라니까 뭐 대단한 일을 할 거라고……."

"그 소리, 그만 접을 때도 되지 않았어?"

어머니는 대꾸하지 않았고, 상구는 근호를 향해 앙칼지게 짖었다.

현관문이 닫히며 바깥의 축축한 공기가 방 안으로 거

세게 접혀 들어왔다. 근호는 자신의 몸을 접을 수 있을 만큼 접고 또 접은 후 제물처럼 공룡들의 발아래에 갖다 바칠까 하다가 행거 옆에 버티고 선 서랍장을 이글거리는 눈빛으로 응시했다.

*

　냉장고는 주기적으로 요란하게 웅웅거렸다. 안에 갇혀 있는 누군가가 제발 꺼내 달라고 아우성이라도 치는 듯했다. 늦은 새벽, 근호는 침대에 혼자 누워 냉장고가 놓여 있는 어둠 속 공간을 오랫동안 바라보았다. 부모님의 집을 나온 지 한 달쯤 지났을 무렵이었다.

　'아는 형' 태원은 풀옵션에 보증금 300, 월 30만 원인 변두리 동네 원룸에 살았다. 원룸은 태원의 직장에서 버스로 40분쯤 걸리는 곳에 있었는데, 언덕을 오르내리는 데에만 15분을 써야 했다. 5층 같은 4층이어서 엘리베이터가 없었고, 계단도 경사가 급했다. 방 안 벽지에는 담배 냄새가 깊게 배어 있었고, 방 모서리 부근에는 곰팡이가 주기적으로 피었으며, 갈색 장판은 군데군데 설탕이라도 녹여 놓은 듯 끈적였다. 태원은 깔끔한 편이었지만, 저런 문제들은 깔끔한 성격만으로는 해결될 수는 없는 것들이었고, 괜찮은 삶과 연관된 것 중 접을 수 있는 것들은 과격하게 접어 버려야만 견딜 수 있는 것들이었다.

태원은 근호보다 먼저 접는 나날을 보내 왔다. 그러나 근호와 달리 무한 긍정 마인드를 버리지 않았다는 점에서 차이가 있었다.

근호는 군 전역 후 고향에 있는 대형 마트에서 아르바이트를 했는데, 거기서 태원을 만났다. 태원은 대학을 휴학한 상태로 스포츠용품 코너에서 일하고 있었고, 근호는 그 옆에 붙은 문구, 사무용품 코너에 배치를 받았다. 두 사람은 수시로 반품 창고에 몸을 접어 놓은 채 실없는 농담을 주고받았고, 퇴근 후에는 여자 아르바이트생들과 어울려 술을 마셨다.

10개월 후, 근호는 복학을 위해 고향을 떠났다. 태원은 5개월 더 일하다가 그동안 모은 돈으로 고향에 자리 잡고 있는 4년제 대학을 마저 마쳤고, 곧바로 중국 광저우에 생산 공장을 둔 지역 중소기업에 취직했다. 근호는 고향에 내려올 때면 항상 태원을 찾아가 술을 얻어먹었다. 열심히 살지 않는다고 매번 자신을 힐난하듯 다그치는 태원이 거슬렸지만, 가까웠던 고등학교 친구들이 다들 대도시로 떠난 상황이라 선택의 여지가 없었다.

근호가 한 달만 같이 지내게 해 달라고 부탁했을 때,

태원은 흔쾌히 승낙했다. 대가는 시답잖은 소리에 귀를 빌려 주는 것이었다.

"기대가 크면 아무리 노력해도 이루기 힘들어. 접을 수 있는 기대는 접어. 접고 또 접어. 물론, 잠깐은 우울하겠지. 그런데 한번 이렇게 생각해 봐. 포기한 게 아니다. 좌절한 것도 아니다. 나는 소박한 걸 좋아한다!"

"포기했는데?"

"소박해진 거야."

"좌절했다니까?"

"소박한 걸 택한 거야. 소박한 거 싫어해? 아니잖아? 사실, 소박한 것만큼 투명하게 선한 것도 없어. 쓰레기처럼 돈을 모았어도 소박하게 사는 부자는 욕을 덜 먹는다니까. 우리 회사 사장이 딱 그런 사람인데, 출고된 지 12년이 넘은 차를 아직도 타고 다녀. 다른 건 몰라도 그런 점은 정말 존경할 만하지 않아?"

소박한 것을 좋아하는 것과 소박하게 살 수밖에 없는 것의 차이를 태원은 인정하려 하지 않았다. 오히려 끊임없이 웅웅거리는 냉장고처럼 지친 기색 없이 비슷한 잔소리를 반복했다. 근호가 원치 않음에도 지역 중소기업들의 채용 공고도 계속 물어 왔다. 태원은 나름의 미덕을 갖춘 사람이었지만 근호는 귀가 녹아내리는 듯한 스트레스를 받았고, 무언가를 계속 접음으로써 그것을 해소했다.

태원의 바지와 셔츠, 속옷과 양말, 화장실 수건과 겨울 이불, 각종 고지서와 광고 전단지, 속이 빈 과자 봉지와 라면 봉지, 중소기업 채용 공고와 알바 모집 공고를, 근호는 접고 또 접었다. 장수풍뎅이로, 도도새로, 스테고사우루스로, 판다로, 시베리아호랑이로 접었다.

태원은 책상 위에, 책장 위에, 냉장고 위에, 전자레인지 위에 쌓여 가는, 이미 멸종했거나 멸종 위기종인 다양한 생명체들을 너그러이 이해했다. 그러나 밖으로 나가 뭐라도 해 보라는 충고는 멈추지 않았다. 소박함에 대한 자신의 철학을 설파하는 것도. 그럴 때, 근호는 근질거리는 자신의 몸 이곳저곳을 빨갛게 부어오를 때까지 긁기만 했다.

3주가 지났을 무렵, 근호는 부모님의 집에 접혀 있는 상황과 태원의 말을 끊임없이 접어 들어야 하는 현재의 상황 중 어떤 것이 더 나은지 심각하게 고민했다. 선택할 수 없는, 선택하기 싫은 선택지들이었다. 결국, 근호는 답이 보이지 않는 고민을 접어 두었다. 대신 밤새 웅웅거리는 냉장고와 접을 건 접어 두고 원하는 것 한 가지를 펼칠 기대를 품은 채 코를 골며 자고 있던 태원을 바라보며, 누구나 쉬이 접을 수 없는, 누구도 쉬이 접으려 들지 않는 대상을 깔끔하게 접고 싶은 기이한 욕망에 몸과 마음을 온전히 내맡겼다.

접을 대상을 정한다. 나누고, 자르고, 부수고, 접는다. 또 다른 대상을 정한다. 꺾고, 깎고, 문지르고, 접는다. 풀고, 뚫고, 조르고, 접는다. 근호는 하루 종일 접는 생각만 했다. 그러다 마침내 근호는 주변의 모든 것에서 무한한 접힘의 가능성을 발견했다.

*

집을 나온 지 한 달 하고 5일이 지났을 때, 전화로 안부를 묻는 어머니에게 근호는 이렇게 대답했다. 태원이 지난 중국 광저우 출장 때 우연히 그곳 출신 여자와 가까워졌다고, 그래서 고심 끝에 6개월 동안의 광저우 장기 출장에 자원했다고, 그제가 태원이 떠난 날이었다고, 전기세랑 가스비만 부담하면 자신이 돌아올 때까지 집을 사용해도 좋다는 허락을 받았다고, 인터넷 사용료와 수도 요금은 통 크게 접어 주었다고. 근호가 말을 마치자 전화기 너머에서 침묵에 쌓인 한숨이 허공을 가르는 소리가 들려왔다.

"앞으로 어떻게 할 생각이니? 다시 학교로 돌아갈 거야?"

"일하고 있어."

"무슨 일?"

"접어."

"뭘 접어?"

"닥치는 대로."

이번엔 침묵이 벗겨진 한숨 소리가 들려왔다.

"작은방 치워 났어."

"여기가 더 편해."

"그 사람 돌아오면 집에 한번 데리고 와."

근호는 대답하지 않았다. 전화를 끊기 전, 어머니는 마지막으로 한 번 더 물었다. 접는 게 돈이 되느냐고. 근호는 "어쩌면?"이라 답하며 전화를 끊은 후 창밖을 바라보았다. 여전히 비가 내리고 있었다. 수많은 사람들이 품고 있던 기대를 접고 또 접는 날들이 그칠 일 없이, 격차 없이 이어지는 중이었다. 근호는 마침내 때가 왔다고 생각했다.

근호는 집을 깨끗하게 치운 후 행거부터 접기 시작했다. 큰 수고가 필요한 일은 아니었다. 길게 늘여져 있던 봉을 다시 줄인 후 힘을 줘 꺾고, 접기만 하면 되었다. 행거는 3분의 1 크기로 접혔다.

근호는 행거에 걸려 있던 태원의 겨울 코트와 겨울 양복들은 티셔츠와 후드티 접는 방법을 응용해 A4 용지 크기로 접은 후 침대 프레임 아래 비어 있는 공간에 두려 했다. 그러다 뜻밖의 것을 발견했다. 침대 프레임 아래에는 자신의 작업물만큼 깔끔하게 접힌 티셔츠 두 개와 와이셔츠 세 개, 아무런 표식이 없는 컴퓨터용 CD가 놓여 있었다.

근호는 티셔츠와 와이셔츠를 꺼내 접힌 방식을 확인했다. 흠잡을 데 없이 완벽하게 접혀 있었다. 놀랍고 아름다웠다. 접는 것을 온몸으로 체화한 사람만이 보여 줄 수 있는 접기 방식이라 할 만했다. 근호는 감탄을 거듭하며 그 방식대로 접는 법을 연습했다. 근호는 CD 속 내용이 더욱 궁금해졌다. 접기의 달인이 남긴 비급이 담겨 있을 것만 같았다.

동영상 속 인물들은 자신의 신체를 놀라운 방식으로 접을 수 있었고, 기괴하다 싶게 접힌 자세로 천연덕스럽게 성행위를 이어 나갔다. 근호는 입을 벌린 채 접는 대상의 차원을 바꿀 수 있는 가능성을 재확인했다.

근호는 머뭇거리지 않았다. 빠른 속도로 1인용 침대를 3분의 1 크기로 접었다. 싱크대는 4분의 1 크기로 접었다. 책상은 5분의 1 크기로 접었고, 책장은 6분의 1 크기로 접었다. 이어서 서랍장을 7분의 1 크기로 접었다. 근호는 눈에 보이는 대로, 손에 잡히는 대로 접고 또 접었다.

원룸은 빈 공간이 늘어났다. 과거, 자신과 태원이 일했던 대형 마트의 물건을 쌓을 수 있을 만큼 쌓고, 접을 수 있을 만큼 접어서 가득 처박아 놓은 반품 창고 같던 원룸은 마음껏 굴러다녀도 될 만큼 횅해졌다. 이제 방 안에 접혀 있지 않은 물건은 TV와 에어컨, 전자레인지, 냉장고 같은 가전제품뿐이었다. 근호는 3분의 1 크기로 접혀 있는 침대에 몸을 바짝 접은 채로 누워, 아직 접히지 않은 가전제품들을 고요한 눈빛으로 바라보았다.

*

비는 마침내 그쳤다. 그리고 이내 뜨거운 열기가 빈틈없이 모든 곳을 파고들었다. 햇살은 화끈할 정도로 강렬했고, 젖어 있던 모든 것들을 바짝 말리고, 태웠다. 바깥을 나가는 일이 비 올 때만큼 부담스러웠다. 무난한 날씨는 과거의 날들로 접혀 버렸다.

근호는 바깥 생활을 접은 채 태원의 원룸에 뿌리를 깊게 박았다. 오로지 접고자 하는 욕망만이 양분이었다. 태원의 말처럼 근호는 한없이 소박해졌다. 접는 것 외에는 아무것도 원치 않았다. 그러나 근호는 그것을 소박한 욕망이라 여기지 않았다. 어느 누구도 접기 어려운, 감히 접을 생각조차 하지 않는 궁극의 대상을 접으려 하고 있었기 때문이다.

근호는 접으려 마음먹은 것을 대체로 다 접었다. 예상보다 시간이 더 걸렸고 시행착오도 겪었다. 접었던 것을 펼친 후 처음부터 다시 접은 적도 있었다. 그러나 끝내는 바랐던 대로 접었다.

근호는 방 한가운데 우뚝 서서 제각각 접혀 있는 물건들을 내려다보았다. 보기 좋았다. 이제 방 안에 접혀 있지 않은 대상은 단 두 개밖에 없었다. 근호는 어떻게 하면 그것들을 창의적이면서도 근사하게 접을 수 있을지 고심했다. 남은 두 개는 다른 어떤 것들보다 더 완벽하고 아름답게 접고 싶었다.

유일한 문제는 날씨였다. 평균기온이 정상 체온에 가까워지고 있었다. 열대야와 그 지속 기간은 더 이상 뉴스거리가 아니었다. 얼마나 높은 온도의 열대야이냐가 화제였다. 격리 아닌 격리가 이어지며 접어야 하는 것들의 목록이 기하급수적으로 늘어 갔다. 대부분은 근호가 이미 접어 놓은 것들이었다. 다른 사람들에겐 접기 어려운 일들이었는데, 어떻게든 접혀 버렸다. 기후가 만든 불우한 혁명이었다.

접는 나날 속에서, 근호는 컵에 따른 수돗물을 마시며 10분의 1 크기로 접혀 있는 TV를 켰다. 전 세계가 역대 최악의 폭염을 앓고 있음을 알리는 뉴스가 이어졌다. 근호는 12분의 1 크기로 접혀 있는 에어컨을 켰다. 미지근한 물을 통과해 온 듯한 습기 묻은 바람이 쉭쉭 소리를 내며 흘러나왔다. 근호는 8분의 1 크기로 접혀 있는 거울을 바라보며 자문했다. 어떻게 접을까? 어떻게 해야 감쪽같이 접을 수 있을까?

아이디어를 발전시킬 새로운 자극이 필요했다. 근호는 손에 쥐고 있던 휴대폰을 내려다보다 어딘가로 전화를 걸었다. 두 사람의 대화는 모스 부호를 주고받듯 간결했다.

"잘 지내?"

"⋯⋯응."

"덥지?"

"응⋯⋯."

"보고 싶어."

"⋯⋯."

"⋯⋯또 전화할게."

"사는 게 왜 이렇게 힘들어야 하는 건지 잘 모르겠어."

"아⋯⋯."

전화를 끊은 후, 근호는 이마를 탁 하고 쳤다. 남아 있던 두 개의 대상 외에도 접을 수 있는 무언가가 아직 존재하고 있다는 사실을 떠올렸기 때문이다.

근호는 전기 사용을 접었고, 가스 사용을 접었으며, 수도 사용을 접었다. 인터넷 사용을 접었고, 휴대폰 사용을 접었다. 그리고 마지막으로 먹는 일을 접었다.

*

열대야가 21일째 이어지던 토요일의 늦은 밤, 근호는 잠을 자다가 커다란 심장박동 같은 소리에 놀라 가늘게 눈을 떴다. 냉장고가 어둠 속에서 제자리 뛰기를 하고 있었다. 쿵쿵. 쿵쿵쿵. 쿵쿵.

근호는 머뭇거리고 있던 일을 이제 해야겠다고 결심했고, 홀가분한 표정으로 침대에서 내려와 생각했던 순서에 따라 냉장고를 차례차례 접기 시작했다. 속에 든 것들은 우그러지고 오그라들며 접혀 버렸다.

창밖으로 보이는 둔덕 너머로 갓 삶은 달걀 같은 해가 아지랑이를 뿜어내며 고개를 내밀었다. 근호는 자신의 발 아래에 24분의 1 크기로 접혀 있는 냉장고를 차분한 표정으로 내려다보았다. 이제 남은 것은 단 하나밖에 없었다.

근호는 크게 숨을 들이마신 후 다시 푹 꺼지듯 숨을 내뱉었다. 그리고 입고 있던 티셔츠와 반바지, 속옷을 벗은 후 바닥에 누워 자신의 몸을 가지런히 펼쳤다. 근호는 쉴 새 없이 근질거리던 관절부터 접기 시작했다. 살이 많이 빠진 탓에 예상보다 힘이 덜 들었다. 이를 위해 먹는 일을 접어 왔던 것 같기도 했다.

무용함으로 자신의 존재를 증명하던 돌출부를 마지막으로, 근호는 접는 일을 모두 끝마쳤다. 위에서 내려다보면 반짝이 단추가 달린 살색 와이셔츠 같기도 했고, 사람의 얼굴이 중앙에 박힌 티셔츠 같기도 했다.

그러나 근호는 뭔가 덜 접힌 것은 같은 찜찜함을 느꼈다. 더 접을 수 있을 것 같았다. 침대 아래 있던 티셔츠와 와이셔츠보다 더 작고 아름답게. 근호는 자신을 반으로 접고, 다시 반으로 접고, 또 반으로 접고, 도저히 접을 수 없을 때까지 계속 접었다.

폭염이 극에 달한 8월 중순, 광저우로 출장 갔던 태원이 원룸으로 돌아왔다. 태원이 자신의 원룸에서 처음 마주한 것은 방 한가운데 곱게 접혀 있는 조그마한 티셔츠였다.

천국의 초저녁

3년 전, 은주가 태국 파타야로 신혼여행을 가자고 했을 때, 경민은 세 가지 이유로 놀랐다.

첫째, 파타야가 과거 친구들과 세 번이나 다녀온 꽤 익숙한 곳이라는 것이었다. 경민은 해변에서 '커리국수'를 파는 노점상들의 등급을 매겨 놓았을 정도로 파타야에 대해 빠삭했다. 무료하진 않겠지만 설렘은 전혀 없는 곳이었다.

두 번째 이유는 은주가 작년 휴가 때 부모님, 큰언니와 작은언니 내외, 그리고 조카들과 함께 파타야를 갔다 왔다는 것이었다. 그 사실을 알고 있던 경민은 은주가 신혼여행에 대한 기대감이 없는 것은 아닐까, 자신과의 결혼 생활도 그렇게 생각하는 것은 아닐까 하는 고민까지 해야 했다.

경민은 은주에게 너는 어떨지 모르겠지만 나는 이번 신혼여행을 처음이자 마지막으로 여기고 있다, 내게는 단 한 번뿐인 신혼여행이기 때문에 더 먼 곳으로 아직 가 보지 않은 곳으로 떠나고 싶다고 농담처럼 진심을 말했다.

"다른 곳은 무서워."

은주는 덧붙였다. 지금껏 해외여행은 모두 떼거지를 이루어 태국으로 갔다. 파타야, 푸켓, 방콕. 그것도 자유 여행이 아니라 패키지 여행이었다. 패키지 여행도 처음에는 무척 힘들었다. 낯선 곳은 어지간해선 가고 싶지 않다. 낯선 환경에 노출되는 것이 두렵고 무섭다. 신혼여행이니 더욱더 안전한 곳으로 가고 싶다. 푸켓, 방콕, 파타야 중에서도 파타야가 그나마 제일 익숙하고 편안하다.

이것이 경민이 놀란 세 번째 이유였다. 한편으론 안심하기도 했는데 은주가 신혼여행에 대한 기대감이 없어 파타야를 고집한 것은 아니라는 사실 때문이었다.

*

경민은 비행기 티켓을 예약하기 전까지 은주를 설득했

다. 자신의 신체를 과시하고, 치안 상태가 좋은 나라들의
리스트를 뽑아 주고, 신비하면서도 치명적으로 아름다운
여행지들의 풍광 사진을 보여 주었다. 은주는 고개를 절
레절레 저었다.

경민은 경고했다.

"후회할 거야. 죽을 때까지."

"공포에 떠는 것보다는 나을 것 같아."

경민은 협박했다.

"호텔에서 매일 술만 먹을 거야. 밖엔 절대 안 나가고."

"내가 옆에서 같이 마셔 줄게."

경민은 읍소했다.

"파타야 해변에 사는 바닷가재한테 이름도 붙여 줬어.
랍동이라고. 랍동이가 놀릴 거야. 신혼여행까지 파타야로
왔냐고."

"개를 잡아먹자."

경민은 짜증 냈다.

"도대체 뭐가 무섭다는 거야?"

"그냥 무서워. 해외여행지에서 일어난 테러나 끔찍한
사건들을 접하면 나도 모르게 몸이 떨려 와. 그보다 비참
한 일들은 없을 거야. 정말 행복해야 할 때 그런 일을 당
한 거잖아? 조심해서 나쁠 게 없어. 그리고 무엇보다, 낯

선 곳을 가면 무지하게 많은 방이 일렬로 놓여 있는 조용하고 좁은 복도에 홀로 서 있는 기분이란 말이야. 그러다 방문이 불쑥 열리면서 전혀 예상치 못한 존재가……. 아, 안 되겠어. 파타야로 가자, 오빠. 응?"

평소 주식 투자보다는 저축을, 충동구매보다는 계획된 쇼핑을 선호하고, 빨간불일 때는 횡단보도에서 두어 발자국 물러나서 기다리고, 놀이 기구는 절대 타지 않고, 밤에는 혼자 타는 택시보단 버스를 이용하고, 공중화장실은 불법 카메라에 대한 불안 때문에 절대 사용하지 않는 은주의 조심스러운 태도를 모르는 바는 아니었지만 경민은 아쉬운 마음을 감출 수 없었다. 그래서 재차 다른 곳을 가자고 졸랐다. 그러나 은주는 마음을 바꾸지 않았다.

경민은 속으로 울었고, 은주는 실제로 울먹였다. 결국, 둘은 절충을 했다. 7박 8일 중 절반은 파타야에서, 나머지 절반은 방콕에서 보내기로. 경민은 밑지는 합의를 한 것 같았다. 그래서 하나 더, 기어코 얻어 냈다. 패키지가 아닌 자유 여행을 가는 것.

*

두 사람은 호텔이 기대에 못 미쳤다는 점을 빼면 파타

야에서 꽤 만족스러운 시간을 보냈다. 은주는 미안한 마음에 경민에게 최대한 맞춰 주려 노력했고, 경민은 흡족한 표정으로 바닷가재 요리를 맘껏 먹었다. 문제는 파타야를 떠나면서 일어났다.

파타야에서 방콕으로 이동하는 택시 안에서 은주는 신경이 곤두선 상태로 어둠 속에 잠긴 바깥 풍경과 과묵한 택시 기사를 바라보며 불안한 눈빛을 감추지 못했다. 찔끔 눈물도 흘렸다. 택시를 탄 사람이 아니라 롤러코스터에 올라탄 사람 같았다.

"그냥 한국 가자. 응?"

"그냥 나를 죽여라."

택시 기사는 신혼부부인 것이 명백해 보이는 두 사람이 티격태격 다투고 있는 것처럼 여겨졌던지 룸미러를 힐끗거리며 이유를 짐작하기 어려운 미소를 지었다. 신혼여행 도중 한국으로 돌아가는 참사는 가까스로 막았지만 그날 택시 안에서 경민은 은주를 안쓰럽게 바라보며 생각했다. 태국이 우리 부부의 유일한 해외여행지가 되겠구나, 라고. 그것도 패키지로만 떠나는.

＊

　다음 해 첫 여름휴가는 푸켓으로 갔다. 그해 겨울에는 방콕을 갔다. 은주는 모험을 싫어했지 여행을 싫어하는 사람은 아니었다. 익숙하고 안전한 것에서 행복감과 즐거움을 찾는 타입이었던 것이다. 그다음 해 여름휴가는 제주도로 갔고, 겨울 휴가는 다시 방콕으로 갔다. 파타야와 푸켓은 경민이 반대했다. 지긋지긋하다고. 두 번 다시 가고 싶지 않다고.

　경민은 태국이 매력적인 나라라고 생각했다. 특히, 방콕은 휴식과 쇼핑을 함께 하기에 더할 나위 없는 도시였다. 그러나 경민은 태국이라는 나라의 문을 닫고 못을 박고 싶었다. 빈틈이 있으면 실리콘으로 모조리 막아 버리고 싶었다.

＊

　두 사람은 올해로 결혼 3년 차가 되었다. 결혼 생활은 편안하고 안정적이었다. 두 사람이 운영하는 아웃도어 매장도 대박이라고 할 것까지는 없었지만 트렌드를 잘 타고 있었다. 두 사람은 연말에 아이를 가지기로 합의했다. 은주가 원했고 경민도 바라는 일이었다.

계획대로 된다면, 둘이서만 홀가분하게 여행을 떠날 수 있는 것은 이번 여름휴가가 마지막이었다. 아이가 태어나는 일은 새로운 삶의 시작이자 기존 삶의 종말이기도 했다. 연장전이 아니라 또 다른 경기였다. 그래서 이번 휴가 때는 어떻게든 태국이 아닌 새로운 곳에서 새로운 마음가짐으로 둘만의 시간을 보내는 것이 경민의 소박한 희망이었다. 경민은 그런 마음으로 태국에 대한 뭇질을 끝냈다. 그리고 은주를 설득해 아이가 생기면 가기가 결코 쉽지 않은, 멀고, 아름답고, 유일무이한 경험을 할 수 있는 곳으로 가겠다고 결심했다.

경민은 부푼 마음으로 평소 가 보고 싶었던 곳을 중심으로 후보지를 추렸다. 유럽은 모나코와 자그레브, 북아메리카는 LA, 카리브해의 보물이라 불리는 산안드레스 섬, 아시아는 몰디브. 이 중 가장 가 보고 싶은 곳은 모나코와 몰디브였다. 모나코와 몰디브 중에 고르라면 역시 몰디브였다. 은주만 동의했다면 경민은 신혼여행 때 몰디브를 갔을 것이다. 몰디브는 한국 신혼부부들이 첫손가락으로 꼽는 꿈의 여행지였으니까.

경민은 몰디브를 가슴에 품은 채 은주를 설득할 방법을 모색하기 시작했다. 여름휴가까지 한 달이 남은 시점이었다.

*

"이번 휴가는 제2의 신혼여행이라고 할 수 있어. 마지막으로 둘만 떠나는. 아이를 데리고 여행 가는 건 세상에서 두 번째로 끔찍한 일이야. 제일 끔찍한 일은 그렇게 여행 가서 싸우는 거고. 3차 세계대전이 이것 때문에 발발할 거라는 이야기도 있어. 기홍이 부부 이야기 들었지? 네 살 먹은 애 데리고 여행 갔다가 처음으로 서로에게 입에 담을 수 없는 욕을 한 거? 자다가도 그때가 생각나서 벌떡벌떡 일어난대, 둘 다. 그러니까 애 낳기 전에 가야해. 제.2.의.신.혼.여.행.을."

"태국이 그렇게 싫어?"

"너무 좋아. 한 달쯤 살고 싶을 정도로. 근데, 애 낳은 후에 살고 싶어. 그 전에는 태국 음식, 냄새도 맡기 싫어."

"어디로 가고 싶은데? 제2의 신혼여행을?"

"신혼여행지 하면 어디가 떠올라?"

"음…… 푸켓?"

경민은 이를 꽉 물었다.

"몰디브 몰라? 신혼부부들이 제일 가고 싶어 하는 꿈의 여행지?"

"몰디브가 어디에 있는데? 남태평양?"

"인도 옆에. 인도양에 있는 섬나라야."

"몇 시간 걸리는데?"

"대략 열한 시간?"

"직항 있어?"

"없어……. 어차피 알게 될 테니까 다 말해 줄게. 항공 스케줄은 일단 엉망이야. 공항에 도착해도 다시 수상비행기, 스피드 보트, 요트 중 하나를 골라 타고 리조트가 있는 섬으로 들어가야 해. 밤에 도착하면 '말레'라는 몰디브 수도에서 하루 머물 수도 있고."

"꿈 깨."

*

은주가 쉽게 설득되리라고는 경민도 생각지 않았다. 사실, '제2의 신혼여행'이라는 기획은 자신에게도 크게 와닿는 전략은 아니었다. 결혼 3년 차에 접어든 지금, 자신과 은주의 결혼 생활은 서로에 대한 신비의 베일이 허물처럼 벗겨진 상태였고, 편안함과 친근함, 싫고 밉다고 해서 완전히 제거해 버릴 순 없는 것들, 예를 들면, 바닥을 나뒹

굴며 발에 치이고 양말에 달라붙는 머리카락과 기타 체모 같은 존재의 잉여물들이 삶의 중심에 단단히 자리 잡고 있었다. '제2의 신혼여행'이라는 기획은 뭔가가 파괴되었을 때 쓰기에 적합하지 정상 궤도를 돌 때 유용한 전략은 아니었다.

경민은 두 번째 시도를 위해 몰디브 여행 가이드북을 샀다. 그리고 첫 페이지부터 꼼꼼히 읽기 시작했다. 경민은 은주의 이성, 감성, 본능을 조금이라도 자극할 수 있는 것이라면 무엇이든 메모했다. 어차피 몰디브로 가게 된다면 해야 할 일이라 자위하며.

경민은 이런 표현들에 눈길이 갔다. "유니크함, 세계 유일, 성지순례 하듯, 섬 하나에 리조트 하나, 세상에는 두 종류의 여행자가 있는데 첫 번째는 몰디브를 다녀온 사람이고 두 번째는 앞으로 갈 사람이다."

경민은 "섬 하나에 리조트 하나"를 수첩에 메모한 후 옆에다 이렇게 썼다. "외부인이 접근할 수 없다. 오로지 우리와 같은 관광객들만 마주칠 것이다. 고로 안전하다!"

*

"몰디브는 1000개가 넘는 섬으로 이루어졌는데 리조

트가 있는 섬은 100여 개쯤 돼. 그 100여 개의 섬은 섬 그 자체가 리조트야. 다른 것은 없어. 섬에는 리조트 직원들과 관광객들만 머물러. 현지인들이 사는 섬은 따로 있어. 게다가 거리도 2킬로미터를 넘지 않아. 대부분 1킬로미터 내외야. 한눈에 다 보이는 거지. 그래도, 혹시라도, 만약이라도, 뭔가 예상치 못한 게 눈앞에 확 튀어나오잖아? 그럼 바로 뒤돌아서 몸을 날려. 객실 침대에 엎어지게 될 테니까. 과장이 아냐. 정말로 모든 게 바로 코앞에 있어."

"무섭지는 않겠네. 리조트에선."

"그치? 그렇지? 워터 방갈로에서 지내면 객실 안에서 할 수 있는 것도 많아. 객실 아래가 바다거든. 객실이 바다를 품고 있어. 에메랄드 빛 바다 알지? 보고 있으면 저게 과연 세상에 존재할 수 있는 색깔인가 싶은 황홀감에 빠져드는? 보고만 있을 수 있는 게 아냐. 테라스 문을 열고 나가서 바다로 뛰어들면 돼. 그럼 애교 많게 생긴 바다거북과 앙증맞게 생긴 물고기들이 너한테 인사할 거야. 어이, 겁쟁이 왔능가? 하고. 저녁에는 세상에서 가장 아름다운 석양이 눈앞에 펼쳐질 거야. 우리는 객실 안에서 모히토 같은 칵테일 마시면서 누구보다 안전하게 그것을 감상하는 거지. 만약 천국이 있다면, 천국의 새벽은 북극의 오로라가 펼쳐져 있을 거고, 천국의 초저녁은 몰디브의 석양으로 수놓여 있을 거야."

경민은 몰디브를 다녀온 한 신혼부부가 유튜브에 올려
놓은 동영상을 은주에게 보여 주었다. 동영상에는 석양이
지는 모습도 담겨 있었다. 붉은빛을 품은 구름이 낮고 넓
게 퍼진 채 하늘을 향해 계단처럼 쌓여 있었고, 얕은 바다
가 그 모습을 고스란히 담은 채 수평선 저 너머까지 뻗어
있었다. 세상에서 가장 아름다운 것을 비추는 거울 두 개
가 서로를 마주 보고 있는 듯했다.

동영상이 끝날 무렵, 경민은 말했다. 저 구름을 밟고 오
르면 천국을 볼 수 있을 것 같지 않느냐고.

"진짜 바다 위에 객실이 있네. 근데, 파도가 객실로 몰
아치면 어떡해?"

경민은 씩 웃었다. 예상하고 있던 질문이었다. 경민은
외워 둔 것을 읊었다. 리조트는 라군(Lagoon)이라 불리는
아주 얕은 바다 위에 위치한다. 섬 주변 바다 속에는 리프
(Reef)라고 부르는 길게 뻗은 산호가 있는데 이게 바다 위
로 웃자라 파도를 막는 역할을 한다. 파도가 걱정되면 워
터 방갈로가 아니라 해변가에서 조금 떨어진 비치 방갈로
에서 지내면 된다.

"몰디브 사람들, 무슨 언어 사용해?"

"영어면 다 통해. 너보다 잘할걸?"

"쳇. 아무튼, 알았어. 생각해 볼게."

✻

경민은 은주를 자극하지 않기 위해 일주일을 기다렸다. 은주는 여전히 고민 중인 듯했다. 경민은 준비해 둔 다음 카드를 꺼낼 때라고 생각했다. 제3자에게 도움을 요청하는 것이었다. 경민은 자신의 친구이자 은주와도 허물없이 지내는 영우를 집으로 초대했다. 명목은 신시가지에 아웃도어 매장을 하나 더 내는 것에 대한 의견을 들어 보자는 것이었다.

배달시킨 족발이 도착하자 세 사람은 식탁에 모여 앉았다. 매장 확대 문제에 대한 가볍지 않은 말들이 형식적으로 오고 갔다. 그러다 셋이서 소주 한 병과 맥주 세 병을 비웠을 무렵, 경민이 영우에게 눈빛을 보냈다. 영우는 물로 가볍게 목을 축인 후 약속한 말들을 쏟아 내기 시작했다. 경민은 무심한 표정으로 소주를 홀짝이며 두 사람의 대화를 듣고만 있었다.

"휴가 어디로 갈지 결정했어?"

"아니."

"몰디브로 갈까 한다며?"

"아직 모르겠어."

"누가 죽기 전에 가고 싶은 딱 한 곳이 어디냐고 물으면 나는 1초의 고민도 없이 몰디브야."

"정말 아름다운 곳인 건 나도 알아."

"아름답네, 낭만적이네 하는 그런 한가한 이유가 아냐. 지구온난화 때문에 북극의 얼음이 녹아서 해수면이 상승하고 있는 건 알지? 그것 때문에 피해를 입고 있는 나라들이 있는데 가장 대표적인 곳이 몰디브야."

"들어 본 적 있어."

"해수면 상승 때문에 백사장이 점점 짧아지고, 수온 상승으로 산호들이 죽어 나가고 있어. 모든 섬이 바닷속으로 가라앉고 산호가 전멸하는 데 얼마나 걸릴 것 같아? 강산 변하는 데 10년이면 충분해. 헛소리가 아니라 과학자들 이야기야. 나중에는 가고 싶어도 못 가. 사라져 버려서. 고대의 아틀란티스 같은 존재가 되어 버리는 거지."

"또 '대멸종의 시기'네 뭐네 하는 이상한 소리 할 거면 술이나 마셔."

"소설 같지? 근데 이걸 어째? 몰디브 사람들이 거주하는 섬에 바닷물이 차올라서 주민들이 다른 섬으로 이주하는 사례가 계속 보고되고 있어. 몇 년 전에 몰디브 대통령이 새 국토를 사겠다고 선언까지 했다니까. 다른 섬들도 시간문제야. 그 전까지는 1000개가 넘는 섬을 방파제로 둘러싸서 버티겠다는 건데 쓰나미 한번 몰아치면, 아유…… 안 그래도 몇 해 전에 쓰나미가,"

경민은 식탁 아래서 영우의 무릎을 발로 살짝 찼다. 은주는 두 사람의 행동을 모른 척해 주었다. 사실, 몇 해 전 몰디브에 쓰나미가 몰아쳐서 199개의 유인도 중 53곳이 망가졌고, 20곳은 완전히 파괴됐으며, 공식적으로 집계된 사망자만 82명이 나왔다. 그러나 이는 입 밖에 내지 말았어야 할 사건이었다. 경민은 영우의 수다가 모든 것을 망치지는 않을까 걱정스러웠다.

"아무튼, 그러니까, 몰디브는 더 늦기 전에 가야 해. 나도 내년에 여자 친구랑 갈 거야. 거기 석양이 천국의 초저녁 복사본이라는 말은 들어 봤지? 그건 보고 죽어야 하지 않겠냐? 안 그럼 억울해서 못 죽지."

"죽으면 천국이 아니라 지옥에 갈 테니까?"

"내가? 네가?"

"당신이요."

"네가 봐도 그래?"

"응."

"야, 지구 입장에선 이놈의 해충 같은 인간들 전부 지옥으로 보내고 싶지 않겠냐? 제일 뜨거운 곳으로 보내고 싫겠지. 밥통을 쓰레기통으로 쓰고 있으니까……. 아, 맞다. 몰디브 음식은 그리 추천할 게 못 된다는 후기도 있긴 하더라."

경민은 영우를 서둘러 돌려보냈다.

*

그날 밤, 침실에서, 경민은 침대에 누운 채 침울한 표정으로 천장을 바라보았다. 영우가 가고 난 후 휴대폰으로 무언가를 한참 검색하던 은주가 아무래도 몰디브는 안 될 것 같다고 말했기 때문이다.

은주는 옆에 누운 경민을 슬쩍 쳐다보곤 한숨을 쉬며 스탠드를 껐다. 서늘한 침묵과 커튼을 친 창문 사이를 비집고 들어온 달빛이 경민의 왼쪽 얼굴 위로 내려앉았다. 그 때문에 은주는 경민이 더 안쓰럽게 느껴졌고 불쌍하기까지 했다.

"그렇게 몰디브에 가고 싶어?"

"내가 몰디브를 고집하는 이유는 내가 가 보고 싶어서이기도 하지만 그보다는 너한테 몰디브를 보여 주고 싶어서야. 뭐 네가 끝까지 반대하면 어쩔 수 없지만."

"마음은 충분히 이해해……. 한편으론 그렇게 아름다운

곳이 사라진다는 게 아쉽고, 슬프기도 하고."

경민은 은주 반대편으로 살짝 고개를 돌려 삐져나오는 웃음을 감췄다. 이제 마지막 카드를 쓸 차례였다. 영우는 이를 위한 미끼에 불과했다.

"아까 영우가 몰디브에서 방파제 쌓고 있다고 했잖아? 그거 정말이야. 근데 돈이 부족하대. 그렇겠지. 인구가 약 40만밖에 안 되는 나라니까. 자금 부족 문제를 해결하려고 현재 몰디브에서 지구온난화 방지와 방파제 축조를 위한 기금 마련 행사를 하고 있어. 몰디브 관광청 사이트에 몰디브의 작은 섬에 살고 있는 한 소년의 사연이 올라와 있는데……."

경민이 은주에게 들려준 소년의 사연은 이랬다.

소년은 몸이 아픈 홀어머니 밑에서 산호초에 살고 있는 물고기들을 잡아 생계를 꾸려 가고 있다. 그런데 수온 상승으로 극심해진 백화 현상 때문에 산호가 죽어 나갔다. 산호가 터전이던 물고기들 역시 피해에서 자유롭지 않았다. 살 곳을 잃어 가는 물고기 중에는 소년이 사랑에 빠진 물고기도 있었다. 눈이 크고 화려하고 유려한 자태를 지닌 그 물고기는 소년의 첫사랑을 닮았다. 소년의 첫사랑인 소녀는 바닷물이 점점 차오르는 것을 염려한 부모님을 따라 2개월 전 다른 섬으로 이주했다. 소년은 소녀가 그리워 밤이면 바다를 바라보며 눈물을 훔쳤다. 소년은 생계를 위해서 산호 아래 몸을 숨기고 있는 그 물고기를 잡아야 했지만, 그 물고기를 너무 사랑했기 때문에 그럴 수가 없었다. 그러나 산호가 완전히 사라지면 그 물고기 역시 살아남기 어려웠다. 소년은 방법을 찾아야 했다. 소년은 산호와 물고기를 구해 달라고 호소하는 동영상을 만들어 유튜브에 올렸다. 그 동영상을 본 전 세계의 많은 사람들이 그 소년을 돕겠다고 나서고 있다.

"여행도 하고 기부도 하고 일석이조잖아. 우리도 곧 아이를 가질 거라 그런지 그 소년이 왠지 남처럼 느껴지지가 않아. 돕고 싶어."

은주는 고개를 갸웃했다.

"몰디브 여행이 문제를 더 악화시키는 거 아냐? 사람들이 몰디브를 많이 가면 환경오염이 더 심해지잖아? 그리고 비행기의 이산화탄소 배출량이 전체 이산화탄소 배출량의 2.5퍼센트 이상을 차지한대. 교통수단 중 거리당 배출하는 이산화탄소 양도 제일 많고. 정말 그 소년을 생각한다면 몰디브를 안 가는 것이 최선의 방법이지 않아?"

경민은 은주가 조금 전까지 휴대폰으로 검색한 것이 이와 관련된 것이었다는 점을 뒤늦게 깨달았다. 은주는 자신이 포기하지 않으리라는 것을 알고 있었고, 이에 대비하기 위해 준비를 하고 있었던 것이다.

경민은 자신의 얼굴을 다시 어둠 속에 숨겼다. 이번에는 웃을 수 없었다. 경민은 거짓말에 거짓말을 보태 상황을 모면하려 했다.

"동영상을 보면 소년이 마지막으로 말해. 몰디브로 오세요. 그리고 행복하고 즐거운 만큼 기부하세요."

"오빠, 그 소년과 몰디브를 정말 위하는 길은 거길 안 가는 거야. 아주 오랫동안. 지구온난화 문제가 해결되고 산호가 다시 살아날 때까지. 영우 오빠가 그랬잖아, 인간은 지구 입장에서 해충일 뿐이라고."

경민은 문제의 축이 몰디브로 여행을 가느냐 마느냐에서 몰디브 환경보호와 지구온난화 방지로 옮겨 간 과정을 도통 이해할 수 없었고, 다 때려치워!라고 소리치고 싶었다. 그러나 참아야 했다. 어떻게든 방법을 찾아야 했다. 경민은 손으로 이마를 짚으며 생각했다. 뭔가 다른 방법이, 아직 생각지 못한 방법이 있을 거라고. 지구온난화 따위를 걱정하지 않으며 천국의 초저녁을 볼 수 있는 또 다른 방법이 분명히 남아 있을 거라고

적어도 내게는 잊을 수 없는 날들이 모두 날씨와 연관되어 있다. 매화 향기 묻은 차가운 바람 사이로 걷던 구례와 벚꽃 사이로 파고드는 봄볕에 이마를 건넸던 진해, 이슬에 식은 여름밤 바람을 안주 삼던 남산, 그리고 무지개를 타고 흘러내리는 가을비 소리를 듣던 마산, 가로등 불빛에 물든 채 소복이 쌓여 가는 눈을 바라보던 성북동에서의 나날들.

적절하게 춥고, 덥고, 따뜻하고, 시원했던 날씨들. 그때의 햇살, 그때의 바람, 그때의 구름. 숲과 빙하와 북극곰과 피노누아 그리고 계절의 감각들. 이 모든 것을 다시 마주할 수 없을지도 모른다는 두려움이 여기 실린 소설들의 동력이다. 이런 두려움의 대상은 지금도 늘어나고 있다.

우리에게 좋은 것들을 우리 손으로 애써 지워 나가는 과정을 '문명'이라고 부를 수 있을까? 라캉은 인간 본성 속 '죽음 충동'을 이렇게 설명했다. 쾌락의 한계를 넘어 질주하려는 욕망. 자본주의가 인간 본성에 걸맞은 이념이라면 '여섯 번째 대멸종'은 인류 문명의 정확한 종착역이다.

기후 변화를 소재로 한 단편소설들을 쓰기 시작했을 때 '끝'을 상상하는 것은 더없이 자연스러웠다. 서서히든 급작스럽게든, 종말의 현장이 아른거렸고 출구를 찾기 어려웠다. 실제 삶에서는 각종 쓰레기를 모아 버릴 때마다, 그리고 그 양을 헤아릴 때마다 손에 잡히지 않는 기후 악당들을 비난하는 일의 몰염치함을 느꼈고, 지구에서의 인간 존재 가치를 생각하며 까마득해지기도 했다.

기후위기를 막기 위한 전 지구적 단위의 변화를 이끌어내는 것은 쉬운 일이 아니다. 그러나 같은 방향으로 한 발자국 나아갈 방법은 있다. 체르노빌에서 일어난 방사능 유출 사고를 다룬 『체르노빌의 목소리』에서 작가는 말한다. "두려움만이 우리를 가르칠 수 있다." 인류의 종말이 찾아올지도 모른다는 두려움. 다음 세대에게 물려줄 것이 절망밖에 없을지도 모른다는 두려움. 좋은 것들을 지키기 위해 우리는 더 많은 두려움을 느껴야 할지도 모른다.

점점 예측이 불가해지는 기후와 사랑의 쓰라린 단면을 비교하려 했던 이야기를 끝내 완성하지 못했다. 아쉬움이 남지만 기후변화와 관련된 밝은 이야기들을 쓰는 날이 온다면 미련 없이 작품을 떠나보낼 생각이다. '끝'을 상상케 하는 소설이 재미있길 기대하는 미안한 마음을 한편에 둔 채, 소설의 처음과 끝을 같이한 박혜진 편집자와 An, 다양한 질문에 질릴 만큼 자세히 대답해 준 다울(그린피스 정책 전문위원), 등장인물들의 이름을 빌려 주고 소설을 읽어 준 친구들, 그리고 화성에서 물을 찾는 심정으로 기후위기를 막기 위해 애쓰는 많은 분들에게 감사의 말을 전한다.

2021년 봄
김기창

추천의 말 　　장다울(그린피스 동아시아 서울사무소 정책전문위원)

이 글을 쓰고 있는 지금도 뉴스에서는 미국 텍사스주에 불어닥친 이상 한파로 전력이 끊긴 주민들이 땔감을 공급받고 있고, 추위로 기절한 바다거북 4500마리가 구조되었다는 이야기가 나오고 있다. 이상기후라는 말이 클리셰로 느껴질 만큼 이제 이상(異常)은 우리의 일상(日常)이 되어버렸다. 게다가 과학은 우리에게 기후변화를 되돌리기란 불가능하고 최악의 상황을 막는 선택만이 남았다는 불편한 진실을 경고하고 있다. 우리는 인류 역사에서 한 번도 겪어 보지 못한 세상으로 들어가고 있는 것이다.

기후위기 시대의 삶에 대한 정치인, 과학자 그리고 나와 같은 환경운동가의 상상력은 아쉽게도 빈곤하다. 게다가 사랑이라니, 말해 무엇할까. 그래서 더 김기창 작가의 등판이 더 반갑다. 그의 폭넓은 상상력과 독특한 언어는 조만간 살게 될 세상 속으로 우리를 흥미롭게 안내한다. 과학적 분석과 수많은 통계로만 접했던 기후변화를 사랑이라는 테마로 겪어 보는 것은 신선한 경험이었다. 몇 해 전한 래퍼와 함께 기후변화를 주제로 공동 작업을 했던 기억도 떠올랐다. 더 다양한 예술 분야의 더 많은 상상력이 한 겹 한 겹 쌓여 사회의 변화로 이어지기를 희망해 본다.

김혜경(유럽기후재단 컨설턴트)

  지금 우리가 발붙이고 있는 한국의 어느 소도시에서
출발해 시공간을 넘나든 기후변화 현장 답사를 갔다 온
기분이다. 안방을 배경으로 끝나는 이 책을 덮었을 때 기
후변화가 어느새 내 집 안까지 들어와 있다는 사실이 자
연스럽게 받아들여졌다. 코로나 역병은 우리가 살아온 방
식을 되돌아보게 했고, 기후변화에 대한 관심도 촉발시켰
다. 하지만 여전히 숫자와 전문용어가 지배하고 있는 이
지구적 과제에 서사를 부여해 우리의 이야기로 만드는 힘
이란! 기후변화는 날씨가 더워지는 단순한 문제가 아니
다. 사회가 안고 있는 병폐를 심화시키고 적나라하게 드
러내는 재앙이다. 소설은 그 재앙이 모퉁이에 있는 이들

에게 더 가혹하다는 점을 정확히 짚어 내고 있다. "인간성을 상실하면서까지 끊임없이 발전해야 하는 걸까. 대체 누구를 위하여". 씨줄 날줄처럼 엮인 현실과 상상이 묵직한 질문을 던진다. 기후변화 문제를 깊숙이 들여다보면서도 환경주의자들의 언어에 매몰되지 않는 작가의 균형 감각이 놀랍다. 앞으로 더 많은 문학 작품이 기후 위기를 말하고 상상해 주었으면 좋겠다. 결국 사람들의 마음을 움직이는 건 차가운 이론과 통계가 아니라 이야기이기 때문이다.

기후변화
시대의
사랑

1판 1쇄 펴냄   2021년 4월 2일
1판 5쇄 펴냄   2024년 3월 29일

지은이   김기창
발행인   박근섭, 박상준
펴낸곳   (주)민음사

출판등록   1966. 5. 19. (제16-490호)
주소   서울시 강남구 도산대로1길 62
          강남출판문화센터 5층 (06027)
대표전화   02-515-2000
팩시밀리   02-515-2007
www.minumsa.com

ISBN   978-89-374-1381-0   03810